塞纳河畔

Au bord de la Seine

蕙馨斋　著

北 京 出 版 集 团
北 京 出 版 社

图书在版编目（CIP）数据

塞纳河畔 / 蕙馨斋著. — 北京：北京出版社，
2022.12

　ISBN 978-7-200-17656-8

　Ⅰ.①塞… Ⅱ.①蕙… Ⅲ.①章回小说—中国—当代
Ⅳ.①I247.4

中国版本图书馆CIP数据核字（2022）第258632号

责任编辑：董拯民　张　颖
责任印制：燕雨萌
装帧设计：思梵星尚

塞纳河畔
SAINA HEPAN
蕙馨斋　著

*

北 京 出 版 集 团
北 京 出 版 社　出版

（北京北三环中路6号）

邮政编码：100120

网　　址：www.bph.com.cn

北 京 出 版 集 团 总 发 行
新 华 书 店 经 销
三河市同力彩印有限公司印刷

*

889毫米×1194毫米　　32开本　　11.5印张　　176千字
2022年12月第1版　　2024年3月第3次印刷
ISBN 978-7-200-17656-8
定价：68.00元
如有印装质量问题，由本社负责调换
质量监督电话：010-58572393

作者简介

蕙馨斋，本名程静，现旅居法国，已出版《漫品红楼》《沉醉红楼》《一丈红绫》《万丈红尘》《贾琏传》等作品。

前　言

巴黎，世界浪漫之都，多少人心驰神往的所在，然浮世三千，白云苍狗，众生碌碌，世界大同。谋生于异国他乡的苦辣酸甜，唯局中人心知肚明。2019年末席卷全球的新冠肺炎疫情更让原本就已千疮百孔的法国经济雪上加霜。

只是世间事大多福祸相依，有损必有盈，实体经济受挫，虚拟经济繁荣，法兰西也不例外。宅家的众生将更多的闲暇时间用于流连互联网，然网络世界，纷繁复杂，良莠不齐，少不了有些天良泯灭者打着"以副业贴补惨遭疫情荼毒的主业"，以及各种欲与痴情的受害人"共谋未来"的幌子，假借炒币、炒黄金，抑或是炒外汇等诸般名目混水摸鱼，招摇撞骗。

2022年是笔者商居巴黎第九年，对法国乃至欧洲的诸多政治、经济政策皆有切身体验，一言难尽。借书中三位女主所涉及的人与事，将海外华人的生存实录略作展示，趁便也警醒世人：骗子万千，骗术寥寥，如若中招，报警基本于事无补，沉沦则更不足取，自我救赎方是唯一出路。

虚拟世界如此，现实社会亦然！

目　录

第一回

单身女相聚法兰西
孤男女偶遇微信里

"当当当……"教堂的钟声连续不断地响着，黄蔓窝在软绵绵的鹅绒被里，倦意未消，左右微微侧身滚了两下，越发将被窝卷得紧些。她知道已经是中午十一点半了，楼下有个教堂，黄蔓在这儿已经住了小十年了，平时教堂的钟声是几点就敲几下，每个半点敲一下，中午十一点半和晚上七点半教堂的钟声就会持续不停地敲上好几分钟，不是准点报时的那种一下一下的，而是急促的、连续不断的。黄蔓心想这大概是教徒们做餐前祷告的时间吧？究竟是什么意思？快十年了，她竟没腾出时间去问个明白。

生活中不知有多少类似的事情，每次想起来便想着要去落实一下，可一转眼便又撂开了，因为它们并不妨碍你我的日常生活，但是时不时地又会在不经意间占据我们的意念，我们又会不由自主地琢磨一下。便如同一段往事，偶然间有所触动，一闪而过，我们便会情不自禁地回味一下那时那刻的那人那事，某个动作抑或是某句话；想要弄明白，但终未成行。风吹云散，轮回依旧。

黄蔓伸了个大大的懒腰，这才一把掀开被子，坐了起来。今天约好了和苏庆余在莫晓娜的酒店见面，她得赶紧起来梳洗打扮一番，那两位姐姐都是"70后"却都像是吃了防腐剂似的，虽然自己比她们小了十来岁，可若不精心打扮还真是显不出半点优势来。

也不知道莫晓娜年轻的时候到底经历过什么，她从不提起，黄蔓也不便多问，只知道她如今独自一人在塞纳河边上有一座五星级的大酒店，黄蔓到她的酒店推销酒水，正巧莫晓娜那一天坐在酒店门外的露天卡座上喝茶，餐饮部的经理将酒水拿给老板看，莫晓娜便让拿几个杯子来品一下，于是黄蔓就坐到了莫晓娜的对面，用她的专业知识一下子便征服了喜欢葡萄酒却并不懂酒的莫晓娜。

接下来一聊家常，两人居然都来自上海，只不过黄蔓是土生土长的上海人，而莫晓娜则祖籍大连，十六岁到上海打工。异国他乡，自然倍感亲切。黄蔓夫妇二人都是酒商，黄蔓驻守法国，老公和儿子留守上海，虽是生意人，可是黄蔓有着上海女人特有的伶俐，生意做得巧妙，钱也挣得雅致，"吃相"极佳，从不穷凶极恶，这一点莫晓娜十分欣赏，一来二去，交情日深。

苏庆余则是黄蔓还在上海的时候就认识的，或者说黄蔓就是靠着苏庆余才起家的。苏庆余两口子也曾是上海滩上的风云人物，可是2014年苏庆余的老公自杀身亡了，当时带着儿子在法国度假的苏庆余吓得再不敢回国，如今也只守着法国的酒庄生活。酒庄平时交由经理人打理，苏庆余和儿子则在巴黎生活。酒庄当初买的时候计划产品全部发回国，以当时苏庆余夫妇的人脉关系根本不用考虑销售问题，当年黄蔓就是托了苏庆余的大学同学才找到苏庆余，做了她的酒的华东区总代理，苏庆余不差钱，在黄蔓起步初期，酒款核算上十分宽松，所以黄蔓很快便在浦东、浦西连续开了两家红酒会所，有苏庆余的酒打底，会所布置得十分妥当，看上去盆满钵满，很有实力的样子，此后的业务也是一帆风顺。

黄蔓对苏庆余十分感激，又从心底里佩服苏庆余的干练，因此同苏庆余的交往很是用心。天长日久，苏庆余也渐渐地喜欢上了善解人意的黄蔓。虽说后来黄蔓夫妇不再专做苏庆余的酒，苏庆余也并不介意，依旧和黄蔓交情如故。

如今苏庆余孤身一人带着儿子在海外，以前国内的所谓客户，当年不过是有求于苏庆余夫妇，如今树倒猢狲散，只有黄蔓还在继续做着苏庆余的酒，好在苏庆余夫妇当年也是白手起家，苏庆余索性放弃了中国市场，由着黄蔓爱怎么做就怎么做，她自己重新开辟了欧洲市场。只是欧洲市场虽然不愁销售，但是利润太低，苏庆余本想打足精神重整旗鼓，可是儿子日渐长成，小伙子自有打算，对酒庄全无兴趣，苏庆余也就放弃了将酒庄做大做强的念头，只维持现状而已，日常说笑之间难免感慨自己老了，雄心不再。

黄蔓伸手拿起床头柜上的手机，刚一开机便"嘀嘀嘀嘀"地一阵信息通知，黄蔓看着不禁笑了，都是那位前几天刚在微信"附近的人"里添加的好友林辉发来的。她点开微信：

"宝贝，我上班了。"

"宝贝，我已经到公司了。"

"宝贝，你醒了吗？起床记得先喝杯水哦！"

"宝贝，我看了天气预报了，巴黎今天有点小雨呢，出门的话记得带伞，别忘了擦防晒油哦，下雨天也有紫外线呢！"

"宝贝，我去吃午餐了。"

"宝贝，好想你哦！"

"宝贝，起床了告诉我。让我和你说早安。"

黄蔓看着虽然觉得好笑，心里却也十分受用；老公和自己结婚十多年了，还从来没这么嘘寒问暖过，更没这么左一个宝贝右一个宝贝地叫过。可是这个刚加了好友第二天就回香港的汇丰证券的客户经理林辉，却每天都在甜出蜜来地按时问候，这已经是第五天了。开始的时候黄蔓还提醒他："别瞎叫，我有老公的。"可是林辉却说："你有老公和我叫你宝贝又不冲突。怎么？你老公也叫你宝贝？"

"那倒不是。"

"不是就好，以后宝贝这个称呼只允许我叫。"

黄蔓说了几次没什么用，也就懒得再说了，反而越听越习惯了。每天晚上睡觉前也必定能收到他的电话，黄蔓说："我们有时差的呀，你那儿才几点钟呀！"林辉立马柔声道："宝贝，你最重要。我陪你聊会儿天，给你催眠，然后我再起床洗漱上班去。"黄蔓说了两次，见他坚持便不再说了，只是心里不知不觉地竟开始心疼起林辉来，不忍心让他早起，于是自己便睡得越来越晚，电话粥一煲便是一两个小时。这不，昨晚上两人聊到凌晨快三点钟，黄蔓提醒林辉上班要迟到了，二人这才依依不舍地将电话挂断。

黄蔓挂了电话又在床上翻来覆去了好一阵子，逐句回味方才的对话，也不知道几点钟才睡着。这一觉直睡到现在才醒。

黄蔓起床做了个三明治，顺便给林辉回了条"早安"的信息，倒了杯牛奶，还没等坐下来，林辉的信息就接二连三地进来了：

"宝贝，好想你。"

"起床了记得先喝杯水哦！"

"听话，一定要吃早餐。不然我要打你的小屁屁哦。"

黄蔓坐下刚好喝了一口牛奶，看见最后一条信息忍不住"扑哧"一声笑了出来，想要忍住笑，使劲抿着嘴，到底没忍住，一口牛奶喷出来一半，还有一半从鼻孔里喷了出来，呛得黄蔓拉肝扯肺地咳了好半天，又喝了半瓶矿泉水才渐渐地平复下来。"小屁屁"这三个字，黄蔓都想不起来有多少年没在儿子身上用过了，不过笑归笑，似乎也并未觉得有多肉麻，那林辉的嘴巴仿佛生来就是为了诉说甜言蜜语而存在的，多肉麻的话，到了他嘴里说出来都那么顺溜、自然。

"好的，我知道了。"黄蔓回了条信息，"我已经吃完早餐了，待会儿要出去一趟，和朋友有个约会。"

"男朋友还是女朋友呀？"林辉的信息秒回，"男朋友我可是要吃醋的哦！"

"女的，女的，都是女的。"黄蔓笑着语音回复道，"我要洗漱了。先不和你聊了。"

"好吧。爱你。到了给我信息，回到家也要记得给我信息。"

"好的，知道啦！"黄蔓正要放下手机，电话铃声刚好响起，黄蔓一看，是老公打的微信语音，赶紧打开免提，打算边洗漱边通话；黄蔓的老公在电话那头不快道："我一早给你留言，怎么到现在还没回复呀？"

"噢，是吗？"黄蔓边刷牙边含混地说道，"我刚起床，还没来得及看呢。"

"刚起床？这都几点了？怎么刚起床？你昨晚几点

睡的？"

"可能快凌晨一两点吧。"

"胡扯。"黄蔓的老公更加不高兴了，"凌晨一两点才睡，那我早上给你发的信息你怎么没回？"

"我追剧呢！没在意。"黄蔓道，"看完困得要死，就没看手机，直接睡了。"黄蔓想起昨晚戴着耳机躺在被窝里和林辉两人胡吹神侃，好像听见手机嗡嗡地响了两声，不由得心里一阵发慌，赶紧拿起手机看了一下老公的留言，原来是让她联系苏庆余发两个集装箱的新酒，看能不能分三次付款，付款周期为一年；"巧了，我待会儿正好要和苏姐碰面，正好当面和她商量。"

"还有个事，我也拿不定主意要不要和苏姐那边说一下。"

"什么事呀？"黄蔓问。

"还不是那个天津的客户嘛，现在说因为发现有没洗干净的瓶子，所以他们就把三个集装箱的酒全都打开来检查了，这批货全都是木箱，他们整体损失了将近一万欧元，要我们承担一半，你看要不要和苏姐说一下呢？"

"真是碰见鬼了！"黄蔓气道，"我还特意去现场看了装瓶了，一个也没看见。他们会不会是诓我们的呀？"

"应该不会。他们拍了小视频给我看了。"黄蔓的老公笑道，"要不你和苏姐说说看，她反正财大气粗的，让她也承担一部分责任呗？本来就是她的酒呀！"

"亏你说得出口，不是你非要只买散酒，自己装瓶的呀？现在怎么去说？而且你还想赊她的新酒，这种事情我是没办法说出口的，要说你自己说去。"黄蔓闻言没好气地冲口道。

"那行，我没别的事，挂了。"

"儿子怎么样啊？"

"什么怎么样？就那样呗，学习还是中游水准，反正我妈天天盯着呢，家长会我都懒得去开，没好事，老师唠叨死了，整天说初三了，初三了，他自己累，我也跟着心累。挂了啊。"黄蔓的老公说着便随手挂了电话。

黄蔓一边洗漱一边在心里盘算着待会儿怎么跟苏庆余说分期付款的事情。欧洲酒庄买卖的规矩通常都是先付50%首期款，六十天以后将尾款结清，但是如果买家是中国人，欧洲的庄主们一般都是不愿意赊欠的，基本上都是要求一次性付清全款才肯发货。好多中国酒商迫于资金压力，不得不从欧洲酒商手中拿酒，欧洲酒商们自然也不会白忙乎，拿提成还是赚差价就看各人的神通了。

第二回

强做代购艰难谋生
图慕虚荣咬牙硬撑

黄蔓收拾好，看时间还早，便给助手李卫打了个电话，好半天李卫才接电话："不好意思，蔓姐。刚刚在地铁上。你不给我打电话我也正想给你打电话呢，你让我寄的那两箱样酒我都已经寄出去了。"

"我就是想问你这事呢。"黄蔓笑道。

"放心，我一早上就寄出去了。"李卫道，"蔓姐，你什么时候有空，我请你喝杯咖啡呗。"

黄蔓一听李卫这话，立马笑道："你有事？你就说呗。还喝什么咖啡呀！要请也是我请你呀。"

"不是，蔓姐，这事我想当面跟你说比较好。"

"你现在在哪儿呢？"黄蔓问。

"我就在你家附近呢。"

黄蔓抬腕看了看表，说："那你现在就到我家来吧，我冲好咖啡等你。"

不一会儿，李卫就到了黄蔓家。

李卫的老公也姓李，叫李云，夫妇俩都是留学生，李卫算是正经读了几年书的，所以法语还不错，但是工作也不好找，若不是一个卖箱包的温州老板帮她报工，居留卡都拿不到。李云则不过是挂个留学的名，好办签证，其实压根没上过几堂课，出来就一直在中餐馆的后厨打零工，两人在法国一待就是十年，国内的亲戚朋友听说夫妻二人都在法国留学，毕业又都留在了法国，全都羡慕不已。小夫妻为了拿到育儿补贴，不得已一口气连生了两个孩子，李云法语不好，工作更难找，索性就不工作了，留在家里照顾孩子，倒也省了一笔保姆的费用。为了让孩子能上个好学校，一家四口挤在十四区一间studio里，吃喝拉撒都在那个三十来平方米的房子里，有心回国，夫妻二人都是大学一毕业就出来的，李卫家不过是个开杂货批发铺的，李云老家是乡下的，当年出来的时候差不多砸锅卖铁了，如今都指望他们每月寄三五百欧元回去呢。两人在国内都是毫无根基的，再加上两个孩子，国内好点的幼儿园的收费听听都吓死人，哪里还敢回国？只能就这样咬着牙硬撑着了。

　　黄蔓一开门，李卫便笑道："打扮得这么漂亮！蔓姐这是要出门赴约呀？"

　　黄蔓穿了身烟灰色的小西服套装，特意围了条Chanel的烟灰色和粉色相间的长方格围巾，修得短到及耳的头发全都向后梳着，被摩丝打得根根清晰，显得十分精明干练，透着一股中性美，耳朵上戴着一对Chanel的经典款白色玳瑁镶钻耳塞，原本并不出众的五官被衬托得十分耐看。

　　"是呀，待会儿要去跟莫总和苏总她们碰个面。你有事就快说吧。"黄蔓招呼道，"来，坐，我刚冲的咖啡。"

　　"好的好的，谢谢谢谢。"李卫坐下，"我还说我请你喝杯咖啡呢。不过我知道蔓姐你也是个大忙人，你又急着要出门，我就不兜圈子了。"李卫喝了口咖啡，"蔓姐，我找到工作了。以后可能就没那么多时间帮你跑腿了。"

　　"哦？是吗？在哪儿呀？"李卫的话既有点出乎黄蔓的意料，但又在意料之中，因为黄蔓和李卫之间的合作实际上是松散型的，有事才找她，而且都是现金交易，所以并没有替李卫缴纳各项保险，而李卫也正好可以领取失业救济金。

"在老佛爷。"李卫说,"你也知道的,蔓姐,我一直在做代购,到老佛爷上班对我来说是一举多得。"李卫说的"老佛爷"是巴黎的一家大型百货商场——Lafayette,中国游客尤其钟爱,所以里面招收了好多中国留学生做店员,中国人上那儿去购物完全不用担心语言问题,几乎每个专柜都有中国店员。李卫去那儿上班,以后换居留卡不用劳神了,收入当然也相对稳定了。更重要的是李卫家目前就靠她一个人养家呢,代购的收入对她来说至关重要,为了买两根爱马仕包包捆扎提手的布带子,他们全家曾经大冬天排了十来个小时的队,只因为人家公司规定一个人最多只能买两根半布带子,她就只能让她老公和她一起去排队,这样两个人就可以买五根,两个孩子又都还小,只好也跟着一起去了。

黄蔓听她这么说,心里自然明白这事对李卫来说的确是一举多得,单代购一项她就受益匪浅,再也不用和别人一起分享利润了,以前她只能从其他的店员手上拿员工价,利益当然也要和别人共享。于是笑道:"是吗?那太好了呀!祝贺你呀!以后买什么紧俏的东西就找你了。"

"一句话。只要是我能帮得上忙的，蔓姐你只管吩咐。"

二人又闲聊了几句，李卫见黄蔓抬腕看时间，忙起身说："蔓姐，你不是和苏总她们还有约会吗？我也该走了。"

"行。那今天我就不留你了。"黄蔓道，"改天约个时间，请你撮一顿，怎么也得给你送个行呀。一起走吧，我正好顺路把你送到地铁站。"

"不用不用。"李卫忙说，"走过去就几步路，地铁那边又不好停车。我妹妹明天要回国了，我也要赶紧回去帮她收拾收拾东西了。"

"你妹妹？"黄蔓问，"你妹妹什么时候来的呀？怎么也没听你说呀！"

"来了好多天了，本来没打算待这么久的，所以就没和你说。"李卫道，"结果订好的票各种原因改签了好几回了，一直没走成，还不知道明天能不能顺利登机呢。"

"走不掉最好。"黄蔓笑道，"正好请你们姐妹俩一起撮一顿。"

"谢谢蔓姐啦！以后国内有机会再碰头吧。"李卫笑道，"老天保佑，明天一切顺利吧。"李卫说着叹了口气，"唉！我妹妹都快待得憋疯了！李云天天待得也要憋死了！我也快让他俩给逼疯了！"

"怎么呢？他们俩合不来？"

"岂止是合不来呀！"李卫摇头道，"我妹妹再不走，李云他俩都要成死冤家活对头了。"李卫叹息道，"我的情况蔓姐你最清楚不过了，我妹妹头一回来玩，看见我过得这样辛苦肯定心疼我呀，再看见李云又不上班，整天抱着手机上网，就说了几句，李云肯定是不服呗，现在两人吃饭都不愿意在一张桌子上，你说见鬼不见鬼吧？我家就那么屁大点的地方，躲哪儿去？我妹妹觉得是我在养着李云，所以她才不管他呢，吃饭她就先往桌子跟前一坐，李云就端了饭碗，夹了菜坐到我女儿Émina床上吃去。你说要命不要命吧？"

黄蔓从未去过李卫家，但听她说过：李云在他们大床的架子上钉了一块木板做隔断，女儿的小床便紧挨着隔板那一面，小床的床尾钉了一块木板，用来隔开老二的婴儿床。黄蔓脑补了一下李卫的那间小屋，有心想问她妹妹来了是怎么住的，话到嘴边又咽了回去，笑道：

"这俩人，还真有意思，又不是小孩子了！李云也真是的，男子汉大丈夫，这么点气量也没有吗？好歹人家也是个客人呀！"

"是啊，我也这么劝他。可是白费力气，两个我哪个也说不通。随他们去吧！反正我妹妹明天就走了。我现在就求老天保佑她明天一切顺利，赶紧走吧！"李卫道，"行了，蔓姐，我不耽误你时间了，我走了。"

"我跟你一起下楼吧。"黄蔓边说边取出门口橱子里拌着的烟灰色英式斗篷穿上，拿了一只粉色的包包，又穿了双粉色的平底浅口鞋。李卫见状笑道："蔓姐这身打扮可真是帅呆了，酷毙了，美得透不过气了。不过今天降温了，这鞋子怕是有点冷。"

"没事。"黄蔓笑道，"我开车。"

第三回

莫晓娜脸书逢机长
张保罗示爱欲购房

莫晓娜的酒店位于十字路口的一角，就在塞纳河的边上，一面正对着法国广播电视局，另一面便对着著名的自由女神像。莫晓娜干了半辈子餐饮，各种烹饪大奖拿了不计其数，在一次国际烹饪大赛上结识了这家酒店的老板，两人一见钟情，用磕磕绊绊的英语交流，克服重重困难，终成眷属，可是好景不长，老头前几年驾鹤西去了，亏得提前立好遗嘱，否则这酒店还不知道要被老头的子女瓜分成多少份呢。就这样官司也还是打了将近两年时间，拖得莫晓娜心力交瘁。但生意还得接着做，莫晓娜是从厨房学徒做起的，什么苦没吃过！总算是熬到尘埃落定，彻底拿到了酒店的全部股权。

于是莫晓娜安排人到各个网站、各种软件上去登记、注册、打广告，有用没用先撂到一边，哪怕提高一下知名度也是好的。她自己也注册了个脸书的账号，发了几张酒店的图片上去。有两个订房的软件上倒是下了几单，最近新加入的Booking软件效果似乎还不错。莫晓娜自己注册的脸书上一点成效也没有，莫晓娜又懒得上去操作，守株待兔，倒也加了几个好友，但都与业务无关，聊了两句便各自撂开了。

可是近几日加了一个自称台湾中华航空公司机长，名叫张保罗的为好友，小老头盯上了莫晓娜，一天问候十八趟，张保罗并不在乎莫晓娜爱搭不理的态度，时刻热情万丈地请安问好，而且还把自己的各种情况一一道来。那张保罗自称已经到了退休的年龄，老婆死了五年了，女儿十七岁，很快就要上大学了，自己也没什么不良嗜好，平时积攒下的钱大约有两千多万美元，就想找个人共度余生。

莫晓娜看了张保罗的留言，闲时也有一搭没一搭地聊两句，言谈之中自然也就说了自己如今单身一人的事。张保罗将自己女儿的照片发了一张给莫晓娜。莫晓娜仔细端详那小姑娘的五官，的确和张保罗有几分相似，心中未免对张保罗多了几分好感。

两人聊了几天，张保罗给莫晓娜发了一堆自己的照片，最后提出希望能一睹莫晓娜的芳容；莫晓娜看那些照片都是身穿机长制服，有的是在驾驶舱拍摄的，有的是在客舱拍摄的，估计张保罗的机长身份应该不会有假，正好自己从小就挺崇拜飞行员的，心想交个飞行员的朋友倒也不错，于是便发了一张自己的照片给张保罗，但是藏了个心眼，发了张戴着墨镜的照片。不想张保罗刚一收到莫晓娜的照片便发了个大大的"吻"的动态图片过来，"哦！亲爱的，我爱你，你愿意嫁给我吗？"

莫晓娜一向对自己的长相很有自信，而且她和亡夫也是一见钟情，亡夫是个法国人，所以莫晓娜对于外国人夸张而直白的表达方式倒也不以为奇；这张保罗自称出生在美国，从小就在美国长大，所以他现在这样说，莫晓娜也不过是微微一笑而已，随手给张保罗回了条信息："你并不了解我。"

"我了解你，亲爱的，你的丈夫去世了，我的妻子去世了，我看见你的第一眼我就爱上你了。"

"爱我？"莫晓娜笑着回了条信息，"你在美国，我在法国，你怎么爱我？"

"亲爱的，我和你说了，我马上就要退役了，我有至少两千一百万美元，我可以去到世界上任何我想去的地方。"

莫晓娜看了暗自好笑，这小老头大概是觉得两千一百万美元是个不得了的天文数字吧？莫晓娜将手机撂到面前的茶几上，一抬眼看见马路对面的苏庆余。

莫晓娜和苏庆余是通过黄蔓相识的，一则是因为二人皆是"70后"，共同话题更多；二则二人虽然性格截然相反，莫晓娜是个火暴脾气，点火就着的那种，苏庆余却是万事不形于色，永远地平静如水，不过二人骨子里却皆是性情中人。又都不缺钱，人一不缺钱，言行举止自然便恬淡了许多，再加上住得又近，所以如今二人的交情反而比和黄蔓要更加深厚些。

苏庆余刚从家里出来便接到酒庄经理打来的电话，于是边接电话边沿着塞纳河往莫晓娜的酒店走，经理告诉她法庭的裁决结果，酒庄败诉，赔偿原酒窖主管史蒂芬·西奥两万八千欧元。苏庆余满腔怒火，但听了经理的话只大概问了一下赔偿的期限与方式，然后淡淡地说了句："好，我知道了。"

这一场劳资官司前后拖了三四年，起因是原酒窖主管史蒂芬·西奥在网上闲逛，遇到了初恋情人伊沙贝拉，于是将伊沙贝拉召唤到了酒庄，本来史蒂芬·西奥一个人住在酒庄的一幢小楼里，一则是因为酒庄有的是房子，二则便于照看酒窖，伊沙贝拉来了便与他同住。苏庆余知道此事后，以为不过是短暂过客，也便不以为意，谁知伊沙贝拉就此长住了下来。史蒂芬·西奥便想为伊沙贝拉在酒庄谋份工作，正好之前的保洁员眼睛不好，提前退休了，史蒂芬·西奥便托酒庄的留学生赵双和苏庆余商量，能否让伊沙贝拉接替保洁工作，苏庆余一口便答应了。

一转眼半年过去了，忽然有一天史蒂芬·西奥请病假，同时希望自己的岗位由伊沙贝拉代替，声称这半年来，伊沙贝拉在他的培训之下已经完全可以胜任酒窖主管的岗位。赵双被他缠不过，便将球踢给了苏庆余，说只要老板同意自己也无话可说。史蒂芬·西奥便给苏庆余写了封邮件，说明了自己的愿望，苏庆余问明缘由当然不可能同意。

史蒂芬·西奥于是开始休病假，一病半年多，每天白天窝在小楼里不出门，一到下午五点钟以后就开车出去了，打听下来，原来是在附近的村子里买了一处旧房子，每天下午去自己动手整修房子。

苏庆余很是纳闷，问赵双："他不是病了吗？不能工作倒能修房子？"赵双答："医生给他开的病假单上就是这样写的，下午五点以后他可以出去呼吸新鲜空气。"把苏庆余气了个半死，一怒之下让把史蒂芬·西奥给辞退了。赵双反正是个听吆喝的主，苏庆余让干吗就干吗，直接就把史蒂芬·西奥给辞退了，这下可就给酒庄引火烧身了。

后来，苏庆余聘请的法国经理告诉苏庆余说：按照法国的法律必须给当事人连续寄三封挂号信提出警告，每封信的间隔期不能少于十五天，如果当事人屡教不改，则企业有权辞退该名不合格员工。但当时的赵双和苏庆余哪懂这些呀？史蒂芬·西奥一纸诉状将酒庄告上法庭。苏庆余只得请了律师应对，而史蒂芬·西奥则因为是失业人员可以申请法律援助，无须支付律师费用。第一轮官司纠缠了将近一年，史蒂芬·西奥败诉，但他坚持要求上诉，仲裁庭规定上诉必须等到十八个月以后。这老小子硬是熬了十八个月，再次上诉，声称就是因为被苏庆余的酒庄辞退，致使他的精神遭受了严重的打击，现在完全丧失了工作能力，要求酒庄赔偿他七万欧元。

　　从来赤脚的不怕穿鞋的，中外一理，劳资纠纷中在法律上占上风的永远是"弱势群体"这个概念，法律可不管你这个"弱势群体"是怎么样的膀大腰圆，那个"强势群体"又是怎么样的弱不禁风、种种压力之下度日如年；最终的判决是：苏庆余的酒庄因为在史蒂芬·西奥病假期间将其辞退，给病者的身心造成了"难以估算"的损伤，被责令赔偿其两万八千欧元，限令两年内付清。

　　苏庆余挂了酒庄经理的电话，长长地叹了口气，无论如何事情总算是有个了断了，这几年的律师费都花了几万欧元了。苏庆余抬头看见马路对面莫晓娜的酒店，莫晓娜隔着落地的窗户玻璃，也老远就看见苏庆余穿了件黑色的羊毛修身连衣裙，披了个深红色带黑色条纹的貂绒披肩，长发绾在脑后，风姿绰约地走过来，便起身往门口迎过去，站在大门口等着苏庆余走近，一边上下打量着苏庆余一边笑道："好看。我就不能穿貂，穿上就像个包租婆。"

　　"巴黎总不下雪，也没有穿貂的机会。"苏庆余笑道，"本来心想，总算今天降温了，披一下，也不算太嘚瑟。谁知出门便遇到一老太太穿了件超长的貂皮大衣，估计也是憋了好久了，好不容易逮着今天降温了。"

莫晓娜笑道："我们先上楼吧。"二人说着进门上了二楼。

"我走过来都有点出汗了。"苏庆余说笑着跟着莫晓娜踏上二楼平台，"哟，你这儿大变样了嘛！"

"怎么样？"莫晓娜笑问。

二楼挑空的平台就在接待处前台的上面，沿着铁艺的栏杆放了一溜卡座，原先都是浅棕色的桌椅，如今全都换成了孔雀蓝的沙发，白橡的长条桌。

"好看。"苏庆余环顾了一周，"耳目一新。我就最喜欢孔雀蓝了。就是这个白橡的恐怕不耐脏哦，你这地方可是个营业场所。"

"我早想到啦！"莫晓娜笑道，"桌面上镀了一层膜，防水、防油腻的，而且这也不是真橡木，仿的。"莫晓娜指着栏杆边上的卡座道，"就坐这儿吧，视野好。"

"那就好。"苏庆余边脱下披肩放到沙发上，边坐了下来。

莫晓娜的酒店一楼进门是前台接待，正对着前台是一整堵墙的玻璃隔断，隔断的另一边下两级台阶便是个四五百平方米的餐厅，落地的玻璃门窗外，沿着马路边上摆了一圈的绿植，紧挨着绿植的里侧放着几排桌椅，外头的卡座夏天位置订不上，可眼下临近圣诞节，外头的座位便不那么紧俏了，不过法国人不怕冷，喜欢坐在外头晒个太阳，卖个呆的。苏庆余和莫晓娜坐在二楼一眼便能看见外头马路上的人来车往，眼下还不到饭点，外头卡座上只有一对情侣相对坐着，各点了一杯咖啡，互相支着胳膊，探着身子凑近了在说话。

"法国人办事一向拖拉，你这个速度倒是蛮快的呀！"苏庆余笑道，"我们才多久没见面呀？前后加起来有一个月吗？"

"当然有呀，不过这是在中国定做的，有个温州的朋友做家具的，从他那儿订的，要是在法国人手上弄，那还不知要等到驴年马月呢！"莫晓娜还要说话，见服务生过来问她俩要喝点什么，便先问苏庆余，"给你来杯菊花茶怎么样？有朋友刚带来的金丝皇菊，我知道你喝不了其他茶。"

"是啊，喝了就别想睡觉了。"苏庆余笑道。

"那你就尝尝这个金丝皇菊，我喝了，挺好的。"

莫晓娜抬头吩咐服务生，"泡杯金丝皇菊，再帮我泡一壶小青柑吧。谢谢。"服务生领命走了，莫晓娜笑道，"黄蔓喝什么都没事，待会儿来了就正好和我一起喝小青柑好了。"莫晓娜的手机"嘀嘀嘀"连续有信息进来，打断了她的话；莫晓娜一看，全都是张保罗的信息：

"亲爱的，告诉我，你喜欢哪个国家、哪个城市？我要去你喜欢的地方，买一所大房子，和你一起生活。"

"亲爱的，你可以先去看房子，然后拍了视频发给我看。"

"亲爱的，不要问我喜欢什么样的房子，只要你喜欢就好。"

"亲爱的，房子写我们两个人的名字，你愿意吗？"

莫晓娜忍不住笑出声来，苏庆余问道："什么事呀？笑得这么开心？"莫晓娜将手机递给苏庆余看。苏庆余看了看笑问："哟，你谈恋爱了？这都到了买房子的地步了，怎么之前一句都没提过呀？"

"哪儿呀！一个网友，脸书上刚加了好友没几天。"莫晓娜笑道，"你在网上遇到过这种人吗？自来熟，好像认识了多久似的，给他发了张照片就说要跟你结婚。"

"也不是不可能呀！"苏庆余笑道，"对你这大美女一见倾心的他又不是头一个。"

"那可不一样，我跟米歇尔，我们那是面对面实实在在的，这个，抓不着摸不着的，谁知道他是怎么回事呀！"莫晓娜道，"真情还是假意怎么分辨？"

"也难说，现实当中也有虚情假意，难保网络上就没有真心实意。"

"嗨，你这么说，是不是你也有网友呀？"莫晓娜笑道。

"我可没有脸书账号。"

"各种网络平台多如牛毛，谁说非得是脸书上的好友才叫网友呀？"莫晓娜笑道，"只要是在网络上认识的，没见过真人的，那不都叫网友吗？"

"也对。"苏庆余笑道，"不过我是真没有。"顿了顿又笑道，"没有你这样的网友，又要结婚又要买房子的。我在K歌平台上也加了几个好友，不过就是谁发新歌了送个花、点个赞而已。"

"什么K歌？全民K歌吗？"

"是呀，国内好几个朋友都在玩那个，看见她们分享在朋友圈，就问她们，然后就推荐给我了，加了以后还蛮好玩的，我就也唱了两首歌传了上去。"苏庆余笑道。

"你唱歌好听，放给我听听。"

苏庆余打开手机里的K歌软件，把自己唱的歌放给莫晓娜听，莫晓娜边听边笑道："好听，有多少粉丝了？那你就没有谁加了其他私信方式的？"莫晓娜问，"没人跟你要其他的联系方式吗？"

"加了一个叫张仪的。"苏庆余笑道，"不过可能是我开始就跟他说清楚我的年龄了，所以他一直恭恭敬敬地叫我苏姐呢。"

"他多大了呀？"

"他说他八五年的，所以没什么可以胡思乱想的。"苏庆余笑道。

"你给他发照片了吗？"莫晓娜接二连三地笑问，"他没跟你要照片？还是你在自己的K歌主页上放照片了？"

"怎么可能在网络上放照片呀！他倒是问了为什么主页上没有放照片？我跟他说：一不征婚，二不相亲，放照片干什么？他说：'也对哦。'也就没再提这事了。"苏庆余话音未落便看见张仪发了一条信息进来："苏姐，周末了，有什么安排呀？"苏庆余见了，对莫晓娜笑道："真是说曹操曹操到，他的信息。"

"快让我看看。"莫晓娜探身笑道。苏庆余正要将手机递给莫晓娜，又进来一条张仪的信息："苏姐，我有个不情之请，不知当讲不当讲？"莫晓娜也已看见了张仪的信息，脱口笑道："让我猜猜他这不情之请是什么？跟你要照片。你信吗？"

"应该不会。"苏庆余笑着摇摇头，"他知道我多大，也知道我儿子都快上大学了，要我照片干吗？拿回家当祖宗供着呀！"

"不信你就让他说。"莫晓娜向后一靠，斜倚在沙发背上，两手交叉抱到胸前，歪着脑袋坏笑着看着苏庆余。苏庆余见她这样，不由得也起了好奇心，于是笑着摇摇头给张仪回了条信息："不必客气，但说无妨。"发完把手机推到莫晓娜面前，好让她看清回复，张仪的信息几乎秒回："不知我是否有一睹苏姐芳容的机会呢？"

莫晓娜"扑哧"一声笑了出来，苏庆余也忍不住笑了。

　　只见张仪的第二条信息又进来了："我知道这个要求有点唐突，只是我每天对着一杯酒说话，真的是挺别扭的。求苏姐满足一下弟弟这颗好奇心呗。"苏庆余的K歌头像是一杯酒。紧接着张仪连续发了三四张图片过来，打开一看，有穿休闲装的，有穿西服的，还有在健身房的，居然还有一张小时候的，"苏姐，我只要看你一眼就好。"张仪又发了一条信息过来。

　　莫晓娜笑道："这么诚心，连小时候的照片都发过来了，为的就是叫你放心呢，你就发一张给人家吧。我就不信他还能接着叫你苏姐？"

　　苏庆余拿过手机放进包里，笑道："你快安生些吧，好好买你的房子吧。"莫晓娜见她这样说，不禁笑道："刚刚忙着看你的信息，那个家伙也发了好几条信息进来呢。"

　　"那你还不快看？"苏庆余笑道。

　　莫晓娜点开一看："亲爱的，你为什么不回答我呢？"

　　"亲爱的，我已经坠入情网，无法自拔。只有你才能拯救我。"

"亲爱的，你知道吗？自从我的妻子去世以后，我就恨透了这个世界，我恨上帝对我不公正，可是你的出现让我明白了一个道理：上帝拿走眼前的，真的是为了给我更好的。"

"我的天使，回答我，不要让我的灵魂被爱煎熬。"

"他是不是真的爱上你了呀？"苏庆余笑道，"也说不准哦。"

"谁知道呀！"莫晓娜摇摇头，笑道，"这网络世界真是吃不准。这才认识几天啊？连面都没见，就这么表衷心，怎么想都不像是真的。"

"二位姐姐，我来晚了。"黄蔓进门抬头看见坐在楼上卡座里的莫晓娜和苏庆余，便一路说笑着走了上来。

莫晓娜便收了手机，招呼黄蔓坐下，给她倒了一杯小青柑……

第四回

一网情深夜话缠绵
两地相思软语温存

晚餐后，苏庆余本打算走回家的，但黄蔓坚持要送她回家，莫晓娜也说："大晚上的，天又这么冷，何必走呢！"

黄蔓接口道："就是呀，一脚油门的事。"

苏庆余笑道："我还想，吃那么多，走回去正好消化消化。好吧，好吧，走吧。"

莫晓娜将她们二人送上车，又嘱咐了一句黄蔓："慢点开。"看着车走了才转身回了酒店。

莫晓娜住在顶层的豪华套房里，洗漱已毕，看见手机上显示有张保罗的信息，便点开来看："亲爱的，你可真是我的幸运星，自从认识你我就好运连连。祝贺我吧，我今天终于拿到了这份合同。"

莫晓娜有点好奇，张保罗一个快要退役的飞行员能有什么合同？于是便回复了一条信息问："什么合同？"

"亲爱的，本来我退休，公司要给我五十万美元的退休金，现在他们请我当教练帮他们培训一批新的飞行员，为期三十天，给我七十万美元。"

"三十天就能培训出一个飞行员来？"莫晓娜疑惑道。

"亲爱的，他们已经接受了一阵子培训了，我去是要给他们做一些特别的训练。"

"那就是三十天多挣二十万美元呗？"莫晓娜道，"那是好事情啊，祝贺你啊。"

"不是。亲爱的，是为这三十天额外支付给我七十万美元的培训费，也就是说，在我退休的时候我可以一次性拿到一百二十万美元。"

"噢噢噢，那不错啊！培训基地在哪儿呀？"

"在利马。"张保罗回复道，"亲爱的，你去过吗？秘鲁的首都。"

"没去过。"

"没关系的，亲爱的，等我，我会带着我所有的钱去找你，我会带你走遍全世界。"

莫晓娜见了，随手输入道："等你来了，驴年马月啊！"

"不会。亲爱的，很快。我很快就会去巴黎见你。"

莫晓娜忽然心中一动，问道："对了，我还没见过飞行员的驾驶证呢，你有吗？"

"当然有啊。"

"能让我见识见识吗？"莫晓娜问。

"等我去巴黎，我会让你看到的。"张保罗回答。

莫晓娜故意执着地说："可是我等不及了，现在就想看见。"

"别着急，等我去了，你想看的一切，都能如愿。"

莫晓娜估计飞行证张保罗未必会给自己看，但是不看见点什么总觉得心里不踏实，灵机一动，随即改口道："那就把你的工作名牌让我看一下总可以吧？我又不是没坐过飞机，那个东西你们所有的机组成员不是全都挂在胸前的吗？总没什么可保密的吧？"莫晓娜说完等了一会儿，不见张保罗接茬，便发了条信息过去："怎么？害怕了？不敢发？"

不一会儿，张保罗发了张照片过来，莫晓娜点开一看，果然是一张台湾华航的工作名牌。照片、姓名、岗位样样齐全。莫晓娜不由得微微一笑，这才安下心来。

"亲爱的，现在你总该相信我了吧？"张保罗问。

"我本来也没不相信你啊。"莫晓娜笑道，"那你什么时候出发去利马呢？"

"这两天我要带女儿去购物，下周我就要出发去利马。"

"好吧。"莫晓娜打了个哈欠，"我要睡觉了，我这儿已经很晚了。预祝你购物愉快。"

"好的，亲爱的，晚安！好梦！爱你！"

莫晓娜关了手机，心头掠过一丝甜意，又打了个哈欠，这才熄了灯睡下。

苏庆余下了车，关照了黄蔓慢点开车，看着黄蔓的车转过路口才回家。

苏庆余回到家，拿出手机，发现有一条张仪的信息，打开一看："苏姐，今天和朋友聚会玩得开心吗？"

"挺好的。"苏庆余回复道。

"现在到家了吗？"张仪的信息几乎秒回，"喝酒了吧？"

"喝了点。"

"没喝多吧？冲杯蜂蜜水喝，让胃缓和一下。"

"没事的，喝得不多。"

"就知道苏姐不会喝多的。苏姐有量。"张仪发了个伸舌的笑脸过来，"微醺吗？现在。"

苏庆余微微一笑，回复道："嗯，微醺。"

"微醺是喝酒的最佳状态。好想看看苏姐现在的样子。"张仪道，"下午我和你要照片姐姐还没给我呢！就发一张让弟弟看一眼呗，就一眼，我看一眼你就撤回还不行吗？求你了，好吗？好姐姐。你就满足一下我的好奇心呗，苏姐，好姐姐，亲姐姐。"

苏庆余看得忍不住笑出声来，对着镜子看了看自己，奔五的人了，可依然是眉目如画，除了眼角笑起来有些细纹，其他地方都还细腻紧致，尤其这会儿喝了点酒，更是面若桃花，眼波流转；苏庆余想起莫晓娜的话，不由得心中微微一动，有心现拍一张，想想又觉得不妥，于是在手机的照片图库里找了一张戴着墨镜的，给张仪发了过去。

"哇！苏姐，你跟我说的年龄是开玩笑的吧？你这气质也太好了！看上去顶多三十出头。"

"真会说话。"苏庆余笑着回复道。

"是真心话。不过苏姐，干吗戴墨镜呀！还戴个这么大的墨镜！什么也看不见。干脆好事做到底，你就发张不戴墨镜的让我看看呗！就算是现实生活当中，你也不能总戴个墨镜见人吧？我们虽然相识在网络上，但现代社会难道能避开网络吗？传统的交友形式必然要被网络取代呀！苏姐你说是吧？"

苏庆余想想也对，有心想把刚刚发的照片撤回，转念一想，他若有心早将图片保存了，撤又有什么实质性的意义？索性由它去了。

"姐姐，姐姐。"张仪的信息又进来了，"我已经搬好小板凳，坐等了。"

苏庆余一见，不禁"扑哧"笑出声来，于是又找了一张生活照发了过去。

这次张仪突然就没了消息，苏庆余等了几分钟，看他还是没有回复，心想他在美国，这会儿还是白天呢，也许有什么事情吧，也便不再理论，自顾进卫生间洗漱，等她出来，一看手机，有三条张仪的信息，打开一看，居然都是同样的内容，连喊了三遍"苏姐"，苏庆余回复道："有话你就说呗。"

"不想叫你苏姐了。"张仪紧接着又发了一条信息过来，"真心不想叫你苏姐了。"

"叫阿姨也可以呀。"苏庆余调侃道。

"想叫你苏苏、余儿、宝贝，三个称呼，你选一个。"

"什么乱七八糟的！我睡觉了，不和你说了。"苏庆余笑道。

"怎么就乱七八糟了？我是认真的。"

苏庆余打了个哈欠，回复道："不早了，我困了，明天要去儿子学校接他回来呢。先不和你说了，晚安。"张仪见她这样，只好无奈道："好吧，你先休息，晚安，一定要梦到我哦！"苏庆余也不接他的话茬，直接关了手机躺下，在床上辗转反侧，也不知究竟几点才睡着了。

黄蔓一回到家便赶紧给老公发了条信息，告诉他苏庆余同意分期付款了。见有几条林辉的信息，黄蔓并不急于看，她要等洗漱完了，再坐到被窝里消消停停地看。

黄蔓心里想着林辉的信息，火急火燎地迅速收拾妥当，坐进被窝，这才打开林辉的信息，不出所料，甜言蜜语，爱如潮涌：

"宝贝，晚上我去爸妈家吃饭了，陪老爸喝了点酒，我想你想得不行了，好想好想。"

"宝贝，你什么时候才回家呀？我一直在等你。"

"宝贝，以后我们在一起了，我一分钟也不让你离开我的视线。"

"宝贝，你再不回复我就要得相思病了。"

"好吧，宝贝，我知道你和朋友在一起，不方便回复，我实在是困得不行了，明天还要加个班，要帮一个客户注销账户，我就不等你了。先睡了。爱你，宝贝，梦中和你相会。"

黄蔓将信息反复看了两三遍，回复了一条"晚安"，这才躺下睡觉。

第五回

无业游民网络做戏
理财精英年终说书

黄蔓早晨醒来刚一打开手机，林辉的信息就进来了："宝贝，醒了先喝点水，润润嗓子，你们女人是水做的。然后记得告诉我一声，让我和你说早安。"黄蔓微笑着先给林辉回复了信息"早安"，这才欠身拿起床头的水杯，喝了一小口水，水还没咽下肚，林辉的电话就进来了："宝贝，我想你想得不行了。"黄蔓听了咯咯地笑了起来，"宝贝，我待会儿要去一趟上司家里，我的工作出了点小小的失误，这几天做事情老是有点魂不守舍的，脑子里总是在想你。一个人还经常傻笑，生怕被同事看出来笑话我。"

"啊呀，那岂不是我在影响你工作了吗？"黄蔓笑道。

"怎么会呢？宝贝，没关系的，我待会儿去找我上司商量一下，问题应该不大。"

"那好吧，你快去吧。"

"好的，宝贝，那我出去了。想你。你也要记得想我哦！"

黄蔓挂了电话，开始忙自己的事情，中午坐下来吃饭的时候突然想起李卫和她妹妹的事，便给李卫打了个电话问航班情况。

"谢谢蔓姐关心哦。"李卫道，"正排队退税呢，好多东西，有我妹妹自己买的，也有我托她带回去的，估计今天应该能走得掉。"

"顺利登机最好，要是走不掉千万告诉我一声，我请你俩吃饭。"黄蔓笑道。

"好的好的，谢谢蔓姐。"李卫连声答应。挂了电话她妹妹李琳问道："是那个之前你做她助手的黄蔓？"

"嗯，是她。昨天听说你在，要请你吃饭呢，我说你今天就走了，所以她刚打电话过来问你走没走成，说要是没走成就请你吃饭。"

李琳笑道："哟，你这前老板人还不错嘛。"

"嗯，人是挺好的。"李卫道，"哎呀，我忘了，实际上应该你来的时候我就告诉她，这样你就能上她家里看看去了，她一个人住在十六区一间酒店式大公寓里，他们那前台，超牛，就跟五星级大酒店的大堂似的。"

"亏你也见过好房子，我还以为全巴黎的中国人都住那样的猪窝呢。"李琳见李卫说到别人的房子眉飞色舞，不禁气不打一处来，没好气地冲道。

"什么猪窝不猪窝的，你就是狗嘴里吐不出象牙来。你就不能好好说话呀！"

"姐，不是我不能好好说话。"李琳叹了口气，"你看看你现在过的是什么日子？天天早出晚归，忙着拍照拍照，天知道拍那么多照片能成交几单。"

"成一单算一单呗。不然一家人喝风呀！"李卫皱眉道。

"叫我说，你还不如回家算了。"

"回家？你说得轻巧，哪那么容易？！"李卫叹了口气，"我和李云又不是什么好学校毕业的，又没有一技之长，现在这个年龄回国去怎么找工作？还有两个小孩，国内的教育医疗费用你比我清楚，就我们现在这样，怎么回国？回去又怎么活？"

李琳听了不禁语塞，愤愤地叹了口气，闷了一会儿到底忍不住，转脸对李卫说："姐，你防着点李云，别太傻了。只知道一门心思挣钱养家，最后养出一条白眼狼来。"

"怎么啦？"李卫的心有点发慌，"你是发现了什么吗？"

李琳想了想道："我也不是很确定。那天Émina拿李云的手机玩，我在旁边看，就看见一条信息进来说：'你是吃不到葡萄就说葡萄酸吧？'我没忍住就点开来看了，发现是李云在和一个男网友说一个女网友的事情。结果反被那个男网友给损了一通。"

"什么男网友女网友的？乱七八糟的。我怎么听不懂啊？"李卫皱眉道。

"我开始也有点蒙，但翻看了他们的对话记录就搞清了。李云在网上认识了一个女的，死皮赖脸地要追人家，结果那个女的对他没感觉，他就觍着脸管人家叫姐姐，不想那个女的和男朋友吵架的事让李云知道了，李云就醋劲大发了。"

"哎，等等，李云是怎么能知道他那女网友和男朋友吵架的事的呢？那女的跟他这'弟弟'说了？"说到"弟弟"二字，李卫情不自禁地语气尖刻起来，"不然他怎么能知道呢？"

"我看了李云和那个女的对话记录，李云假装自己是操作数字货币的高手。"

"数字货币是什么呀？"

"就是比特币那些东西吧，比特币你总听说过吧？"

"听说过。李云他哪懂这个呀？"

"我当然知道他不懂。"李琳不屑道，"他要懂，你还用得着跟着他住那猪窝？不对，现在是他跟着你呢！他还在网上牛皮烘烘地充什么高大上的成功人士呢。哎呀，你先听我把话说完嘛。"李琳挥手道，"那个女的和男朋友闹翻了，就问李云怎么才能出金，结果正问着他男朋友的信息进来，那女的估计也没注意到，就连着信息通知条一起截图给了李云。李云就把那女的好一顿骂，说谁要娶了那女的，头上得有一片呼伦贝尔大草原。"李琳说到这儿忍不住笑了起来。

李卫听了不禁也笑了起来，问："你不是说那女的拒绝李云了吗？跟他没瓜葛吗？"

"是啊。所以那女的回了他一句：'可惜那么大个草原没有一片叶子是你。'"李琳"咯咯"笑道，"然后就把他拉黑了。他还没骂过瘾呢，信息就已经发不过去了。我看了他们的通话记录，前头一直在那女的跟前装孙子，憋坏了。"

"那他是怎么找到那女的男朋友的呢？"李卫不解道。

"这我就不知道了。"李琳道，"姐你有脸书账号吗？"

"没有。"

"那个上面什么好友的好友，牵牵扯扯，总能找到些线索的，想找人在那上面不算什么难事。反正他是找到了那个女的男朋友了，就想挑拨人家的关系呗。就说那个女的很有可能同时和好多男的在聊天，劝那个男的别上当之类的话，结果那个男的倒也不糊涂，看了他的话当时并没有说话，估计后来又仔细地看了他发过去的他和那个女的聊天记录，然后才给他回复了那么一句'吃不到葡萄就说葡萄酸'的话。正好那会儿手机在Émina手上，我就拿过来看了。"

"那他和那女的不是没什么吗？"

"那是人家那女的不搭理他，那你怎么知道别的女人就都不搭理他呢？"李琳反问道，"你能说他上网就只和一个女人在聊天吗？你天天在外头累成狗，他反正天天闲在家里，有的是时间在网络上晃悠。"李琳还想再说，队伍已经排到她跟前了，只得收住后面的话，对李卫道，"反正你自己多个心眼吧。"

李卫默然无语，心乱如麻……

回头且说黄蔓挂掉李卫的电话，心里奇怪林辉今天怎么到现在一条信息也没有？平时他倒杯咖啡都要抽空给黄蔓发条信息的。可是林辉一直到晚上也没有发一条信息过来，黄蔓有心发条信息问问，却又觉得有点没面子，于是忍了一个晚上，可是第二天一整天还是信息全无，好在儿子跟她视频了一会儿，总算是缓解了牵挂林辉的心。

第三天整个上午黄蔓都有些心神不宁，中午林辉终于发了一条信息。黄蔓看见是林辉的信息，一颗心才定了下来，打开一看："宝贝，我待会儿就回家，到家给你电话好吗？我有重要的事情要和你说。"黄蔓回复了一句"好的"。心想：他能有什么重要的事情要和自己讲呢？两人虽然嘴上聊得天花乱坠的，可毕竟认识没几天呀！

果然林辉一回到家便给黄蔓发了条信息过来："宝贝，现在通话方便吗？"

"方便。"

林辉的电话立刻便进来了："宝贝，今天我们开董事局会议了。"

"噢。"黄蔓嘴里答应着，心里却在想："开董事局会议这种事跟我说干吗呀！"

"我也参加了。"林辉接着说。

"你是想要告诉我，你也是董事局成员吗？"黄蔓笑道。

"我不是。我就是个普通的中层。"林辉道，"今天董事局开会研究决定要给老客户赠送股份。"黄蔓一声不吭，默默地听林辉诉说，因为她实在想不出他这么郑重其事地告诉她这些究竟是为什么。林辉顿了顿，问道："宝贝，你在听吗？"

"在听。"

"噢，我还以为网络不好呢，你怎么突然就没声音了。"林辉笑道，"宝贝，你还记得前天我和你说的那个工作失误吧？"

"记得，怎么呢？"

"本来那个客户要销户的，结果我满脑子都在想你，居然没等到后台把那个客户注销掉的确认信息就退出了程序，所以这次赠送股份的名单里就仍然还有他。我和我上司商量了好久，决定把这个机会送给你。宝贝，我爱你，我想给你我的所有。"

"什么什么？"黄蔓皱眉道，"你都把我给说糊涂了。你没能把客户的账户注销掉，那你现在注销掉好了呀，这不就是你们后台操作一下就解决了吗？怎么就牵扯到要把股份赠送的机会送给我了呢？"

"宝贝，你听我说，这是个千载难逢的好机会，绝对是可遇不可求的。"林辉急切地解释道，"马上要过圣诞节了，公司为了答谢老顾客，所以才决定赠送他们股份。根据每个客户的自身情况多少不等，这个客户在我手上做了三年多了，分到他名下的股份折成港币差不多有一百多万。我和我的上司商量了一下，你是接受这笔股份的最佳人选。宝贝，你什么也不需要做，只要给我你的银行账户就可以，一定要海外账户，因为这次活动是回馈海外客户的，人民币、港币账户都不可以。"

"可是这个客户不是已经注销掉了吗？"黄蔓不解道。

"对。宝贝。可是我操作失误，没有等到后台确认注销就退出程序了，所以在公司的后台管理系统里这个客户还是存在的，这次的分股方案里还是有他的名字的呀。"

"我明白了。"黄蔓道,"你和你的上司发现了这个漏洞,所以你们在会上并没有马上指出这个客户已经被注销掉了。"

"宝贝,这是我的工作失误,不能说,你想害我被炒鱿鱼吗?"

"那我就不理解了,你后台没有操作利索,及时更正一下,又没给公司造成什么实质性的损失,现在却要私下里支取公司给客户的股份分红,这才是真正的错误呀!"

"怎么会呢?宝贝。现在因为我的工作失误,公司的分配方案已经拟订,无法更改了。如果我现在去说,我很有可能会被除名的。宝贝。"

"那你在会上为什么不在发现错误的第一时间就说明自己的过失呢?你们今天开的反正是董事会,当时就可以更正错误呀。"

"哎呀!宝贝,我跟你解释不清的。这样的错误是不能在董事会上说的,说了对我不利的。"

"那你盗取公司给客户的股份分红就是错上加错呀!"黄蔓脱口道。

"哎呀！宝贝，我把这么大的好处送给你，你还说这些，你真是太让我失望了。那就算你帮我一个忙，你长期在法国，肯定有法国的账户吧？把你的账户借我用一下总可以吧？算我求你了。你又没有任何损失，到时候我把赠送的股份折成美元打到你的账户，我只要拿走50%就可以了，其余的是我送你的圣诞礼物，这样可以吗？宝贝。"林辉说着放低嗓音，柔声道，"我的宝贝，我们认识这么久，在我心里，早就把你当成自己的老婆了，你就帮我这个忙好吗？只是从你的账户里过一下而已。"

黄蔓思索了一下，自己的确也没什么损失，又听林辉这么低声下气地恳求自己，也实在是不忍心再拒绝，于是只好说："我也不要你那50%，只是你的钱要在我账户上停留多久呢？"

"绝对不超出两小时，宝贝。"

"那好吧。"

"宝贝，你真好。爱你。"林辉高兴地在电话里一通乱亲，"对了，宝贝，只是有个小事还需要麻烦你一下。"

"什么事？"

"我肯定不能莫名其妙地就把这笔股份打到你的账户，你必须要先在我们公司开个户，成为我们的客户，然后我会在后台操作好，把那个客户名下的额度划转到你的名下。"

"我可没那么多钱，跑到你们汇丰证券开户去。"黄蔓笑道。

"宝贝，不需要很多钱，只要一万美元就可以开户了。而且等赠送的股份一到你的账户，我就立刻帮你注销掉账户，一万美元原封不动地退给你。"

"什么？要我拿一万美元先开户？我又不要那分红，是你想要呀，你自己拿一万美元开户就是了呀。"

"宝贝。"林辉加重语气道，"不单我不能开户，我家人也不可以。如果我和他们可以的话，我又何必麻烦你呢？"

"那我的名字可以借你用一下，你自己拿钱开户，反正账户在你手上操控，你也没什么不放心的。"黄蔓笑道。

"宝贝，你就是不相信我呗。"林辉不快道，"怎么我林辉在你心里连一万美元都不值吗？"

黄蔓辩解道："这和相不相信没关系，好吗？"

"你就是不相信我。一万美元又不是不给你了，不过是临时注册用一下而已。"

"那你为什么不自己出钱呢？"

"现在这么敏感的时候，我不能动我的银行资金，公司会怀疑到我的。你明白吗？宝贝。"

"我不明白，反正就是临时用一下而已，你自己说你已经到香港二十年了，就算是你的个人账户不能动，那你随便找哪个亲朋好友挪一下好了，一万美元，又不是一百万。"

"不行，他们都知道我有这个实力，我找不到和他们借钱的理由。"

"跟你父母借一下也可以呀，跟他们借钱总不需要什么理由吧？"

"我父母的钱都在我这儿帮他们理财呢。哎呀！说到底你就是不相信我。好了，先这样吧，我很烦，很累。我想休息了。"林辉说完"嘟"的一声就把电话挂断了。黄蔓拿着手机又气又恼又伤心，这还是林辉第一次这样对她，一直到晚上躺到床上黄蔓的心里都感觉堵得慌。

第六回

借钱不成反目断交
帮忙未果恶语相向

就在黄蔓躺在床上辗转反侧之际，莫晓娜也正为张保罗的热情所困扰呢。张保罗热情万丈地给莫晓娜发了条信息："亲爱的，把你的家庭住址告诉我，我现在和女儿正在外面购物呢，我给你也买了个小礼物。亲爱的，我知道你应该得到更多，是你带给了我好运。因为我还不知道你喜欢什么，所以我就买了我喜欢的东西，希望你能喜欢。快点告诉我你的地址，我马上去邮局寄给你。"

"别别别，千万别。"莫晓娜赶紧回复道，"我什么都不缺，谢谢你了。"

"亲爱的，我知道你什么都不缺，但这是我的一片心意呀！请你务必收下。快点告诉我地址。"

"不要不要，真的不要。我们都还没见过面，我怎么可能要你的礼物呢！"

"我很快就会去巴黎见你的，亲爱的。等我这一期的培训结束，拿到所有的钱，我就去巴黎找你。快告诉我地址。你是不相信我吗？亲爱的。我没有别的意思，我不会拿你的地址做什么的，而且我又能拿你的地址做什么呢？"

"你别误会，我不是这个意思，而且这和信任不信任也没有任何关系。我只是绝对不可能接受你的礼物。"

"不。你就是不信任我。"张保罗同时还发了个气愤的小表情过来。

"真不是。"莫晓娜赶紧回复道。可是张保罗再也不理莫晓娜。莫晓娜从 WhatsApp 的软件上清楚地看到张保罗一直在线，却并不阅读自己的信息，心想也许他真的是一片真心，已经兴冲冲地为自己买好了礼物，而自己却不给他地址，是否真的伤了他的心呢？于是又发了一条信息过去："我真不是不相信你的意思，只是我现在不能给你地址，给你地址就意味着接受你的礼物，可是我们还从未见过面，我怎么可能接受你的礼物呢？这样好不好，你把礼物存放好，你的培训期一共不就一个月吗？等你处理好自己的事情，真的来巴黎了，我们见了面，你把礼物当面交给我，岂不是更好？"莫晓娜发完信息，看见信息边上的两个小钩变成了蓝色，知道张保罗已经看了自己的信息，于是便等着他回复，结果一直到上床睡觉张保罗也没有回复一个字，莫晓娜只得闷闷不乐地熄灯睡觉了。

张保罗消失两天后突然给莫晓娜发了几张照片过来，一张是在海边的，一张是在教室里和学员的合影，还有一张是在一个庭院的泳池边上。"亲爱的，我想忘了你，可是我做不到。"莫晓娜看了心头不禁涌上一股甜蜜，她把张保罗的照片点开、放大，仔仔细细看了一遍，说实话，这张保罗虽然貌不惊人，但身姿挺拔，再配上那套机长制服，看上去还是挺精神的。莫晓娜笑眯眯地回复道："已经到利马了？"

二人算是重归于好，张保罗也闭口不提礼物之事，二人只说相思，情意渐浓。

一个星期很快便过去了。这天早起，张保罗向莫晓娜问完早安，接着又发了条信息过来："亲爱的，和我一起为我们的女儿祈祷吧。"莫晓娜知道张保罗很小的时候便父母双亡，跟着姨母一起长大，妻子五年前得了癌症也没了，姨母虽在，可是也早已垂垂老矣，女儿是他的命根子，于是赶紧问道："你女儿怎么了？"

"早晨上学的路上，她坐的出租车被一辆卡车给撞了，现在正在医院里抢救呢。"

"那你和医生通话了吗？有没有生命危险呀？"

"医生说她已经脱离生命危险了，不过还需要继续做进一步的治疗。"

"噢，一定没事的。"莫晓娜忙安慰说，"美国的医疗水平绝对是世界一流的，放心好了。你也不用太过担心。"

"我怎么能不担心呢！亲爱的，我不能失去她，我再也经不起失去亲人的打击了。我现在在训练营，我什么也做不了。我痛苦极了！"

莫晓娜见他这样，心里不禁也跟着难过起来，"你也别太自责，你就算是在她身边也同样做不了什么。相信医生。"

"亲爱的，医生刚刚和我通过电话，他要我交一万五千美元的治疗费，他才能为我们的女儿做进一步的治疗。可是我现在在训练营，我什么也做不了。亲爱的，你能帮帮我吗？给那个医生寄一万五千美元，救救我们的女儿吧。"

"什么什么？"莫晓娜有点发蒙，"你说什么？给医生寄一万五千美元？"莫晓娜虽然不了解美国的医疗制度，但影视作品总是看过的呀，而且按照常规的思维模式推断，发生了交通事故，医院难道第一反应不应该是全力救护吗？她忍不住疑惑道："交通事故难道没有警方介入吗？难道出了交通事故，人命关天还得先交钱？而且就算是交钱，也应该是交给医院呀？怎么会是交给医生呢？"张保罗见她这样问，不耐烦地回复道："你是要见死不救吗？难道你希望我女儿就这样死去吗？"

"你不是说你女儿已经脱离生命危险了吗？"莫晓娜见他话说得难听，也有些不开心，"你不是有两千多万美元的积蓄吗？怎么一万五千美元还用得着跟别人借？"

"我是有两千多万美元，可是都在我美国的银行里，我现在在利马，在训练营，出不去。你知道的呀！"

"怎么利马不在地球上吗？训练营又不是集中营，没有人身自由吗？那你是怎么到海边去溜达拍照的呢？"莫晓娜也有些生气，因此话也就说得不大客气了，"而且现在都是网上操作，你在手机上就可以操作呀，根本就用不着出你的训练营呀。"

"亲爱的，我没有手机银行，我也没有在网络上操作过。如果你不想帮我，你就不要再说话了，让我一个人静一静。OK？"张保罗发完信息便退出了系统。莫晓娜见了也气得退出系统。

无独有偶，同样消失了几天的林辉这天晚上也出现了。他先发了一张自己在浴缸里泡澡的照片给黄蔓，嘟着嘴，一副愁眉苦脸的样子。随后发了一条信息过来："宝贝，现在只有你能帮我了。我今天都给我主管下跪了，可是他说他也没有办法。"

"下跪？"黄蔓原本不想理他的，可是看见林辉的信息，忍不住回复道，"至于吗？男儿膝下有黄金。"

林辉见黄蔓回复，立刻打了个电话进来说："没关系的，我也是实在被逼急了，现在如果宝贝你不救我，我就只有坐牢这一条路了。"

"这都哪儿跟哪儿呀？一个小小的工作失误，至于吗？就要坐牢了？"黄蔓愤愤道。

"宝贝，我实话跟你说，我在这个行业做了十多年了，哪个做金融的人没点小花头？谁能经得起查？如果因为这件小事公司彻查我，一定会查出问题的。现在只有你能帮我了。宝贝。"

"我怎么帮你？"

"宝贝，打一万美元过来开个户，求你了，开户反正用的都是你的信息，你担心什么呢？"

黄蔓听他说得可怜兮兮的，也有点心软了，于是问道："可是我在法国，我怎么开户呢？"林辉听见黄蔓这样说，立刻来了精神，笑道："我的好宝贝，就知道你舍不得让老公去坐牢。"

"我呸。什么老公不老公的，我有老公。"黄蔓笑道。

"我管你有没有老公呢，关我什么事？"林辉笑道，"我反正当你是我老婆。老婆，你听我说，你把你的护照拍照发给我就可以了，剩下的事情交给老公，老公是专业的，全部帮你搞定。等开完户，老公会把账号信息发给你的。"

"那我就把一万美元打到你给我的账号里呗？"

"我的傻老婆，钱要打到公司指定的账号里，财务验收合格了才会转入你的账户，然后你就等着分股份吧。"

"什么？"黄蔓嚷道，"把钱打到你们公司指定的账户？为什么不打到我自己的账户里呢？"

"你没有钱，哪来的账户呢？"

"你不是帮我开好户了吗？"

"对，可那只是个空头账户呀，要等公司财务验收完你的钱，才能帮你转入你的账户！我的傻老婆。"林辉笑道。

"哼。"黄蔓冷笑了一声，"看来你真当我是傻子呢。"

"你这话什么意思？"

"没什么意思。"

"我明白了。"林辉气道，"你耍我呗？现在又变卦了呗？好。算我林辉跟你借一万美元总行了吧？你看我值一万美元吗？你就说你借不借吧？"

"年底，我也缺钱。"黄蔓冷冷地说，"对不起了，我心有余而力不足。"

"那你说，你有多少？你缺多少？我来想办法帮你补足，这样总行了吧？"

黄蔓气得笑了起来："你有没有搞错呀？怎么搞得像是我要跟你借钱似的？"

"果然最毒妇人心！"林辉气道，"这些天你和我甜言蜜语，原来都是骗我的，你就是个骗子。"

"什么？我是骗子？"黄蔓怒道。却听见林辉"啪"的一声把电话挂断了。黄蔓气得随即给林辉发了条信息："我是骗子，我骗你什么了？"结果却发现林辉已经将自己拉黑了。黄蔓恼火之余，不免庆幸自己好歹没什么经济损失。只是心里想起林辉的种种柔情，多少有些怅然若失。

第二天黄蔓一觉睡醒，想起该去莫晓娜的酒店转转了，看看她圣诞前还要不要补充点酒水，于是收拾打扮了一番，开车来到莫晓娜的酒店，见莫晓娜正坐在临窗的卡座里发呆呢。

莫晓娜此刻正为张保罗的事情郁闷呢！那张保罗今天一早又在不停地发信息追问莫晓娜到底救不救他的女儿？还发了一张他女儿坐在病床上的照片过来。并说自己变卖了身边的电脑和首饰，但是只凑了一万美元，还差五千美元实在没办法了，只好向莫晓娜求助。莫晓娜疑惑地问他："你发过来的照片上教室里的学员至少有三十个人，你为什么不向他们求助呢？还有那个训练营不可能只有你一个教官呀，你为什么不向同事求助呢？

你拍的几张照片我都看了，没有一张照片上你是戴首饰的呀？难道男人出差也像女人一样还带个首饰盒专门存放首饰备用？"

莫晓娜的问话引得张保罗勃然大怒："你不帮就不帮，直接说就好了，何必说这么多怀疑我的话？无聊！难道我会赖你五千美元吗？等我回到休斯敦，我加倍付你利息好了。"

莫晓娜见他这样，灵机一动，回复道："那你把医生的电话给我，我来跟他对个话，我得问问他到底还有没有一点医德？"

张保罗一见更加来火，怒道："什么？你这样做是想要害死我的女儿吗？"接着缓和了一下语气说，"你不相信那个医生，那你把钱打到照顾我女儿的保姆的账户里，总可以了吧？"

莫晓娜笑道："医生和保姆对我来说，有什么区别吗？都是陌生人。"

张保罗见她这样说，过了一会儿回复道："我明白了，你就是存心想要害死我的女儿。我居然还那么爱你，你太让我失望了。"随即便将莫晓娜拉黑了。

莫晓娜看着那个空白的头像，气得怔怔地坐着，脑子里也一片空白，正发着呆呢，黄蔓走了过来。"娜姐。"黄蔓说着走到莫晓娜对面坐下，"娜姐，想什么呢？这么入神？"

"黄蔓呀。"莫晓娜回过神来，"你怎么来了？喝点什么？"

第七回

疫情来临实体遇冬
集体宅家币市逢春

元旦很快便过去了，谁也没想到2019年的跨年夜居然成了最后的狂欢，黄蔓原本计划春节回上海过年的，但是国内却暴发了新冠肺炎疫情，只得打消了回国的计划。

农历大年初一恰逢周六，黄蔓接到莫晓娜的邀约电话，便和苏庆余母子全都聚在莫晓娜的酒店里过了个春节。苏庆余的儿子吃完午餐便约了同学出去玩了。莫晓娜见小伙子走了，这才笑着悄声对苏庆余道："儿子走了好。他在我都没敢问你。"

"什么事啊？"苏庆余笑道，"要这么神秘？"

"你和那个张仪的事呗！"莫晓娜笑道，"进展到哪一步了呀？"

苏庆余抿嘴一笑，说："能到哪一步？！倒是你那个机长现在情况如何了呀？什么时候来巴黎买房子呀？”

“谁呀？你们说谁呀？”黄蔓凑近笑问，“什么机长呀？”

苏庆余拿手支着下巴，看着莫晓娜笑，莫晓娜“扑哧”一笑道：“早黄了。”

“为什么呀？”苏庆余问道。

莫晓娜于是将张保罗跟她借钱的事一五一十说了一遍，“什么？”黄蔓惊道，“Oh，my God！我还以为就我遇到了奇葩了呢！”于是把林辉的事也一一说了一遍。莫晓娜见苏庆余听完黄蔓的话有点走神，便伸手拍了她一下，问：“你那个张仪没跟你借钱什么的吧？”

“啧。”苏庆余咂了一下嘴，“他倒没跟我借钱，只是一直在劝我跟他一起做什么数字货币呢。”

“数字货币是什么呀？”莫晓娜问道，“是那些比特币什么的吗？”

“张仪是谁呀？”黄蔓问道，“苏姐。”

“是她在K歌上加的好友。”莫晓娜笑道，“看来有进展呀，都开始谈钱了嘛。那你跟他做了吗？”

“没有呀。”苏庆余摇摇头，“我又不懂数字货币，怎么做呀！但他最近几乎每天都在盯着我说这个事情，我真的是有点嫌烦了。"

"千万别做，苏姐。"黄蔓道，"听说好多人做这个数字货币一夜暴富，也有好多人一夜回到解放前的，对了，那个影星叫什么的？听说她老公就是炒比特币破产了呀。人都得了抑郁症了。现在那个女明星出来拍戏替她老公还债呢！哎？那个女星叫什么名字？我这好久没回国，一下子还真是想不起来了。"

"女明星我们管不着，但是庆余你可千万别做。"莫晓娜道，"不熟不做，这是商场铁律，我们这个年龄不犯错误，守住年轻时候打下来的革命成果就是最大的胜利。你说对吧？"

苏庆余点点头说："是，我没答应他。不过他说他做的不是比特币，他做的叫泰达币。"

"管他叫什么呢！反正网友之间本就不该聊钱，这些男人也不知道怎么想的？是觉得女人都是白痴吗？"黄蔓愤愤道。

"黄蔓这话我同意。"莫晓娜接口说，"素未谋面，谈什么钱呢？只要是提到钱的，一概免谈。"莫晓娜说着笑了笑，"我最近在FB上加了一个好友，叫成海，离婚的，有个女儿七岁，和父母在国内呢，他和朋友一起合伙在悉尼开酒店，他那酒店还挺不错的，发了不少图片给我看了，还挺有格调的。约我过去参观参观呢，不过我倒是约他先来巴黎看看我的酒店，如果真的过去，我们几个就一起去呗？"

"我们去干什么？当灯泡呀？"黄蔓笑道。

苏庆余也接口笑道："就是呀！你自己去好了。"

"快别胡说了。"莫晓娜笑道，"我们就聊了些酒店经营的事，没扯别的。"

黄蔓闻言笑道："别急，先聊工作，再聊生活，接下来就该谈情说爱了。"

"就是，要是不打算谈情说爱，干吗要跟你交代婚姻状况呢！"苏庆余也笑道。

莫晓娜也忍不住笑了，拿手点着黄蔓和苏庆余笑道："瞧瞧你俩这样，都有经验得很呀！"

"真不是多有经验，关键是套路太过雷同。"黄蔓笑道，"我还没跟你俩说呢，最近我加了一个法国人，开始牛烘烘地跟我吹他干了十五年的房产中介，马上要自己开公司了。后来，又说他原本打算和一个柬埔寨女人结婚的，结果那女人出车祸没了，留下一个十岁的儿子，一个老妈还有个未成年的弟弟，这一堆人全都等着他养活呢。他自己跟前妻离婚的时候净身出户，所以现在一切都要从零开始，也不知到底是真是假。不过他倒是把他在网上注册公司申请成功的表格拍了一张给我看。"

"那他现在是在追你吗？"莫晓娜问。

黄蔓撇嘴摇摇头笑道："反正我是告诉他我有老公有儿子。"

"法国人可不管这个。"莫晓娜笑道。

"是呀。"黄蔓笑道，"他说他只要做情人好了。"

"那你同意了？"莫晓娜笑着追问道。

"怎么可能哪！闲聊几句罢了。"黄蔓岔开话题道，"对了，你们看新闻了吗？湖北好几个市都封城了。"

苏庆余接口道："怎么没看呀！原先还有几个武汉的客户约了年后来参观酒庄的呢，这下完了，一时半会儿的估计是来不了了。"

"唉！咱们伟大祖国啊，就是人太多了！"莫晓娜半开玩笑地感慨道，"法兰西这么点人，想传染也不太容易呢！"莫晓娜做梦也没想到一个多月以后，从2020年3月17日中午12点开始起，法国也进入了禁足状态，然后她的酒店就遭遇了几乎是摧毁式的打击，一直持续到2021年底非但看不见一丝曙光，政府与病毒共生的美好愿望还彻底破灭了。疫苗打了两针都挡不住变异的病毒，各路媒体又开始宣传第三针疫苗的必要性。全体法兰西人民不过六千七百多万，可是日增感染人数高达十万、二十万，然后是三十万……到了2022年日增人数更是突破五十万，把这个温文尔雅的法国总统小马哥都气得爆粗口了，那也挡不住追求自求、平等的法兰西人民一浪高过一浪的各种反对戴口罩、反对打疫苗、反对健康码的游行热潮。莫晓娜、苏庆余的员工都有被感染的，当然这都是后话了，面前的莫晓娜可不是先知。

三人又坐着闲聊了一会儿，莫晓娜要留她俩吃了晚餐再走，苏庆余的儿子给她打了个电话，说自己已经先回家了。苏庆余便问他要不要来莫晓娜的店里一起吃晚餐，儿子不愿意，苏庆余只好起身告辞，回家去给儿子做饭。黄蔓一个人留下也觉得无趣，便也告辞回家了。

莫晓娜一个人闲着没事，便随手打开FB，看见有好几个申请加好友的通知，莫晓娜一眼便看见一个身穿机长制服的，不由得心中一动，鬼使神差地便点击了一下，加为好友。

天下居然就有这么巧的事，莫晓娜这次加的好友居然又是台湾华航的机长，名叫James Wang，和莫晓娜同年，父母皆已离世，三年前妻子死于车祸，有个七岁的女儿，因为飞行员的工作性质，所以女儿平时寄养在他姐姐家里，他本人虽是华裔，但出生、成长都在英国，所以一句中文也不会讲，好在莫晓娜英文过关，所以二人畅聊无障碍。

此后的一周时间里，那James Wang和张保罗一样早请示晚汇报除外，二餐问候必不可少，dear、honey不离口，更把自己和女儿的合影发给莫晓娜看。莫晓娜因为自己没孩子，所以天生地对孩子有种亲切感。看那James Wang和女儿的合影，小姑娘舀了一勺冰激凌正喂到爸爸嘴里，那James Wang看着女儿，满眼的柔情，满脸的温情，莫晓娜觉得这么温柔有爱心的男人岂不正是自己想要的吗？虽说飞行员的薪水也不低，但莫晓娜哪里将那点钱放在眼里？不过当James Wang问她职业的时候，她还是留了个心眼，心想毕竟是网友，英国和法国离得又不远，若是James Wang当真有心，实情等他来了，见面再说也不迟；若是他贪图自己的钱财，又有什么意思呢？于是随口说自己是个酒商，James Wang有点疑惑地问她FB上的酒店是谁的？莫晓娜便说是帮一个朋友代发广告的。好在平时和黄蔓闲聊，酒商那点事莫晓娜说起来自然天衣无缝。因此，那James Wang深信不疑。还把自己的薪酬也告知莫晓娜，月薪税后三万多英镑，又问莫晓娜的薪水是多少？一副要居家过日子的样子。莫晓娜说自己为了避税，所以工资开得并不高，James Wang便又问："那你到法国做生意开始投资是多少呢？"

莫晓娜答："也没多少，小生意而已。"

"生意再小，你是做国际贸易的，前期投入也不能太少吧，否则也没法做呀！十万欧元有吗？"

"差不多吧。"莫晓娜含糊应道，心里暗自好笑，心想，"这小子要是知道自己无意中竟然邂逅了这么个身家上亿欧元的富婆不得美死啊！"莫晓娜这么一想心里竟然莫名地期盼那James Wang对自己也是一片真心才好。

"好吧。Honey，我明天要起飞了，一直要到五月份才会有假期。我只要一有时间就会给你发信息的。我会一直爱你、想你的。"

第八回

防不胜防骗子攻心
一错再错痴女入坑

此后的几天，James Wang天南地北地转换着不同的地点，随着他报出的起飞和降落的时间，莫晓娜的心也跟着起起落落，深刻体会到了一个飞行员的妻子的各种担忧和喜悦。

"Honey！"James Wang给莫晓娜发了条信息，"我现在在迪拜了，明天我和同事要去购物。给我你的地址，我想给你买个小礼物。"

莫晓娜知道迪拜是购物天堂，但她真的什么都有，于是她回复道："谢谢你，我真的什么都不缺，只盼望能早点见到你。"

"Honey，我知道你什么都有，但你的是你的，不是我的，我想要你的身边能有一点点和我相关的东西，哪怕只是一丁点，它也代表我的一点点心意。"James

Wang深情地说道，"Honey，如果你对我还不够信任，那么就给我你家附近的某个你熟悉的商店的地址好了，我把礼物寄到那儿，你去取。可以吗？"

莫晓娜见他这样说，便也不好再过分推辞，心想反正将来自己要给他的不知比他今天的礼物要超出多少倍，就给他个表现的机会吧。于是将酒店的地址发了过去。第二天James Wang果然拍了一个航空托运单的照片过来，单号PMT-1001490还发了一个universaldeliverycourier.com物流链接过来，让莫晓娜随时上网点击查询货物动态。莫晓娜一看物品重量，18KG，不禁有些着急。她觉得自己和他连面都还没见，不管买的是什么，这个礼物都有点太大了。她有些于心不安，赶紧给James Wang发信息说："哎呀，你买的什么呀？不是说好的，只是个小礼物嘛！"

"Oh！My dear，我恨不得把自己的心都一起托运给你呢！"James Wang说，"对了，honey，收货的时候你要付一下税款，可以吗？"

"好吧，我知道了。"莫晓娜随口答应道，心想东西都已经寄出来了，再说也没什么意义，反而显得自己好像特做作似的，由他去吧，等将来见面了再替他买几件像样的礼物作为回赠吧。

礼物寄出第三天一清早，莫晓娜便接到一个自称是物流公司工作人员的电话，通知莫晓娜支付两千二百欧元的税款，莫晓娜心中略一盘算，两千二百欧元的税款，那物品价值是多少呢？于是给James Wang发了条信息："你买的是什么呀？物流公司的人通知我要交两千二百欧元的税款。他们不会是搞错了吧？"

"这是个surprise，honey。"James Wang的信息很快便回复了过来，"我本来想把税款一起付清的，但是他们不允许我这样做，因为交多少税款是由你们法国的海关来决定的。不好意思，送你礼物还要你破费交税款，真的是太抱歉了。My dear，I love you so much。"

莫晓娜见他这样说，想想倒也合理，况且18KG的包裹，东西值钱不值钱的先撂在一边不说，交两千二百欧元的税也算不上太多。于是给物流公司转了两千二百欧元的税款，等对方核查后莫晓娜便问几时送货，快递员说最迟下午就会送到，让莫晓娜确保家中有人。莫晓娜于是关照前台，下午可能有人要送快递来，注意查收。不想中午时分，那位快递员又打了个电话过来，通知莫晓娜货物被截流了。莫晓娜忙问为什么？对方答：

因为在包裹里发现了大量的现金。莫晓娜一时有点慌神，赶紧发信息问James Wang究竟怎么回事？

James Wang慌忙回了个电话过来："什么？被他们发现了？坏了。怎么会被他们发现了呀！"接着吞吞吐吐地说，"Honey，我在包裹里放了七万波兰币，本来是想要给你一个surprise的。"

"什么？你在包裹里放了七万波兰币？"莫晓娜脱口惊呼道，"你这样做是违法的，你是个飞行员，难道这个都不知道吗？"

"Honey，正因为我是个飞行员我才这么做的，我可以随身携带任何我想要携带的东西，除了枪支和毒品，从来都没有人检查过，我也完全没有想到他们会发现。"James Wang说着说着有点懊恼，"现在你是收货人，你又不是个飞行员，怎么办呢？说不定要给你带来麻烦了。哦，我真是该死！Honey，你和那个快递员商量一下可以吗？看看他怎么说？"

莫晓娜听了不禁有些烦躁，但事已至此，还是先把问题解决了再说吧。于是给快递员打了个电话问该怎么办？快递员回答这事他做不了主，他需要等海关人员的通知。莫晓娜只好耐着性子等待，顺便上网查了一下汇率，七万波兰币折一万五千多欧元，心想：这个James Wang大概是想拿这些不值钱的波兰币来哄自己开心的吧，看上去一大堆，其实也没几个钱。倒也还真是用心良苦了！难怪包裹那么重了。

一个小时以后，快递员来电说：海关调查了莫晓娜的出入境记录，发现她记录良好，所以只罚款，就不予追究其他的责任了，罚款交由快递公司代收代缴，共计三千七百五十欧元。莫晓娜只得乖乖地交了罚金，然后问快递什么时候送货？快递员说今天太晚了，来不及送货了，只能明天了。莫晓娜挂了电话，上网查了一下包裹的动态，果然显示被截流，且所交款项也一一显示。莫晓娜看看时间，James Wang这会儿应该在天上飞着呢，于是洗漱好也就睡下了。

第二天一早，莫晓娜刚一开机，几条信息便涌了进来，莫晓娜一看，有几条是James Wang报平安的信息，还有一条是快递员的信息："女士，经过核查，我们发现你的包裹里放的是七万英镑，而不是波兰币，所以您现在需要补交九千七百八十欧元的罚金。"莫晓娜一看头都快大了，不由得心生烦躁，随即便给James Wang发了条信息："你在包裹里究竟都放了些什么东西呀？他们现在又通知我再交九千七百八十欧元的罚金。"James Wang很快便回复了，自然是满口里赔礼道歉，又说自己是怕莫晓娜不愿意接受这样的现金礼物，所以想要给她一个惊喜。

莫晓娜气道："你这哪是惊喜呀？你这是惊吓，好吧！"莫晓娜想想觉得不说憋得慌，索性接着质问道，"你一个月的工资到手一共才三万多英镑，你一下子放七万英镑给我？你自己不生活了？"

"Honey，我本来是想五月份我肯定要去法国度假，我的假期至少有五十天，我总不能用你的钱呀，所以我想到时候我们俩就不必为谁来买单付账反复纠结了。"

"那你为什么开始的时候告诉我是波兰币呢？"

"我是怕你觉得七万英镑太多了，不能够安心接受呀！Honey，我完全没有预料到好心办了坏事，还给你带来这么一连串的麻烦。现在事情已经这样了，你先不要生气发火，我们先把问题解决了好吗？My dear。"

莫晓娜想想总觉得不大合情理，于是又给快递发了信息问道："你们把我的包裹拆开了吗？"

"当然没有，女士。"快递员回复道，"您请放心，我们是不会任意拆开任何人的包裹的。您交完罚金，您的包裹会完好无损地送到您的手上。"

"那你们是怎么能看出那些钱究竟是英镑还是波兰币的呢？"莫晓娜耍了个心计，故意显得很无知，"现在海关的传输器已经具备这个功能了吗？我有朋友在机场海关工作，我现在就问问他去。你们一定是把我的包裹拆开了，如果我的包裹被损坏了，我是要向你们要求赔偿的。"

"女士，这不可能。请你相信我。"快递员显然没料到莫晓娜居然会这样说，赶紧辩白道，"是您的先生他自己告诉我们的，他放的是英镑。没有任何人拆开您的包裹。我们是快递公司，我们不是海关，我们没有这个权利。"

莫晓娜随即又给James Wang发了个信息："你为什么要主动告诉他们里面是英镑？"

"Honey，他们根据寄货的单据找到我是寄货人，我是个飞行员，我必须坦白，这是我的基本素养。"

莫晓娜想了想又问道："你为什么要带那么多现金呢？难道你没有银行卡吗？"

"Honey，我有一张银行卡，用来存放我每个月的薪酬，我把它放在伦敦的家里了，我们飞行员都喜欢用现金，因为这比较方便一些。"

"可是你的这些现金是怎么带到商场的呢？"莫晓娜疑惑道，"难道你拎着一包现金去逛街吗？"

"My dear，你如果爱我你就不会想这么多，问这么多。"James Wang有些不开心，"难道我向你表达自己的爱意还错了吗？我有点不舒服，先不和你说了，我需要休息。我真的很累。"

莫晓娜见他这样说，也不好再说别的，但也不再理那个快递员。快递员发信息催了两遍，见莫晓娜总不回复，也就没了信息。莫晓娜见快递员和James Wang都没了信息，心里不免又有些犯嘀咕，吃不准自己之前的疑虑究竟正确与否？

第二天一大早，快递员便发了条信息给莫晓娜，追问罚金的事，说如果再不交罚金，他没有办法处理这个包裹，莫晓娜气道："包裹我不要了，送给你了。你替我打开来看看吧，里面是不是装了一箱子迪拜的沙子。"

"女士，我只是个快递员，我没有权利打开您的包裹。"

"包裹我不要了，你把它退给寄件人吧。"

快递员不再回复，不一会儿，James Wang的电话便打了过来："Honey，都是我的错，我们不怄气好吗？我们先解决问题。"James Wang一边说话一边咳嗽，莫晓娜听他似乎是感冒了，于是问道："你生病了？"

"没关系的。我已经吃药了。"

"那你吃感冒药是要犯困的呀！你还能飞行吗？"莫晓娜听他说话，鼻子都堵了，咳得也厉害，不由得有些心疼。

"我已经和公司汇报了，航班时间也做了调整。"James Wang道，"你不用操心我，Honey，你赶紧想办法把事情解决掉。"

"我怎么解决呀？"莫晓娜原本想怼他说，"这又不是我的事，怎么就变成必须要我来解决了？"话到嘴边，又觉得说出来未免有些伤感情，毕竟对方是为了讨好自己才弄出这么一堆事来的，但若是去交这九千七百八十欧元，心里似乎又有诸多疑虑，总觉得哪里不对劲，但仔细回想James Wang的话却又没什么大毛病。思来想去，决定借口暂时没钱，让James Wang自己交钱，如果人和物都没问题，日后有的是机会补偿，于是莫晓娜给James Wang发了条信息说："好吧，但是我现在没有钱，要不你自己先把罚金交上吧。"她特意用了"你自己"三个字来暗示James Wang，这一切都是他捅出来的娄子，但James Wang立即回复道："Honey，我放了七万英镑在包裹里面，难道不够支付这个钱的吗？现在我身上根本就没有别的钱了。"

"你们一个机组那么多人，那就和你的同事先临时挪用一下嘛，反正收到包裹，我取出钱就可以还给他们呀！或者跟你姐姐借一下也可以呀！"

"我是不可能让我的事情去影响到我姐姐的生活的。"James Wang发了条语音过来一口回绝，接着又边咳嗽边缓和语气，"Honey，我姐姐在帮我照看我的女儿，我怎么能去打扰她呢？我现在很难受，我病得很厉害，我求你了，好不好？你只当是积德行善了，我整整两个月的薪水被卡死在那里，我本来满心指望用它来和你一起度过一个快乐的假期，现在却不小心搞成这样。唉！我真的头好疼，一切都是我的错，是我自己一厢情愿，在我心里已经把你看成是自己的妻子了。可是……结果却是这样的，我真的太难过了。我想休息一下，我头疼得要死。"

莫晓娜听他声音嘶哑，那咳嗽也绝对不是装出来的，不由得心里一软，想了想给快递员发了条信息问道："请问你和发件人联系了吗？"

"当然。"快递员很快便回复道，"可是您先生让我们和您联系。"

"是吗？不可能呀。"莫晓娜故意道，"我不太相信呢。我和他正在怄气，他怎么可能让我来处理这件事情呢？你可不可以把你们的对话截个图让我看看呢？"

过了一会儿，快递员截了两张和James Wang对话的图片发了过来，莫晓娜逐一看了，都是不同的时段James Wang和快递说了些抱歉的话，最终也都是让快递员和莫晓娜联系的事，而且跟快递员反复说他会和自己的妻子沟通这件事，莫晓娜看他与快递员的对话中一口一句地称自己为"my wife"，不由得想道："由他去吧，万一他是真心的呢？自己如此多疑岂不是错过了一段大好姻缘？索性把钱交了吧，只当拿这钱当个试金石，看清一个人也算是值了。"于是将九千七百八十欧元的罚金付了出去。

等快递员确认收到款项后，莫晓娜问什么时候送货，快递员愉快地应答道："女士，晚餐之前我保证您可以看见您心爱的包裹。"

可是莫晓娜一直等到睡觉前也没有任何信息。

第二天一早，莫晓娜便给James Wang发信息问是怎么回事，James Wang回复说："Honey，我等一下要飞新加坡，我必须要提前做准备，你自己问一下快递员好吗？也许昨天是太晚了，要知道这是一家大公司，我和我的同事还有我们公司都找他们合作的，你放心好了，你的包裹不会丢的。好吗？好了，我不能再和你多说了，I love you！"莫晓娜只得给快递员发信息，但是快递员杳无影踪，一直到临近晚餐时分才回了一条信息过来："女士，您还需要缴纳三千八百欧元的汇率差。等您交完最后这笔钱，我们就可以发货了。"

"汇率差？什么汇率差？"莫晓娜问道。

"您的包裹里面放的是英镑，而法国使用的是欧元，所以您需要缴纳英镑和欧元之间的汇率差。"

"什么？你的意思是你们帮我把钱兑换好了给我？"莫晓娜问。

"当然不是。女士，您的钱在您的包裹里，我们无权打开。"

"那你凭什么要求我要把它们换成欧元呢？"

"女士，法律就是这样规定的。我只是个快递员，回答不了您的问题。"

"我明白了，我永远也不可能看到什么包裹，哪怕是一箱迪拜的沙子，我也见不着。"莫晓娜气道。

"女士，我不明白您的意思。"

"交完这三千八百欧元还有什么需要交的钱呢？为什么不一次性说完呢？"莫晓娜冷笑道，"干吗这么麻烦？"

"女士，我干这一行十多年了，我也是第一次遇到您这种情况，我向您保证，这是最后一笔钱了，再也没有其他的了。"

莫晓娜气得一句话也不想再说，给James Wang发了条信息说："一万五千欧元，还不是你一个人所得，这钱你得和你的同伙一起分才行。你原本可以得到十五万，甚至一百五十万。"莫晓娜发完信息，忍不住过会儿就看看James Wang是否在线，系统始终显示James Wang的最后上线时间就是早晨给莫晓娜发信息的时间。

终于熬到晚上十点多钟，James Wang打了个电话过来，声音疲惫不堪："Honey，I am so sorry！给你回复得晚了。今天出了点小问题，一直到现在才刚刚解决，我刚回到机场酒店的房间，刚刚才看到你的信息。出了什么事了？Honey，我完全没有看懂你的信息。"

莫晓娜憋了一肚子的火气，被他这么一说一下子倒不知从何说起，只得耐着性子把补汇率差的事情说了一遍，James Wang听了，惊呼道："Oh！My God！真的是要烦死人了！怎么会这么多麻烦呀！Honey，你忍耐一下，事情已经到了这一步了，我们只能向前走了。你那边现在已经很晚了吧？你早点休息，明天把最后那点钱交了吧，好吗？"

"要交你自己交吧，我是再也不会付一分钱了。"莫晓娜气道，"你究竟买的什么东西，价值是多少？我已经为此付了一万五千多欧元了。"

"Honey，这是个surprise。这是我……"不等James Wang把话说完，莫晓娜打断他的话说："你光是寄了个发货单给我看，你不可能只拍了张发货单，把你寄给我的包裹的图片发过来让我看看。可以吗？"

"当然可以。Honey，你等一下，我要找一找。"不一会儿James Wang便发了一张图片过来，莫晓娜一看，是一只黑色的拉杆行李箱，看背景似乎是在机场的行李托运处。莫晓娜一看心里疑云顿起，不禁懊恼自己之前昏了头了，早没让他发包裹的图片过来，嘴上却不动声色地说道："今天太晚了，明天一早我就和快递员联系，你也累了一天了，赶紧休息吧。"

James Wang听莫晓娜说要和快递员联系，十分高兴，忙不迭笑道："我是有点累，但是没关系的，Honey，我想多陪陪你，再陪你聊一会儿，等你困了我再休息。"

"可是我现在就已经困了呀！"莫晓娜道，"晚安吧。"

"那好吧。Honey，晚安，好梦，I love you so much！"

莫晓娜躺在床上把事情的前前后后细细想了一遍，第二天一早起来就给快递员发了条信息："你好，先生，请把我的包裹拍张照片给我看一下，我需要确认我的包裹是否完好无损才能交钱。"很快快递员便发了一张图片过来，居然用的是和James Wang一模一样的图片。

这个世界上哪家快递公司没有自己统一的包装盒呢？！

莫晓娜看着图片上那只黑色的行李箱，彻底死心了。随即给警察局打了个电话，警察听了莫晓娜的简单陈述后，要求莫晓娜到警察局去把详细情况录个口供，莫晓娜问是否能抓住这两个骗子？警察笑道："女士，他们一定不止两个人，也许是一个团伙，但是他们都不在法国境内，您提供的电话号码一个是英国的，一个是意大利的，但是您可以来警局录个口供，把你们的通话记录一起备个案，也许他们会在别的事情上落网。"莫晓娜一听这话知道是没戏了，又何必再跑到警局去被人问东问西自取其辱呢？只当是破财消灾吧。

谁知那James Wang并不知道莫晓娜已经明了，一觉睡醒赶紧又给莫晓娜亲亲热热地请安问好，莫晓娜将快递员和自己的对话截了张图发了过去，随后附了一段话："下次和你的同伙有点敬业精神，花那么多心思还弄个网站追踪货物，怎么就不能弄张像样点的包裹图片糊弄客户呢？这生意做的，煮熟的鸭子却飞了。"

"Honey，你在说什么？我完全不明白。"

"不明白？那你就赶紧和你的同伙们开个视频会议沟通一下吧，业务交流很重要。"莫晓娜发完信息并没有立即拉黑对方，她想看看James Wang怎样为自己辩解，结果James Wang再也没有信息过来了。莫晓娜有心再发两条信息说几句刻薄的话出出气，转念一想又有些莫名的伤感，想想自己真是鬼迷心窍了；不禁叹了口气，这才拉黑了James Wang。

莫晓娜一个人闷闷地在窗前的卡座上坐了一会儿，到底心里憋得慌，于是给苏庆余打了个电话，这才知道苏庆余这些天也不消停。

第九回

下载链接注册入市
拒绝入金结局无言

原来苏庆余在 K 歌上认识的张仪终于还是向她求爱了，苏庆余则犹犹豫豫，拿不定主意。张仪比自己小了十多岁，所谓的喜欢保不准就是三分钟热度，而且他在美国，自己在法国，各有各的事业，想要走到一起谈何容易！张仪见苏庆余始终不松口，也就不再盯着她表态，只管自己"心肝宝贝"地叫着苏庆余。时不时地便在 K 歌上录首歌发给苏庆余，声称是专门为她量身定制的。苏庆余也为他录了一首歌私密上传，只发给他一个人。二人你来我往，聊天的内容也日渐亲密。闲谈之间，张仪说自己在做数字货币，问苏庆余知不知道，苏庆余答不知道。于是张仪便又问她是否听说过比特币？苏庆余说："当然听说过呀！你炒比特币？"

"不是。之前我和你提起过的呀，你都忘了吧？

我做的叫泰达币。和比特币一样，也是数字货币的一种。"张仪道，"比特币现在不能做了，风险太大，我做的这个泰达币绝对靠谱，宝贝，要不要带你体验一把，看看我在数字领域的风采。"

"我又不懂，看什么呀？再说了，我也没兴趣。"苏庆余一口回绝。

"哎呀！宝贝，你不能完全排斥新事物呀！这样你就会和社会脱节的。"张仪笑道，"人老了的重要标志其实并不是身体上的改变，而是不再愿意学习新东西，那才是真正的老了，不断学习、不断进步的女人永远不会老，永远美丽。"

"可是我完全不懂呀！"苏庆余听他说得有理，不禁有些动摇了。

"不懂没关系呀，谁天生就懂的呀，还不都是通过学习才掌握新知识、新技能的？"张仪开心地说，"来，我们现在就开始学习，正好现在我有空。"

"怎么学呀？"

"你别急呀！我的宝贝求知欲这么强的吗？最喜欢这样的女人，在一起可以一起学习，一起进步。"张仪边和苏庆余通着话，边发了条信息过来，"宝贝，你把这个链接打开，然后按照它的指示注册，有不懂的截图给我，我告诉你怎么操作。"

"我都还什么都不懂，就注册？"

"你不注册怎么能看得见各种行情走势呢？"张仪笑道，"真是个小傻瓜。几分钟时间就能搞定，快得很。"

苏庆余心里暗自思忖了一下，不就注个册嘛，又不要花钱，何必扫他的兴呢！于是开始下载链接，注册，不过可不是张仪说的几分钟就能搞定，而是反复截图，折腾了好半天才总算弄完，搞得苏庆余腰酸背痛，心里也有些不耐烦，但是张仪的耐心好得很，见苏庆余有些不开心赶紧笑道："好了好了，乖啦！不生气了。这不是好了嘛！今天的课就到这儿，我们明天再继续。现在我给宝贝唱首歌怎么样？"苏庆余见他这样说，也不好继续再发牢骚，只得作罢。

第二天，张仪便开始让苏庆余少打点钱在账户里，苏庆余说："我还什么都不懂呢，着急打钱进去干吗呀？"

"宝贝，你不实际操作怎么学习呀？"

"我还完全一头雾水呢！怎么操作？"

"没关系呀，有我在呀！你不相信我的能力吗？我做事情都是有百分百把握才行动的。"张仪笑道，"你只要听我的指挥就可以，我们是做双向的，无论行情涨跌，只要把握好节点，都稳赚，放心好了，输了算我的。"

"可是我还是想先有所了解，然后再操作。"苏庆余道，"我最不喜欢盲目操作，受制于人了。"

"这怎么能叫盲目操作呢？我都研究了好几年了，等你现在从零开始琢磨，黄花菜都凉了。"张仪不快道，"说到底你就是不相信我呗，不相信我的能力，甚至不相信我这个人。"

"这和相不相信有什么关系呀？你就算是现实中的朋友，你让我做个事情我也不可能盲从呀！"

"好。终于说出你的真心话了，你根本就没拿我当朋友，我不过就是你众多网友中的一个而已，在你苏庆余那里，我张仪甚至连个过客都算不上。我说得没错吧？"张仪怒道。

苏庆余听他话说得难听，便不想再和他纠缠，免得气头上互相说出更加难听的话来。直接把电话挂掉了。晚上张仪发了条信息过来："好吧，我认输，我想你。

忍不住不找你。"二人于是重归于好，一晚上也没再提数字货币的事。此后两天，太平无事。正当苏庆余以为这事已经告一段落之时，张仪又开始旧事重提："宝贝，你能不能就跟着我做一次，我是个男人，我就想在自己心爱的女人面前展示一下，你为什么就不能给我这个机会呢？你也不用像我一样放几十万在里面，你就拿个一两万美元放进去就行。好吗？我求你了。"

"我可没那么多闲钱。"苏庆余没好气道。

"那五千怎么样？五千美元你总不可能没有吧？"

"没有。我待在法国，哪来的美元？"

"欧元也可以入金呀，或者人民币，你国内没有人民币账户吗？都可以呀！这是让你挣钱哎，怎么搞得像是我要害你一样呀？"

"哎呀！我又不缺这几个钱，我也不想挣这个钱。"

"你既然不缺钱，那刚才是谁说没钱的？"张仪气道，"你这不是自相矛盾吗？你耍我哪！"张仪说着一把挂断电话。

苏庆余也气得生了一整天闷气。

第二天一早张仪像没事人一样地照旧向苏庆余问候早安，苏庆余也就客客气气地回复了，但是没过两个小时，张仪到底忍不住，还是又发了条信息过来："宝贝，我昨天和你说的事情你考虑得怎么样了？我刚刚看了一下，今天有节点，做这个机会很重要的。"

"我都跟你说了，我没有闲钱，没有。"

"五千你都没有？你是在跟我开玩笑吗？"张仪不快道，"你就没有什么亲戚朋友吗？跟他们临时借一下嘛，我们挣到钱就马上出金，很快的。宝贝，相信我。"

"亏你想得出来，为了这事我去跟亲戚朋友借钱？"苏庆余冷笑道，"绝对不可能。"

"好吧。"张仪回复道，"我这会儿有点事，先去忙了。"

"好的，你先忙。"苏庆余也客套地回复道。

二人的联系就此终结，张仪再也没有找过苏庆余，苏庆余自然也不会再去联系他了。这会儿苏庆余接到莫晓娜的电话，听她诉说了上当受骗的过程，便把自己遇到的事情也和莫晓娜说了一遍，莫晓娜笑道："还是你立场坚定意志刚。我就完蛋了，你说我傻不傻呀，已经明知道其中有诈了，居然还鬼使神差地又打了九千多欧元过去。"

"嗨！关心则乱呗！"苏庆余道。

"哎，也不知道黄蔓和她那个马休如何了？"莫晓娜笑道，"那法国哥们该不会也是个骗子吧？"

"黄蔓没跟你联系吗？"苏庆余问，"她最近估计没闲心思和什么法国哥们聊天了，她老公好像是有点故事呢。"

"是吗？没听说呀，我最近被James Wang那个烂人纠缠得头晕脑胀，没跟她联系呀。"

"她老公发了条信息给黄蔓，说是：'宝贝，想你了。'"

"这有什么问题吗？"莫晓娜不解道。

"黄蔓一口咬定，这条信息是她老公发错了。"苏庆余笑道，"她说，从谈恋爱开始起，她老公就从来没这么叫过她。"

"你说这男人也真是邪了门了，面对着自己亲老婆什么软话也说不出口，一到了网络上，嘴上全都像抹了蜜一样，多肉麻的话都说得出来。"莫晓娜听了也不禁笑道，"那黄蔓现在什么打算呀？"

"这我就不知道了，这还是前几天她给我打电话的时候说的呢。"苏庆余笑道。

"要不今晚我们聚一聚？"莫晓娜道，"好久都没看见你们了，禁足令虽然结束了，可是我们酒店行业还没解禁呢。我都快闷死了！我来给黄蔓打个电话，让她没事晚上过来一起吃饭。"

"行，那你打吧。"苏庆余道，"确定了再通知我。"

"好。你等我通知。"莫晓娜挂了电话便随手又给黄蔓打了个电话，一听黄蔓身边有人讲话便说："你在外面哪？讲话方便吗？"

"方便，方便。"黄蔓连声道，"你说，娜姐。有什么指示？"

莫晓娜听她语气颇为兴奋，想起苏庆余的话，心里有些奇怪，知道她在外面，电话里也不好多问，便只和她说了约晚餐的事，若是往常，黄蔓孤家寡人答应得麻利得很，可是这回黄蔓却说："啊呀！娜姐，我也超想你和苏姐，不过今天不行，我正和朋友在外面购物呢。改天吧，改天好吗？改天我请你们。"

"外头的餐馆还不知道什么时候彻底开放呢，你上哪儿请去？"莫晓娜笑道，"你有事你先忙吧，我们改日再约好了。"莫晓娜挂了电话又给苏庆余回了个电话，跟她说了黄蔓另有安排。苏庆余听了笑道："那我也不过去了，改天再约吧。"

"那好吧。"莫晓娜道，"哎，不过我听黄蔓说话的腔调愉快得很呀，跟她老公应该是没什么事了。"

"那也有可能，毕竟不过就是一条信息而已。"苏庆余应道。又和莫晓娜闲聊了几句关于疫情的新闻，二人才把电话挂断。

第十回

马休回忆悲惨童年
黄蔓置衣泛滥母爱

莫晓娜和苏庆余不知道黄蔓此刻正陪着马休在选购衣服呢。原来黄蔓和她老公为了信息的事情反复争执了好几天，两个人都吵得有点疲惫了，于是谁也不理谁，正巧这位马休从诺曼底老家回到巴黎，给黄蔓带了几瓶自己家酿的苹果酒，一来表达友情，二来呢知道黄蔓是个酒商，希望能通过黄蔓把自家的酒打入中国市场。于是黄蔓便和他约了在一家咖啡馆见面。

黄蔓完全没想到这马休竟然长得如此帅气，一米八五的身高，据说以前练举重的，法国人爱运动，所以即便是早就不练举重了，但体型却依旧保持得很好，端正又挺拔，再配上一双浅蓝色的眼睛，浅棕色的头发，黄蔓一下子就被帅得呆住了。

马休显然很清楚自己在女人眼里的魅力有多大，当即便笑意盈盈地上前和黄蔓行了个贴面礼。行礼的时候还故意用手看似漫不经心地搭了一下黄蔓的腰，黄蔓刹那间竟然有些恍惚。

二人在咖啡馆外面的座位上坐下，马休从放在脚边的双肩包里取出一瓶酒来。黄蔓在他低头取酒的时候一眼瞥见了他脚上的那双鞋子，黑色的鞋面已经磨得布满了白色的斑纹，脚边的双肩包的包带边缘有些磨破的毛边，有两根线头拖在包带上，头发虽然抹了油梳得一丝不苟，但头顶的发量明显开始稀疏，身上的冲锋衣像是二十多年前的款式，"潦倒"二字写满了这个中年男人的全身。黄蔓心里莫名地有些好奇：这样的一副皮囊，如果配身定制的西服，效果如何？

马休把酒放到桌上，二人的话题自然便围绕着这瓶酒展开了。不过，马休此来的目的显然是醉翁之意不在酒，几句话过后他便开始恭维黄蔓的气质如何地迷人，又问黄蔓觉得自己怎么样？黄蔓半开玩笑地回答："不错，很帅。"

"既然我们都感觉不错，不如做情人吧。"马休微笑道，"我敢肯定，我一定是你所有的情人当中最棒的那一个。"

"你胡说什么呀，我是个中国人，哪来的什么情人。"

"一个也没有吗？"马休有些惊诧。

"当然没有。"黄蔓道，"我有老公的。"

"是的，我的天使，我知道。"马休将身体向前探了探，"你告诉过我，她在中国。我的妻子去世了，她带走了我的心。但是我们还要继续活下去，不是吗？所以，我们都需要一个情人。不是吗？"

"拜托，我老公没死。他活得好好的。"黄蔓有些愠怒。

"是的是的，我知道，我明白的，甜心。"马休笑道，"你生气的样子好可爱。我说的是情人，你的丈夫他在中国，所以你和我的情况并没有什么本质区别呀。你不用现在马上回答我，慢慢来，你可以好好地考虑一下。"马休转脸对侍者说，"先生，请给我们拿两只空的玻璃杯好吗？"

黄蔓见他岔开话题，也不好继续再说什么。

侍者递了两只玻璃杯给马休，马休又请侍者帮忙开苹果酒，侍者为难道："抱歉，先生，这个是不可以的。"

"我只是想让这位女士尝一小口而已。"马休还想继续和侍者理论,黄蔓忙说:"不用了。等一下我回家再慢慢地品好了。"

"那好吧。我等着你这个专家告诉我,它们在中国是否有前途。"马休笑道。

马休十分健谈,谈了他以前做房产中介时遇到的各种趣事,把黄蔓逗得笑得前仰后合。黄蔓眼看着将近晚餐时分,心想最好不要一起吃晚餐,这个马休手头拮据是一定的,自己可不想让他为难,但若是第一次见面自己就请他吃饭,似乎又有些掉价。于是对马休说:"今天就这样吧。认识你真的很高兴。"

"我也是。能认识你这样一位美丽迷人又聪明能干的女士真是我的荣幸。上帝最近一定与我同在。"马休深情地注视着黄蔓,"我会在巴黎继续待上一周,我什么时候可以再次见到你呢?我的天使。"马休边和黄蔓说着话,边扭头招手让服务生过来买单,"我的天使,请允许我请你喝这杯咖啡。"

黄蔓没有和他争,由他付了两杯咖啡的钱。二人起身,马休原本要送黄蔓上车,忽然驻足问道:"亲爱的,你有没有到前面的桥上去过?很美!"

"什么桥？"

"前面6号线地铁站后面有座桥。"

"我还真没去过。"黄蔓笑道。她平时出门都开车，几乎没乘过地铁，怎么可能知道地铁沿线的风景？

"走，我带你去看看。"马休兴奋地说。领着黄蔓绕过地铁站，过了天桥便来到一座桥上，桥头有尊雕塑，跃马挥剑，一副指点江山的王者气势，估计十有八九是拿破仑。埃菲尔铁塔就在河畔，近在眼前，黄蔓在十六区住了几年，居然完全不知道有这么好的观景点，每次国内有客户来，全都带到战神广场或是人文博物馆门口的观景台上去看铁塔。此处临水观望，那铁塔竟别有一番韵味。

此刻正是傍晚时分，桥上渐渐风起，黄蔓不禁将围巾往上拥紧了些，将风衣也裹紧了些，两手顺势便抱住了胳膊。马休却正好相反，敞开衣襟，迎着风，仰着头，闭着眼，尽情享受这河面上的晚风："我喜欢这风。"马休说，依旧仰着头、闭着眼，"它让我想起我家乡的风，我家乡的风里总带着一股咸咸的气息，有大海的味道，还有动物的味道。"说着他轻轻地叹了口气，"你知道吗？我还有一个弟弟和一个妹妹，我爸爸是个疯子，我妈妈差点就被他打死了。我们小时候经常吃不饱饭。我很佩服我妈妈，我不知道她一个女人是怎么把我们兄妹三个养大的。"马休似乎沉浸在对童年的回忆中了，"你知道恋童癖吗？"显然他并不需要黄蔓回答，继续喃喃自语道，"我爷爷就是个恋童癖者。"

"什么？"听到这儿，黄蔓忍不住脱口惊呼道，"你被你爷爷伤害了？"

马休苦笑了一下说："我没有。我已经长大了，可以保护自己了，但是我弟弟还小，他就遭殃了。"

"Oh! My God! "黄蔓又一次惊呼出口。她很想问问马休他爷爷和他弟弟现在怎样了，又觉得这实在是太不礼貌了，想说点什么安慰一下马休，却又不知如何开口，只得一言不发。

二人默默地站了一会儿，马休扭头见黄蔓冷得缩作一团的样子，笑道："瞧我，让我的天使冻成这样！我们赶紧离开这儿吧。"二人下了桥，在地铁站分了手，黄蔓看着马休的背影竟不知不觉有些心疼。

一周后，两人第二次见面的时候，依旧约在第一次见面的咖啡馆，马休仍然穿着前几天的那身衣服，估计衬衫是新换的，看上去领口洁白僵硬；第一次见面时的各种念头五味杂陈地强烈地涌上黄蔓的心头，于是她情不自禁脱口说道："我想送你个小礼物。"

"什么礼物？"

"我想送你一套西服。"

马休低头打量了一下自己的衣着，笑道："我这身装扮确实和你不太般配。不过我现在可没钱给你买礼物。"

"我不要你的礼物。"黄蔓笑道。

"那不行，这不公平。"马休认真地说，"那我也不能要你的礼物。"

"那好吧，等你有钱了再送我礼物，这样总可以了吧？先记账。OK？"

"OK。"马休愉快地笑道，"成交。等我有钱了，你可不要替我省钱哦！"

"一言为定。"黄蔓说着开心地击了一下马休伸过来的手掌。马休接着说："我有自己喜欢的品牌。"他拿出手机找到那家品牌店的网站，"正好今天他们开门，他们是一家专做英式礼服的店，我很喜欢。"马休说着把手机递给黄蔓看，黄蔓一看，款式还真是不错，细节图看上去也都很精致，又看了一下网上的价格，都在三五百元左右一件，心想："平时国内那帮朋友过来全都傻呵呵地跑到什么'老佛爷''春天'之类的，钱没少花，还都是些大路货。就是不知道这家的实物如何了。"

于是两人开车直奔专卖店，到了店里一看实物，黄蔓直呼价廉物美，原本只打算替马休买套西服的，结果从里到外配了个全套，衬衫、领带、口袋巾、西服、大衣，两人正挑得起劲的时候莫晓娜约饭的电话进来了，黄蔓自然不可能去赴她们的约了。结账的时候，黄蔓一看这么一大堆衣裳一共才三千多欧元，又一次大呼物美价廉。再一看马休，焕然一新，整个人帅气逼人，只是脚上的鞋实在是太蹩脚了些，怎么看怎么不顺眼。黄蔓笑道："走，再去买双鞋子。"老板一听忙说："我们也有鞋子的。"说着赶紧将马休领到橱窗边，果然橱窗里有几双鞋子，但都是天鹅绒的，和马休的衣服不太搭。二人结完账出了专卖店，黄蔓仍想再替马休买双鞋子，马休执意不肯，笑道："亲爱的，你是要把我宠成小公主吗？"

黄蔓扭头看了看马休，真有些童话故事里的王子的感觉，于是笑道："把你宠成小王子怎么样？"

"来，亲一下，表示感谢。"马休说着在黄蔓的额头亲了一下，一只手便趁势搂住了黄蔓的腰。黄蔓心中不禁下意识地一紧，多少有些尴尬，但也并没有拒绝，只是情不自禁地微微垂下了头，低声说："我们先去吃饭吧。"

"好啊，不过亲爱的，我可没钱请你吃饭，我是个穷光蛋。"马休笑道，"我的钱只够请你喝杯咖啡的。"

"不是已经约好了先记账的吗？"黄蔓调皮地眨眨眼睛，笑道。

两人随意选了一家街边的餐馆坐下，点完菜，又点了一瓶酒，马休给黄蔓倒上，两人边喝边聊边等菜上桌。马休笑着问黄蔓："亲爱的，你们做酒商的很挣钱吗？"

"什么叫很挣钱？"

"就是很容易就可以挣到很多的钱呀！是这样的吗？"

黄蔓笑道："傻瓜，这个世界上哪有什么钱是容易挣的！哪一行都不容易。"

"那你为什么要为我买这么多的东西呢？"马休微笑着看着黄蔓，一双蓝眼睛温柔得似乎要流淌出泉水来，"亲爱的，你是爱上我了吗？"

黄蔓被他问得一时语塞，不禁在心里默默地问自己："是啊，难道我是爱上他了吗？好像也没到那一步。那为什么要给他置办行头呢？"想到这儿，黄蔓忽然自嘲地笑了一下，"也许就像一个小女孩得到一个芭比娃娃，她就想把这个娃娃打扮得更漂亮。又或者是马休不幸的童年让我母爱泛滥？"马休见黄蔓笑而不语，便向前凑了凑，柔声道："亲爱的，我想和你商量一件事情，但是我们必须事先约好，如果你不愿意，不许不开心，好吗？"

"你说。"黄蔓点头微笑道。

"亲爱的，我朋友告诉我，现在澳洲的机会特别多，我也想过去试一试我的运气。"

"你要离开法国？"黄蔓有些诧异，"你不是刚在网上注册了自己的中介公司吗？"

"我是注册了一家公司，但那有什么用呢？"马休歪了歪脑袋，耸了耸肩，无奈地摊了摊手，"注册了公司就会有生意吗？你知不知道这一行竞争有多激烈？"

"你不是说你干这一行都已经十几年了吗？"黄蔓不解地问道，"难道就没积累些客户资源吗？"

"当然有。但是亲爱的，你知道我离开法国去柬埔寨已经五年了，我现在回到法国，失业率那么高，年轻人那么多，他们不停地跑客户，我根本就没有精力和他们硬拼，而且我在这一行干了这些年，以前的同事、朋友现在都做到经理级了，我再从基层做起，你叫我怎么做？"黄蔓听了心知马休这是放不下自己的臭架子，高不成低不就，死要面子活受罪，但嘴上也不好多说什么，只得一声不响听他絮叨，"你知道，我一直想去澳大利亚，但是我没有钱买机票，你能借给我五千欧元吗？你能帮助我吗？亲爱的。"

黄蔓对于马休突然提出的请求没有任何思想准备，看着马休有种目瞪口呆的感觉，愣了愣神，情不自禁地从鼻子里头冷笑了一声，用中文说道："你还真让我无语了。"

"亲爱的，你说什么？我完全没有听懂。"马休有点发蒙，他虽然不知道黄蔓说了什么，但是他明显地感觉到了黄蔓的不快，于是他忙补充道，"亲爱的，我会一直待在你身边，至少陪你一周，或者，更久一些。可以吗？五千欧元对你来说并不多，你看你今天毫不费力地就花了三千多欧元。"

"闭嘴。"黄蔓怒道,"我还有事,我先走了。"

"为什么?你怎么了?亲爱的,我看出来了,你在生气。说好了不生气的嘛。"

黄蔓看着马休那张英俊的脸,突然觉得无比恶心,再看看他身上的那套行头,黄蔓真想抬手抽自己一个响亮的大耳刮子,但她什么也没说什么也没做,只是默默地站起身,戴好口罩,提起包就走,马休追上来:"亲爱的,你不吃饭了?"

"你自己吃吧。"黄蔓说完扭身便走,马休一把扯住她的胳膊,凑到她耳边轻声说:"亲爱的,我没有钱付你点的餐费。"黄蔓甩脱马休的手,取出钱包,拿出一张百欧面值的纸币扔给他,恰好一阵风吹过来,马休没接住,纸币轻飘飘地往地上落去。马休赶紧弯腰去捡,等他直起身的时候,黄蔓已经过了马路。马休耸耸肩,自顾回座位上去了。

黄蔓脑子里乱哄哄地疾步走了一会儿,突然想起一件事,忙拿出手机,从微信通讯录里找出马休,直接拉黑。

第十一回

热心网友好为人师
商场老将虚心求知

且说莫晓娜挂了苏庆余的电话，久不联络的成海突然给她发了条信息，问她最近可好。莫晓娜刚在James Wang那儿伤心又破财的，哪有闲心和他周旋，随手回复了两个字"挺好"便不再理他，但是成海并不介意，依旧是"早安""晚安"地日日问候，倒也并不多话。莫晓娜也只是礼貌地回复一句拉倒。闲来无事，有时上网逛逛，偶尔也会随手接受几个好友申请；有一搭没一搭地闲聊几句，原来想要用来做酒店宣传的平台，不知不觉中竟成了交友软件了。

这天又有一个机长加了莫晓娜好友，莫晓娜看了，自己都笑了，给苏庆余打电话说："邪了门了，我这是和机长较上劲了，这平台也是真滑稽，我也没说过我喜欢机长呀，怎么就有这么多机长送上门来了呀？"

"你和机长较上劲了，我是掉到数字货币这个坑里出不来了。"苏庆余笑道，"前面那个张仪聊得好好的，突然想起来非要我做什么数字货币，结果搞得不欢而散。最近加的两个互关的好友，也是走火入魔似的非要拉我做数字货币和什么MT5。"

"外行了吧？"莫晓娜笑道，"MT5不是做数字货币的，是做外汇的平台。"

"哟，还真是：士别三日，当刮目相看呀！对，你说得对，是做外汇的。"苏庆余笑道，"从网上学来的吧？"

"不然呢？"莫晓娜笑答。

"任何事物都有两面性，上网虽然有可能吃亏上当，但是也能长见识学知识呀。"苏庆余笑道，"连你都知道MT5了，充分说明数字货币、区块链什么的真的是大势所趋，不然也不可能这么多天南地北的人全都不约而同地热衷于这事呀！而且你发现没？'80后'的男生几乎没有不接触这个的。现在疫情又没个头，宅在家里倒是正适合做这种事呢。"

"哎哟！你这是被那帮歌友给洗脑了吧？"莫晓娜笑道，"就算是大势所趋，可你懂吗？怎么参与呀？"

"你别说，最近我还真是认真思考这个问题了，我们的知识的确是需要更新了。"苏庆余道，"但问题是现在疫情期间，哪儿也去不了，这些网友一提起来，个个都说自己怎么怎么牛，怎么稳赚不赔，可是晓娜，我们都是商场里头摸爬滚打过来的，这天底下哪有稳赚不赔的买卖呢！而且说老实话，做生意有赔有赚本是寻常事，但是这些网友谁知道他们究竟是何许人也呀？怎么敢轻易跟在他们后面学习呢！关键是一学就非要你进他的平台，之前那个张仪让我入五千美元我都没同意，最近认识的这两个更滑稽了，全都说让入五万美元，而且还都口口声声说：'你才刚入门，拿两个小钱先玩一玩，真的感兴趣了再加大投资也不迟。'我还在那个MT5的平台里开了一个模拟账户，跟在他们后面操练了一把，一百万美元的本金几分钟时间就赚了三十八万，这要是没有诈的话，也就难怪他们拿钱不当钱了。你说呢？"

"这个是真不懂。也不好乱说。"莫晓娜道，"你要是感兴趣，要不你就跟着试试看。别投那么多，少拿两个钱，折了就当交学费了。不是有两个人想教你吗？你就同时跟在他们后面做，这样也好有个比较。"

苏庆余听莫晓娜这样说，"扑哧"一声笑道："不行。你不知道，这里头还有个说道，你只能跟一个学，你要跟两个同时学，就没人愿意带你了。因为他们用的平台都不一样，他在教你之前，一定是要你先把别的平台删除掉。"

"那是为什么呀？"莫晓娜不解道，"这行情难道不是全世界都一样的吗？在哪儿操作不一样呢？"

"开始我也和你一样的想法，还曾经傻呵呵地真的问他们为什么一定要换平台，答案听上去也似乎合情合理，说是哪怕是一台仪器换个地方也需要重新校准，不一样的平台，一共就几十秒的交易时间，万一计算得不够精确岂不就造成无法挽回的损失了？不过，后来我想明白了，人家平白无故地为什么要费心费力地教你学习，带你发财呀？大家又不是小孩子，自然是醉翁之意不在酒呀！"

"哎哟！原来这个事情还有潜规则呢！"莫晓娜笑道，"那看来你得先定好人选，然后才能顺利入学呗？哎？不对啊！这不怕不识货，就怕货比货，你只跟他一人打交道，万一这个人或者这个平台有问题呢？你都压根没法发觉呀！你可小心着点，现在媒体上到处都在宣传这一类的诈骗案件呢。庆余，你又不缺钱，叫我说，还是别掺和这事了。我总觉得有点悬。反正我是死也不做的，不熟不做，这是我的基本原则。更别说这种自己一窍不通的玩意儿了。进去了就只能听人吆喝，任人摆布，这种事我可不干。"

"但是我看见中国银行都推出数字钱包了，也很怕自己和时代脱节，的确也很想对这一块能有所了解。"苏庆余道，"你放心，我不会盲目跟风的，就像你说的，拿两个小钱跟一跟，赔了拉倒，就当交学费了。"

"随你吧，我看你这个劲头，你是不进去试一把不死心哦！"

两人又说笑了一会儿才挂了电话。苏庆余这才发现那个叫王有仁的歌友给她发了好几条信息，都是些嘘寒问暖的话，苏庆余刚回了个"谢谢"，王有仁的电话便进来了："哎呀！还以为是火星人把我的宝贝给拐走了呢！"苏庆余现在也习惯了网友各种腻出蜜来的称呼了，就如同所有的女士都习惯被称作"美女"，所有的男士都叫"帅哥"一样，只是个称呼而已，谁也不必太较真。

王有仁甜甜蜜蜜地聊了几句家常，很随意地就把话题引到了数字货币上："宝贝，你知道吗？我今天特别开心，因为和舅舅通了个电话。"王有仁接着说道，"你知道吗？舅舅是华尔街精英。小时候我就特崇拜他，走路带风的那种，精明又干练。宝贝，我让你准备的资金你准备得怎么样了？现在有舅舅的内部消息，我们的事情就更加万无一失了。"

"可是我哪有那么多闲钱？"

"五万块钱都拿不出来吗？"王有仁笑道，"宝贝你在逗我笑吗？好了，我不跟你开玩笑了，我发个链接给你，你先注册。有不懂的截图问我。"王有仁说着发了一个链接过来。

苏庆余打开看了看图标，随即打开手机App应用商店，果然在里面找到了相同的图标，心里踏实了许多，因为最近有网友告诉她，如果是正规的交易所就一定可以在手机App应用商店里直接下载。苏庆余点击下载、安装完毕，截了个图发给王友仁，不料王有仁当即反问道："宝贝，你这是从哪儿下载的？"

"不是你发给我的吗？"苏庆余问道。

"绝对不可能。"王有仁非常肯定地说，"你看，图标都不一样。"王有仁说着发了个图标过来，苏庆余一看紧挨着的上下两个图标，这才发现果然有所不同，自己下载的那个图标上的三片叶子都是绿色的，而王有仁发过来的那个图标上的叶子的绿色是有渐变的，并非全绿。苏庆余又看图标下的英文字母，倒是一模一样，便说："应该没关系吧，这个是我在手机App里找到的，反正都一样呀！"

"怎么可能一样呢？"王有仁不快道，"我给你的是我们团队自主研发的，你那个我就不了解了，平台不一样，操作的流程也不可能一样，你现在就把你手机里那个卸载掉，重新安装我发给你的这个链接，然后注册，注册完了，可以先放两个小钱进去，我先带你体验一把。"

苏庆余见他执着地要自己把应用商店里下载的软件卸载掉，又仔细看了他所谓的自主研发的软件图标，有心问他为什么自主研发的东西要用别人的名字，而且分明是盗用别人的图标，但是想想，问了他一定有话应答，又何必再听他鬼话连篇呢！于是淡淡道："我今天有点累了，以后再说吧。"

王有仁倒也知趣，心里明白苏庆余是起了疑心了，于是也随口应承道："好吧，那你早点休息吧。明天再聊。"但是再也没有联系苏庆余了。

苏庆余心里暗自庆幸自己多了个心眼，幸亏到App应用商店里搜索一下。同时，心里也打定主意跟那个自称有个叔叔做幕后指导的林云一起做了，因为前几天在MT5的交易平台里做的模拟操作就是他带着一起做的，而且苏庆余也上网搜索了一下关于MT5的相关信息，知道这是个正规交易平台。更重要的是苏庆余上网搜索了林云叔叔的有关信息，一切都和林云说的相吻合。但是当林云跟她说晚上有节点，问她是继续模拟操作呢还是实战的时候，她心里还是有点不踏实，于是说要不就还模拟吧，先熟悉熟悉再说。

林云闻言说笑道："苏女士，你也是商场老将了，怎么做事这么不爽快呀！你光是模拟，没有用的，又不要你投多少，不就五万美元嘛！来来来，先开个户。"

"我不是已经开户了吗？"

"你开的那个是模拟账户，没有用的。"林云笑道，"你得开个真正的账户，才能真刀真枪地拼杀，挣到的才不仅仅是一串数字，而是白花花的银子。明白吗？"

"好吧，那我先开户。"苏庆余打开软件，问林云："我已经登录了，开真正的账户在哪儿？"

"你等一下，我发客服的链接给你。"

"注册不应该在平台里面吗？干吗要发客服的链接给我？"苏庆余话音未落，林云的客服链接已经发了过来，苏庆余打开链接，看见是MT5的交易平台，于是点击进去，马上便跳出一个客服的对话框，苏庆余刚想输入内容，忽然就觉得似乎有哪里不大对劲，于是又退了出来，盯着图标看了一会儿，也看不出什么问题，但就是心里有点不踏实，苏庆余做了半辈子的生意，对危险有着天生的预感，虽说有时未免有些多疑，但这个特性在过去的商海浮沉中的确是为她避免了不少损失。她想起之前加过一个叫周大鹏的歌友，曾经也跟她提起过MT5之类的事情，但那个时候她对什么区块链、数字货币之类的还没有半点兴趣，所以就没接他的茬。想到这儿，苏庆余找到周大鹏的联系方式，给他发了条信息，同时把自己手里的图标截了个图发了过去，没过多久，周大鹏便回了条信息过来："苏姐，我觉得你可能是遇到骗子了。"

"为什么这么说呀？"

"你等一下，我让你看我的。"周大鹏说着发了个图标过来，"你看，图标都不一样。"

苏庆余一看，林云给的链接上的图标中间少了个

"5"，而且看上去画面粗糙，没有周大鹏发过来的图标看上去清晰。

"苏姐，怎么？你想做外汇呀？你把那个人拉黑，我带你做。"周大鹏笑道，"你看，我早就说要带你做，可是你说你不感兴趣，现在多危险，差点就让人给骗了。"

苏庆余哪里还敢招惹周大鹏？心想赶紧还是先把这林云打发掉吧。于是对周大鹏说："我可被吓到了，以后再说吧。"

"这有什么好怕的呀，我带你。我早就告诉过你，我叔叔有内部消息的，绝对靠谱。"

"别别别，以后再说，以后再说。"苏庆余赶紧回绝。

周大鹏闻言也不坚持，说："好吧，那随你，有什么需要帮忙的尽管开口。"

"好的好的，谢谢谢谢。"苏庆余连声感谢，随即便给林云回了条信息："算了，我还是先不弄了，反正暂时也没钱。"

想必林云也猜到事情中途发生了变故，于是也并不追问缘由，只是发了条信息过来说："真是狗咬吕洞宾，不识好人心，我好心带你发财，还让人多心了。好吧，是我自己犯贱。"苏庆余看了信息，一言未发，林云也便就此不再联系苏庆余了。

第十二回

一拍两散黄蔓离婚
三番四次晓娜逢春

回过头来且说黄蔓回到家，越思越想越糟心，忍了几天到底憋不住给苏庆余打了个电话，诉说和马休的事情，苏庆余听了，笑道："不是我说你哦！你这真是自找的，破财不说，还惹了一包气，你该不是被你老公的事给气昏头了吧？"

"你别说，苏姐，没准潜意识里还真是那么回事。"黄蔓道，"我跟他彻底散伙了。"

"啊？这么大的事，怎么这么轻易说散就散了？"苏庆余惊问，"怎么一点没听你说呢？"

"判决书也就刚下来。"黄蔓叹了口气，"他承认自己在网上搭了一个，既然如此，那就各走各的路呗。反正我也没回去，找了代理律师，协议离婚，也快得很，孩子还继续跟他，我每个月付抚养费，家里的房子归我，他回他父母家住。门市嘛，浦西的两家归他，浦东的两家归我。存款一人一半，几台车子全归他，还有些杂七杂八的东西也没细分，反正在谁手上的就归谁了。"

苏庆余听了也不好多说什么，只得跟着叹息道："唉！事已至此，照顾好自己吧！网友什么的，聊两句也就拉倒了，横竖也不能从手机里爬出来，但是可千万别再随便瞎见面了，万一遇上个不怀好意的，我们都是孤身待在异国他乡，还是要注意安全。"

"是呀是呀，我这几天也的确是有点鬼迷心窍了。"黄蔓叹息道，"对了，前几天娜姐还打电话约我了，说是也约了你了，但是那会儿我正走火入魔呢！"黄蔓说着自己也忍不住"扑哧"一声笑了，"真的，就是走火入魔了。我还说改天请你俩到我这儿来呢！要不就这个周末如何？你有其他的安排吗？"

"没有。现在这个形势能有什么安排呀？基本上都宅在家里。"

"那好，我这就给娜姐致个电。"

于是三个女人约好在黄蔓家里碰面。莫晓娜开车接了苏庆余，两人在大门外按了电子门禁，黄蔓在楼上替她们开了门。二人进了大厅，迎门放着一只巨大的烤瓷花瓶，里面蓬蓬勃勃地插着一大丛干花，花瓶两侧各有一个弧形的宽阔的扶梯。两人没乘大门右侧的电梯，顺着右手的楼梯上了二楼。前台当班的物业照旧是西装革履，头发梳得油光水滑地贴在头皮上，看见苏庆余和莫晓娜，礼貌而不失矜持地含笑点头说了声："女士们好。"苏庆余到黄蔓家来过几次，每次看见物业的这几个门房总会不由自主地想起从前自己在国内的那几个楼盘的物业和保安，心里总不免有几分感慨，法国人这份与生俱来的矜持，别的国家的人还真是学不来，即使是路边咖啡馆里的小服务生，眉目间的那一份淡定与坦然也令人赏心悦目。

黄蔓的房子只有一百来平方米，两个卧室，一大一小，但是厨房和客厅倒是都很宽敞，这在巴黎十六区也已经是很不错的公寓了。不过跟莫晓娜和苏庆余肯定是不好比，因此二人一进门黄蔓就满口嚷着："委屈二位姐姐了，大驾光临，蓬荜生辉。"黄蔓一边给莫晓娜和苏庆余拿拖鞋一边随口问道："你们过来路上没堵吧？"

"没堵。"莫晓娜一边换鞋一边说，"堵什么呀？"

"我上午出去买菜堵了好一会儿。"黄蔓道，"游行呗。"

"什么时候了？还游行。"莫晓娜道，"不过不游行、不罢工，也就不叫法兰西了。今天因为什么游行呢？"

"好像是为戴不戴口罩的事，我在车里离得有点远，既没看清楚横幅，也没听清楚口号。搞不清楚究竟为了什么。"

"这场疫情倒是替小马哥解了围。"莫晓娜笑道，"不然黄马甲的事情也是没个了局，够他受的。"

"那也完不了。"苏庆余接口说，"法兰西人民从大革命开始养成的习惯，不达目的不罢休。但是就怕往往闹着闹着就偏离了航向，现在政府把压力转嫁到了企业头上，昨天我们酒庄的经理还发了一份文件给我，说是政府要求企业要对员工进行业绩考评，符合政府的考评要求的员工，要重新签订合同。"

"什么合同呀？"莫晓娜忙问，"我没听说呀？"

"分行业进行的，我们属于农业产业，所以排在前面。"苏庆余道，"如果符合政府给出的测评标准的，要改成干部合同。这一改就意味着加工资，尤其是退休工资的大幅提升，黄马甲闹什么呢？闹来闹去还不是

为了一个'钱'字？现在我们酒庄所有的员工全都蠢
蠢欲动，跃跃欲试呢，全都忙着上网查标准给自己打
分呢。"

"那这事也不能员工自己说了算吧？"黄蔓疑惑道。

"他们说了不算，我说了也不算呀。"苏庆余道，
"看他们最终查完算下来结果如何了。要是真有符合标
准的，你不签也不行啊。"

"见鬼了，还有这个通知啊？"莫晓娜皱眉道，
"我待会儿问问他们去。怎么没人跟我说呢？"

"你问问吧。"苏庆余笑道，"我也没太注意其他行
业什么时候执行，我们反正是从今年2021年4月开始就
必须要执行了。"

"唉！你说这法兰西不是资本主义社会吗？这怎么
比我们大天朝还社会主义呀！"黄蔓笑道，"这帮人给
惯的，恨不得躺在沙发上就有人把面包喂到嘴里才好。
不给就闹游行，闹罢工。这可不是我说的哦，前两天看
电视里新闻采访，也有不少人持反对态度的。"

"你可别搞错了，法兰西可是'空想社会主义'
的摇篮。"苏庆余笑道，"巴黎公社可就是人家玩出
来的。"

　　说话间苏庆余和莫晓娜挂好衣服和包，到厨房看了看，见黄蔓准备的火锅，便一起动手帮忙，不一会儿就准备完毕。黄蔓特意开了两瓶苏庆余的酒，三人坐下边吃边聊。

　　莫晓娜放在桌上的手机不停地振动，黄蔓道："娜姐，你怎么不看呀！"

　　"网友，没什么正经事。"莫晓娜摇头道。

　　"对了，你那个新机长，又歇菜了？"苏庆余笑问。

　　"估计就是他了。"莫晓娜指了指手机笑道。

　　"让我们看看长什么样呗？"黄蔓笑道。

　　"越南人。"莫晓娜笑道，"帅倒是真帅，他们航空公司的宣传海报上用的就是他的照片。"

　　"快快快。"黄蔓招手道，"看看嘛。"

　　莫晓娜于是打开手机找出那位越南机长安德鲁·林的照片，苏庆余和黄蔓都凑过来看，男人似乎穿上制服就总能凭空多出几分英气，莫晓娜说："他还发了个小视频过来，我找给你们看。"说着将视频找了出来，果然动态的效果就是不一样，鲜活了许多，只见那安德鲁·林从机尾处沿着机舱过道一直走了过来，走到镜头前绽开笑容，抬手敬了个礼，的确是显得风流偶傥。黄蔓连声赞道："帅帅帅！"苏庆余也点头道："看上去的确不错。"

"越南裔，出生在英国，也在英国长大，离异，有两个女儿，大的十岁，小的才五岁。父亲早已去世，只有一个母亲，在越南生活，有个姐姐，嫁在意大利。"莫晓娜说。

"我的天，这都把家世摸得这么透彻了？"苏庆余笑道。

"我可没问他。"莫晓娜笑道，"是他自己竹筒倒豆子，上来就自我介绍了这一堆的。别急，还有呢，我找一下。"莫晓娜说着在手机上一通划，然后将手机递给苏庆余和黄蔓看，"这是他的两个小孩。"

苏庆余和黄蔓凑近前一看，有安德鲁·林和大女儿的合影，有两个小姑娘一起玩耍的小视频。苏庆余笑道："这还真是向你和盘托出了呀。"黄蔓也点头道："应该不会有人拿自己小孩的照片出来骗人吧！"

"难说。"莫晓娜摇摇头，举起酒杯，"来来来，干一个，我可真是被搞怕了，那个叫James Wang的不是也让我看了他和女儿的合影吗？我那么真心实意地对他，结果居然是个骗子。"莫晓娜拿起手机从相册里找出James Wang的照片，"哎，你们说，这小子长得朴实无华的，怎么能是个骗子呢?！"

"我的天，还保存着呢！"苏庆余说着和黄蔓相视而笑，黄蔓笑道："娜姐这是动了真情了。"

"不是，关键是他长得也太不像骗子了呀！"莫晓娜苦笑道，"不都说骗子的照片首先是帅哥，然后是八块腹肌，然后是名表、豪车、高尔夫、游艇吗？他哪样也没有呀！见鬼了吧？我就信了。"莫晓娜自顾喝了一口，"吃一堑长一智，这回他就是帅出天际去，姐姐我也如泰山顶上一青松，绝不动摇了。"

"来来来，和青松姐干一杯。"苏庆余笑道。

……

莫晓娜在黄蔓家说得信誓旦旦，可是经不住安德鲁·林软磨硬泡，心渐渐地便软了下来。和安德鲁·林的聊天内容也日渐亲密，安德鲁·林也是个满天飞的主，三天两头换地方，莫晓娜的手机里，世界时钟设置了一大堆时间。安德鲁·林到一处她便更新一处时间，心也跟着他天南地北地到处飞。很快两人便都盼着见面了，安德鲁·林不断地安慰莫晓娜：等自己这次飞行任务一结束，就来法国看她。

这安德鲁·林如今是恨不得分分秒秒都黏在电话上和莫晓娜腻在一处，每次起飞降落关机的最后一秒、开机的第一秒都会给莫晓娜发信息，莫晓娜也习惯了这样的节奏；但是突然一连两天，安德鲁·林一条信息也没有了，莫晓娜打开他的WhatsApp页面，看他明明在线，心中不禁又气又急，到底沉不住气，给安德鲁·林发了条信息："什么情况，不管怎样，就算是分手了也应该打个招呼，不是吗？"

安德鲁·林很快回了条信息过来："对不起，亲爱的，这两天我心情不好，我不想把不好的情绪传递给你。"安德鲁·林停了一下，见莫晓娜不吱声，便又发了条信息过来："我妈妈病了。亲爱的，我很担心她。你和我一起，为我妈妈祈祷吧，好吗？"

"当然好。"莫晓娜知道安德鲁·林的母亲年轻守寡带大他们姐弟，现在他母亲生病，生为人子，却身不由己，安德鲁·林心情不好也在情理之中，"你也不用太担心，你妈妈现在在哪里？"

"我姐姐把她接到意大利了，那儿的医疗水平会比越南好很多。"

"那是肯定的。"莫晓娜说，"有你姐姐照顾，你也可以放心了。"莫晓娜想说:"给我你姐姐的联系方式,要不我替你过去看看,你也可以安心一点。"但是话到嘴边又咽了回去,觉得不大妥当。

"亲爱的,我先不和你聊了,我还有些工作上的事情没有处理完。"安德鲁·林说。

一直到第二天晚上,安德鲁·林杳无音信,莫晓娜如坐针毡。好不容易安德鲁·林总算发了条信息过来:"亲爱的,你还好吗?"莫晓娜赶紧回复道:"我很好。你呢?"

"我母亲的病情加重了。我痛苦得要死。"

"那现在究竟是怎么个情况呢?"莫晓娜担心道。

"姐姐告诉我,可以为我妈妈申请高级别的治疗。"

"那就申请呀。"

"但那需要一大笔钱。"安德鲁·林说,"我姐姐她不像你,有自己的事业,她只是一个家庭主妇,她没有钱。亲爱的你能帮助我吗?借点钱给我。救我的母亲。她将来也是你的母亲呀!"

"我在法国呀!"莫晓娜道,"要不,你告诉我你母亲入住的医院地址和你姐姐的联系方式,我替你过去看看,有什么事情我现场和你联系再做决定。"

"你疯了吗?"安德鲁·林不快道,"她们在意大利。"

"我知道呀。她们在意大利哪儿呀？哪个城市？"

"你是医生吗？"安德鲁·林气道。

"我怎么会是医生？"

"那你去了能干吗？你只需要把钱打到我姐姐的银行账户里就可以了，她现在需要的是钱，不是你。"安德鲁·林说完随即发了一张照片过来，是个躺在抢救室病床上的老人的照片，"你看看，我妈妈正在抢救，她现在需要的是一笔医疗费用，你明白吗？她不需要你。你要见死不救吗？"

莫晓娜一下子清醒了，一句话也不再回复。安德鲁·林也不再说话。

第二天一早，安德鲁·林给莫晓娜发了条信息："你为什么不再说话了？只是因为我跟你提到钱的事情吗？亲爱的，这个钱是我向你借的，我会还给你的，连同利息一起。"莫晓娜依旧一言不发，安德鲁·林等了个把小时以后又发了一条信息，内容很简单，一共五个单词，翻译成中文共计八个字："你这个邪恶的女人！"然后就把莫晓娜直接拉黑了。莫晓娜看着安德鲁·林变成空白的头像，淡淡一笑，将他从通信录里删除了。

第十三回

王乔治获意外之财
龚家川行不义之举

要说邪门是真邪门，莫晓娜前脚才删了安德鲁·林，后脚便又有个机长申请要加莫晓娜好友。莫晓娜点开他的主页一看，见居然又是台湾华航的机长，莫晓娜自己不禁笑了起来，随手便添加了他，索性看看这帮所谓的"华航机长"到底都想干吗。

莫晓娜这次新加的这位好友，自称中美混血，华航机长，名叫王乔治，即将退休的年龄了，可硬是发了几张有八块腹肌的照片和一组在健身房锻炼的小视频给莫晓娜，声称自己的身体最多三十八岁，心理年龄更是永远二十八岁，一句话就是：宝刀永不生锈。

莫晓娜看了只觉得好笑，也并不太理会他，但是他和前面几位一样，早请示，晚汇报，口口声声叫莫晓娜"我的蜜糖"，还自报家门，把自己的身世一一道来：

据称，其父也是个飞行员，他从小就跟着父亲天南地北到处飞，其母是某个大型石油公司的技术人员，父亲已去世多年，只有一个老母亲目前在中国和舅舅一家一起生活，他自己呢自从妻子五年前病逝后，就一直独自一人，也没个孩子，非常渴望能组建一个新的家庭。莫晓娜基本不接他的话茬，只是偶尔地"噢"一声。如此一个星期，王乔治先生终于有了个新话题：他要去土耳其了。但不是执行飞行任务，而是去处理一件非常重大的私人事件。

"什么事呀？"莫晓娜随口问道。

"我的蜜糖，你还记得我和你说过我妈妈她是埃克森美孚石油公司的技术人员吗？"

"好像是说过的吧。"

"现在这个公司有一笔补偿款要给我妈妈，但是我妈妈她老了，我是她的独子，她把这笔补偿款赠予我了，我明天就要去他们的土耳其分公司领取这笔补偿款，那将是一笔巨款。"

"好啊，那恭喜发财啦。"莫晓娜随口道。

"我的蜜糖，这是你给我带来的好运。"

"别价。"莫晓娜笑道，"这明明是你老妈给你的，跟我可没有半毛钱关系。"

"我的蜜糖，我们很快就会见面了。"王乔治自顾自说道，"等我拿到补偿款我就直接从土耳其去巴黎见你，好吗？"

"好啊，随时欢迎。"莫晓娜嘴上客气着，明知他根本就不可能出现。

"我都有点迫不及待地想要见到你了，我的蜜糖。"王乔治说，"不过我现在要去我老板办公室一趟，先不和你聊了。"

莫晓娜看了看时间，晚上八点多了，不禁问道："你不是说你在台湾吗？"

"对啊，我在公司的总部，我们总部是在台湾的。"

"台湾现在难道不是凌晨两三点钟吗？"莫晓娜问，"你不睡觉也就罢了，怎么你们老板也是个夜猫子呀？"

"蜜糖，老板打电话找我，我先不和你说了。"

"好啊，你忙你的好了。"莫晓娜不以为意地说。

第二天一天王乔治没有任何消息，到了第三天下午，王乔治给莫晓娜发了条信息："我的蜜糖，我需要你的帮助。"发完等了一会儿见莫晓娜没反应，紧接着又发了一条过来，"现在事情的发展出乎我的预料，所有的手续我都已经办完，就等着领取补偿款了，可是他们要我先交七万欧元的税金。我的蜜糖，我根本就没想到还要交税，所以你可以先借七万欧元的税金给我吗？"

莫晓娜看了留言，一下子被这个王乔治给蠢得笑了起来，回复道："你和我是什么关系呀？我们很熟吗？我凭什么借七万欧元给你呀？"

"哦！我的蜜糖，你说这样的话真的很让我伤心，我是那么爱你。我会给你付利息的。"

"你们华航的机长都这副德行吗？华航的薪水不够生活吗？为什么每个机长都这样啊？"莫晓娜气道。

"我不知道别人，我的蜜糖，你还认识我们公司其他人吗？"王乔治根本不理莫晓娜说了什么，自顾自发了一个收款信息过来，"我的蜜糖，你一定要帮帮我，把钱打到这个账户里就可以了。"

"你说你都这把年纪了，你这天天在天上飞来飞去的，也不给自己积点德？"莫晓娜没好气地说。

可是王乔治依然执着地回复："我的蜜糖，我很急，你赶快去汇款。"

莫晓娜见了自语道："还真有比猪还蠢的人。"气得索性不再理他，不料王乔治见莫晓娜连信息都不看了，急得跑到FB上的Messenger给莫晓娜发信息："我的蜜糖，你怎么不看我的信息了呀？"紧接着把收款的信息又在Messenger上发了一遍，"我真的很着急。"莫晓娜见了，嘟囔了一句："有病吧？"直接将他拉黑了。

莫晓娜觉得自己最近真是晦气透了，想起楼下的按摩室开张了，便起身到了按摩室。按摩室的张颖看见莫晓娜来了，赶紧迎上前招呼道："啊呀！莫总来了。快快有请。"

张颖是苏庆余同学的女儿，小姑娘原先留学荷兰，在网上结识了在法国留学的龚家川。看他网上发的帖子还以为龚家川是个高富帅呢，谁知压根就是个穷小子。父亲早逝，母亲改嫁，嫁的也还是个工薪阶层，因为他在家总和继父闹别扭，继父为图耳根子清净，拿出自己的拆迁款让他出国留学。他出国以后也一心想要留在法国，不想回国，但毕业以后一直找不到工作，眼看着签证到期，无奈之下只得和朋友合伙盘了一家足疗店。结果却被这所谓的朋友摆了一道，店没开成，还欠下一屁股的债。若不是张颖她妈找苏庆余帮忙，连签证都泡了汤。

　　起初苏庆余因为龚家川是老同学的女婿，对他十分信任，他叫苏庆余也不叫苏总，而是跟着老婆张颖一起叫阿姨，但这小子也许是欠债心急吧，总之太过贪心，出手太黑，苏庆余订了一款木桐金羊同款的瓶子，他居然一个酒瓶子就拿了九十个生丁的回扣，十九万个酒瓶子，他回扣拿了十七万多欧元。这事被苏庆余发现后，苏庆余直接将此事告知老同学，也就是龚家川的岳母。他岳母一听他胆子这么大，吓得赶紧打国际长途核实事情真相，一问果然属实，只好向苏庆余满口赔不是。只是那十七万多欧元已经被龚家川用来替他妈妈还了国内的房贷，追是追不回来了，除非继续用他，从他的工资里慢慢扣，否则他赤脚地皮光一个，要钱没有，烂命一条。何况中间还夹着老同学，苏庆余只得作罢。

　　小夫妻俩在巴黎举目无亲，又都没正经工作，张颖大学毕业后，不想回国，一时之间又找不到工作，只能找个学校继续挂名读个研究生，好用来续签学生居留。龚家川被辞退自然没话说，但是张颖恰在此时发现自己怀孕了，老同学无奈，只得硬着头皮，赖着脸向苏庆余求助。苏庆余听了于心不忍，正好龚家川之前为了盘那间足疗店办居留，专门去学过按摩，莫晓娜楼下的按摩室承包期刚好满了，苏庆余便说了个情，让张颖夫妇承包了。

　　莫晓娜在里间的一张床上躺下，张颖如今也学了按摩，但是时间尚短，技术平平，所以叫了一个老练的按摩师过来帮莫晓娜做了个全套。

第十四回

动真情黄蔓欲赴港
遇机会林硕想跟风

　　"谁说网络上就没有真爱？现实当中难道就没有虚情吗？如果因为现实中的假而错过了网络上的真，岂不是要抱憾终身？"黄蔓近来常将这话挂在嘴边，因为她觉得这回自己是确确实实遇到了真爱。

　　有位叫林硕的香港人在微信"附近的人"里添加了黄蔓，虽然两人聊到第三天林硕便回香港了，二人也未及见面，但林硕回到香港后，给黄蔓发了一组自己的健身照，一下子就迷倒了黄蔓。那身材，简直只有史泰龙年轻时候才可以媲美，再加上林硕性格温柔，讲话的声音更是柔情似水。总之，一切的一切都刚刚好是黄蔓所喜欢的。更令黄蔓心里感到无比踏实的是林硕和其他人不同，他老老实实地承认自己只是中金公司的一个普通中层，而且还是刚升职不久的，之前十年一直都在基层，亏得现在的部门主管提携。在元朗买了一套两居室的公寓，还有一部分按揭没有还清，但是一切都在向好的方向发展。

黄蔓彻底坠入了爱河，甚至开始和苏庆余、莫晓娜道别，说自己打算要去香港发展了，巴黎的房子打算卖掉，香港房价也不低，林硕那儿只有一套两居室，他父亲和他住在一起，母亲早就去世了，黄蔓打算过去以后要么在一个小区里再买一套两室的，要么就把林硕的两室换成四室的，单独留出一间给林硕做书房，因为林硕的心愿就是要成立一间自己的工作室。苏庆余和莫晓娜见黄蔓计划得这么细致，尤其是有时候黄蔓和她们在一起，林硕也会发语音让黄蔓"代为问候两位姐姐好"，因此苏庆余和莫晓娜也情不自禁地觉得林硕不仅仅是个网友，不仅仅存在于虚拟的空间，而是个实实在在的大活人，不禁也为黄蔓高兴。

这天下午，林硕难得地早早下班，到家便给黄蔓打电话，聊了一会儿，林硕突然想起一件事来："对了，老婆，明天有一个行业大会，主任让我负责接待，你觉得我穿什么衣服好呢？"

"西服呗。"黄蔓道，"你们平时没有工作服吗？

142

中金那么大个公司，难道没有统一的制服吗？这种场合，又是负责接待的工作人员，当然最好是穿公司的制服呀！"

"好吧。"林硕笑道，"听老婆的肯定没错。"

第二天林硕给黄蔓发了两张会议现场的照片，一张是林硕的单人照，一张是和别人的合影，那人看上去很有派头的样子。会议结束，林硕一回到家就给黄蔓打电话，语气中满是兴奋："你知道吗？老婆，今天的会议圆满成功。而且，你知道吗？老婆，那些大佬是真牛啊！我今天学到了好多东西，很有收获。大佬们要开始场外搬砖了。"

"什么叫场外搬砖？"

"哎，这个说了你也不懂。"林硕笑道，"总之，我今天很开心。"

"开心就好，今天一定很累吧？少聊几句吧，你早点休息。"

"累是有点累，不过和老婆聊天也是一种放松呢！"

二人东拉西扯又聊了一会儿才依依不舍地挂了电话。

第二天一早林硕照旧一睁眼便给黄蔓留言："老婆，

我醒了。"然后便是上了车，还得发一条："老婆，我已经洗漱好了，现在开车去公司了。"到了公司车库还要再发一条："老婆，我已经到公司了。爱你。"本来每天工作稍有闲暇便要发条信息问："老婆，你在干吗呢？"中午吃饭更是要发条信息告知自己吃什么，还要问黄蔓是否起床了，是否吃早餐了；但是今天，公司车库的信息便是最后一条信息，之后大半天都没有消息。黄蔓不禁有些焦躁，一直等到晚上也不见林硕有消息。黄蔓几次想发信息询问但都忍住了，第二天早起也不见林硕的早安信息，黄蔓又急又气，到底还是给林硕发了条信息："你没事吧？"

"没事。"林硕很快便回复了，"只是有些不开心。"

"好好的，因为什么呀？"黄蔓问。

"我把咱俩的事和朋友说了。"林硕顿了顿，"朋友说我太傻了，他问我们视频过吗？我说没有。他说：都没视频过怎么能当真？"

"这跟视频不视频的有什么关系呢？"黄蔓道，"本来我们不是约好保留一丝神秘感的吗？既然你觉得不视频一下你都没信心了，那就视频好了呀。"黄蔓说完便打了个视频电话给林硕，不想林硕却没接，反而发了条信息过来："稍等一下，老婆。三分钟以后我打给你好吗？"黄蔓心想也许他在办公室不太方便，过了几分钟林硕的视频电话铃声响起，黄蔓立刻便接听了，只听见林硕笑道："老婆，你真漂亮，比照片还美。"

"可是奇怪了！"黄蔓一边检查自己的手机一边问林硕，"我怎么看不见你呀？"

"老婆，我忘了跟你说了，公司接了个新项目，所有相关人员都不允许用视频的。我是项目负责人，当然要以身作则了。"

"那你干吗要跟我视频？"黄蔓气道，"你这不是耍我呢吗？"

"老婆，怎么能是耍你呢？！"林硕柔声道，"我可以看见你呀！而且就一个月的时间，等这个项目结束就OK了呀，如果老婆想我，我给你发以前的小视频可以吗？"

"我不要。我就要看现在的你。"

"乖，听话，忍一忍，就一个月。理解一下老公好吗？老公现在最需要的就是你的理解和支持了。"

黄蔓气得立马将视频切换成语音，林硕也不以为意，继续和黄蔓又聊了一会儿才把电话挂掉，但黄蔓的心里一直不大高兴，林硕也不说破。到了下午，林硕给黄蔓打了个电话："老婆，我今天中午跟同事出去吃饭了，正好看见商场搞活动，羊绒衫买一赠一，我就买了两件情侣装，也不知道老婆会不会喜欢？"

"我又不缺衣服，干吗要你花钱呀！"黄蔓心里乐开了花，笑道，"再说你又没见过我的人，怎么知道我穿什么尺码呀？"

"老婆的尺寸我都知道呀，怎么会不知道你穿什么尺码呢？"林硕意味深长地笑道。

黄蔓听得咯咯笑了起来，将早晨的不快抛到了九霄云外，问道："什么颜色？"

"蓝色。老婆喜欢吗？"

"喜欢。但是蓝色有好多种呢。"黄蔓笑道。心里暗暗思忖：林硕买的是打折款，这个做派还真是个十足的工薪阶层，精打细算。但是从来一分价钱一分货，黄蔓自己是从不买打折商品的，于是又问道："什么款式的？你拍张照给我看看吧。"

"老婆，你看你又忘了，老公现在不能使用摄影功能。"

"只是拍张照片而已，又没让你视频。"黄蔓不快道。

"老婆，都一样的。"林硕柔声道，"拍照也要使用摄像头的呀。都不可以。老婆乖。一个月很快就会过去的，忙完这个项目我就去法国看你。要不我描述给你听听？"

"算了吧。"黄蔓懒得和他再为这点小事纠结，"这个哪里说得清。"

"是是是，我这笨嘴笨舌的，的确是说不清楚的。那老婆不许再生气了，好吗？"林硕趁机岔开话题，两人又东拉西扯地聊了半天，黄蔓看看时间，又是香港那边的深夜了，便催林硕赶紧休息，两人这才恋恋不舍地挂了电话。

此后，林硕便时常打黄蔓的视频电话，只是他那边摄像头都是事先就蒙上了，所以黄蔓只能看见一片黑屏，开始几次，黄蔓还会切换成语音，可是有时林硕是在黄蔓刚醒的时候就打进电话的，黄蔓睡意蒙眬也就懒得切换，由他去了。林硕于是又开始要求黄蔓不要将电话放在耳边，他想看看黄蔓别的地方，黄蔓知道他的意思，一口便回绝了："不可能。你要想找人裸聊之类的，你爱找谁找谁去。"

"老婆别生气嘛，我只是想你了而已。"林硕随即笑道，"我找别人聊，你愿意啊？你舍得吗？"林硕看出黄蔓不可能如自己所愿，也并不坚持。

又过了两天，林硕告诉黄蔓，前几天大会上的那几个大佬要开始行动了，自己是整体项目的秘书，负责会议纪要，所以可以掌握第一手的信息来源，林硕感慨道："老婆，你知道吗？十年，十年，我在这个行业干了十年，终于等到了这个机会。"

"什么机会呀？"黄蔓不解道，"你们这个行业，什么时候没有大佬坐庄呀？这不是件很正常的事情吗？"

"可是老婆，不是什么时候都有机会介入进去的呀？我们现在跟在大佬后面，等他们撤的时候我们也撤。哪怕我们只挣一个亿也行呀，银行的利息再降，就算是降到一个点，一年也有一百万的被动收入，对不对？"林硕兴奋地说："所以老婆，我们一起努力，搏一把，怎么样？"

"一起努力？"黄蔓迟疑道，"怎么一起？"

"我肯定是不能明着参与的。"林硕道，"我们用你的名字开户，然后跟着老总们共进退。怎么样？"

"用我的名字开户？"

"对。用你的名字开户。"林硕道，"还需要捆绑一张你的银行卡，因为我们如果要出金的话需要有一张对应的银行卡。"

"开户不要钱吗？"

"开户本身不要钱，但是我们开户是为了跟在老总们后面操作的，当然要放钱进去啦！不然拿什么跟？"

"可是我总觉得这事有点悬。"黄蔓有些忧心忡忡，"干你们这行难道没有行规吗？公司没有相关的制度吗？这个信息肯定不可能只有你一个人知道吧？那其他人呢？他们是怎么做的呢？我真的不想参与这件事，我觉得咱俩应该公私分明，你工作上的事情我也不懂，别把我搅到你的工作中去好吗？免得影响咱俩之间的感情。"

"我听明白了，你说那么多，无非就是不相信我，怕我连累你。"林硕不快道，"如果两个人在一起不能一起努力，一起奋斗，还有什么意思呢？"

"一起努力，一起奋斗，难道就一定要一起做同一件事情吗？而且你这也不叫一起努力呀！君子爱财，取之有道。"不等黄蔓说完，林硕便打断她的话："我这怎么不叫努力？怎么就取之无道了？难道我等了十年，好不容易等到了这个机会，你要让我白白浪费吗？就这样每天眼睁睁地看着机会流失吗？然后我无动于衷，什么都不做？你就说你帮不帮我吧？是或否，一个字而已。你说句痛快话。"

"你想让我怎么帮你？"

"老婆。"林硕缓和了语气，"我所做的一切都是为了我们的将来，我知道你很能干，但是我还是希望你跟了我林硕，我林硕的女人什么都不比别人差，别人有的你也要有，而且要比别人的更好。"

"可是我并没打算要去和谁比呀？"黄蔓辩解道。

"你有没有打算是你的事，我至少不能让你比我那些哥们儿的老婆差吧？老婆，我也不需要你做别的，只要用你的名字帮我开个户就可以，你也是个商人，你仔细想想，这对你能有什么害处呢？再给我一张空白的银行卡登记一下就可以了。"

黄蔓暗暗思忖了一番，想想倒是也不会有什么后遗症，又看了看时间，香港那边应该已经是凌晨三点多了，实在也不忍心再让林硕耗下去了，于是便点头同意了，林硕这才安心挂了电话休息去了。

第十五回

弄虚作假黄蔓开户
东窗事发林硕消失

第二天一早黄蔓刚一开机，林硕的一堆信息便涌了
进来，有例行问候的，当然还有催她开户的。黄蔓见他
催得急，索性也不洗漱，先打开电脑，按照林硕的指导
开了户，账号密码林硕设了六个"0"。林硕让黄蔓更改
一个自己的密码，黄蔓说："改它干吗？反正又不是我
的账户，这样你随时可以登录不好吗？"

"不行，老婆，我是不能登录的，后台是能看见登
录电脑的ID地址的。"

第二天林硕就让黄蔓跟客服说要入金十万美元，黄
蔓依言联系客服，客服给了黄蔓一个吉林长春的账号，
林硕让他的朋友帮他在香港入金，黄蔓第一次接触这样
的事，不禁有些疑虑，便问林硕："为什么这个钱不是
打到你们公司的账户？而是打到一个私人账户里呢？而

且还是个什么吉林的账户，你就不怕这钱莫名其妙地丢了？"

"傻老婆。"林硕笑道，"怎么会呢！老公干这行十年了，都是这样的。那个收款人也是公司的员工。"

"你认识他？"

"公司那么大，我哪能全都认识？但是我知道有这么个人。"

"幸亏你是个业内人士，这要换作是我，我可不敢就这么把钱打给一个八竿子打不着的人。"

"放心吧。老婆。相信你老公的判断力。"林硕笑道，"对了，老婆，最近要辛苦老婆一下，每天早晚都帮老公看一下。"

"看什么呀？"

"就是登录上去看一下账户里的资金变化呀。"

"行。这个没问题，保证完成任务。"黄蔓笑道。果然第二天就涨了四万多美元，黄蔓将钱包截图给林硕，林硕开心得疯狂大笑了好久，连电话另一端的黄蔓也被他感染了，笑道："瞧你那个财迷的样。至于吗？开心成这样？"

"你不开心吗？老婆。"林硕边笑边说，"才几个小时啊？我们就赚了四万多美元，是美元啊！"

"你什么也没做，就只是入了个金，我也没看见你有任何的操作呀，怎么凭空就能赚钱了呢？"黄蔓疑惑地问。

"怎么没操作呢？我们入了金，就等于是跟着老总们入场了呀。"

"但是入的什么场呀？老总们究竟投资了什么呀？"黄蔓依然是一头雾水，"我根本就没看到任何操作呀！只看见钱包里的钱增加了呀！从何而来的呢？"

"傻老婆，你就别管钱从何而来了。只管等着数钱就对了。"林硕笑道，"对了，老婆，你也想想办法，入点进去，我们一起努力、共同进步呀！"

"可是我的确是没有这么多闲钱呀！"黄蔓为难道，"我的钱基本上都押在货上了。"

"没关系的，老婆，你尽力就好。"林硕柔声道，"也不需要很多钱的，明天我想办法再入十万美元进去，这么好的时机我们一定要把握住，绝对不能错失良机，抱憾终身。老总们这种场外搬砖的做法少则半年，多了也不过一年半到两年的时间，我们一定要跟住了。余生我们就不用愁了。老婆不是喜欢旅游吗？到时候老公一定陪你走遍万水千山。所以老婆你想想办法，不行跟朋友挪点怎么样？或者到银行临时贷点款也可以呀，反正也划得来的。"

"为这事去借钱？贷款？"黄蔓嚷道，"我不干。"

"什么借钱，周转一下而已，可以给他利息嘛。反正你再考虑考虑好吧，只是觉得错过了这次机会太可惜了。"林硕淡淡道，"好了，老婆，老公还有些工作没处理完，等会儿再和你聊。记着等会儿晚上再帮我上去看一下哦。爱你。"

黄蔓依言每天早晚都登录上去看看，然后将当时的钱包数字截图发给林硕，反正每次看，多少不等都有所增值。林硕下班的时间越来越晚，黄蔓奇怪，林硕说自己又接了几个项目，他们这行也是多劳多得的，他觉得机会这么难得，自己的本金太少，黄蔓又不愿意一起干，所以想多接几个项目多挣点钱好入金；黄蔓听他这样说，一时竟也无话可说。

过了几天，林硕说自己又凑了十万美元，让黄蔓帮自己入金，入金次日便又是一波行情，林硕更加开心，开心之余忍不住又劝黄蔓加入，黄蔓只得又跟他解释一遍，自己的钱真的都押在货上了，手里实在没有现金可调度，林硕便有些不快，闷闷道："你难道连几万块钱都拿不出来吗？哪怕是一万，也代表我们共同努力了呀。算了，随你好了，反正我和你交往也不是为了这事，好歹账户也是你帮忙开的。今晚我就不和你联系了，等一会儿下班我要去一个朋友家里借钱，还不知道什么时候才回家呢。不过我到家会给你发信息的，免得老婆担心。"

"借钱入金吗？"黄蔓疑惑道。

"是啊，我的房子还有按揭没有还清，所以贷不了款，不然我直接到银行贷款好了。叫你一起你又不肯。"林硕见黄蔓不说话，便也不再继续这个话题，"好了，老婆，你也不用多想，老公自己去想办法好了。"

当晚一直到香港时间凌晨三点多，林硕才给黄蔓发了条信息说自己到家了，黄蔓见时间太晚了，也没有多问，到了第二天才问他借钱的情况，果然不出黄蔓所料，没借着钱。林硕的朋友声称钱都是自己的老婆管着，自己每个月的零花钱都要老婆批准才有。

于是林硕每天都要凌晨一两点才能回家，每次到家给黄蔓发信息声音都是嘶哑的，有几次下班的时候说了声："老婆，我现在开车回家了，到家再和你说。"然后就杳无音信了，搞得黄蔓担心不已，不停地发信息问："你怎么还没到家？""你到家了吗？""你没事吧？"结果次日一早，才知道林硕到家坐在沙发上就睡着了。更有几天连续嚷嚷着头疼得厉害。黄蔓听了心疼不已，于是发信息问林硕："你家住在哪儿呀？"

"怎么呢？老婆你要来香港吗？"林硕道，"你来了告诉我就好了，老公去机场接你。"

"不是我要去香港，你告诉我地址，我想知道你家离你们公司有多远。"

"也不算远，开车三四十分钟。"林硕回答。

"这是路上不堵的前提下吧？"黄蔓道，"我上网查过了，你们中金公司在中环那边。我记得你说过住在元朗。"

"是啊。是在元朗。"林硕回复道，"我下班比较晚，很少遇到堵车的。"

黄蔓本无心知道林硕家的具体地址，但见林硕始终避而不答，不禁有些来气，便追问道："元朗哪儿呀？没有门牌号码的吗？"

"老婆你干吗要问这个呀？"

"怎么？不能问吗？"

"当然能问。"林硕道，"但是你问了有什么用呢？"

"我就想知道，你就说可不可以告诉我呗？"

"当然可以。"林硕回答。过了一会儿，发了个地址过来：元朗区风攸北街5号。黄蔓见了这才满意，于是给林硕回复了个大大的爱心，接着说："我想从网上找个中介帮忙在你们公司附近替你租间房子，这样你就可以省掉来回路上差不多两个小时的时间，每天多睡两小时你就不会这么累了。"

"老婆你真好。不过，没必要的，我没关系的，老婆你与其拿钱租房子，还不如跟我一起入金呢。"

"啊呀，这是两回事好不好？"黄蔓急道。

"真的，老婆，你既然有这个租房的钱，干脆跟老公一起做吧。"

黄蔓见林硕完全不理解自己的一片苦心，一门心思只想着入金，不由得气道："我没钱。"

"那好吧。"林硕显然也不高兴，于是也不多话，"我手头还有好多事情要做，我先工作了。爱你。"

于是林硕一如既往地早出晚归，而且时间越来越晚，有时甚至忙到凌晨三点多钟，给黄蔓的留言也越来越少，每次的声音都疲惫不堪。黄蔓见了心急如焚，思虑着究竟是否要助林硕一臂之力，实在是不忍心看他这样辛苦了。

这天早起，黄蔓第一件事便是登录账户，将钱包截图发给林硕，下午又打开钱包，截完图黄蔓感觉有点不对劲，找出早晨的截图一看，果然数字没有变化。第二天一早，黄蔓打开网上钱包一看，居然还是昨天的那个数字477501.5 USD，她赶紧截了张图发给林硕，又发了条信息过去："你发现了吗？从昨天早晨开始，这个数字就没再动过。"

"是吗？我马上来看一下，这两天我一直有点头疼，没太在意。"林硕回复道。快中午的时候，林硕突然打了个电话给黄蔓："老婆，谢谢你提醒我，等一下我去找我们主任问问，是不是后台出什么问题了。还有，老婆，我得把我们之间所有的通话记录都删除掉。我先跟你打声招呼。"黄蔓志忑不安地等待着林硕的消息，一直到法国时间晚上八点多，黄蔓才收到一条林硕的语音信息："老婆，这件事情好像被公司发现了，我处理完再和你联系。"随后便再也没有了林硕的任何消息。

　　黄蔓等了一个星期，没有等到林硕一个字的信息。黄蔓有点沉不住气了，给林硕发了条信息："你没事吧？"等了半天不见回复，就又发了一条："无论发生什么，一定记住，我和你同在。"想想又补了一条，"如果你不想继续在香港待下去，就来法国吧。其实我一直盼着能有人来帮帮我呢，不要有任何顾虑，如果我一无所有去香港投奔你，你会怎样待我？所以放心好了，不要太在意钱，只要人平安就好。"

　　黄蔓看着手机屏幕，完全是自己一个人在独白，不由得叹了口气，心里七上八下，有点担心林硕会不会因此吃了官司，又或者被公司管控，手机之类的通信工具不能使用了；黄蔓一边胡思乱想，一边点开林硕的朋友圈，这才发现林硕把自己屏蔽了。黄蔓的心一直一直地向下沉去，仿佛坠入了无底深渊，脑袋嗡嗡作响。黄蔓听见自己的心扑通扑通地胡乱跳着，感觉身上一阵阵地出着虚汗。好半天，她定了定神，把自己和林硕的通话记录从头到尾细细致致地看了一遍，始终没有找出什么破绽来。

第十六回

说网友晓娜发高论
验密码黄蔓再伤心

黄蔓又呆坐了一会儿，想起来给苏庆余打了个电话："苏姐，你在家吗？有空吗这会儿？我想找你说点事。"苏庆余说有空，黄蔓无心开车，便打车到了苏庆余家。苏庆余家在巴黎十六区的一个葡萄酒博物馆后面，原先的房主是个摩托车赛车手，还拿过好几个不知什么比赛的冠军，进门便是个硕大的客厅，客厅里有个一米多高的现代雕塑，客厅旁边是个开放式厨房，厨房的操作台和吧台连在一起，可以坐十来个人，除了灶台，其余的一切都是内嵌隐蔽式的。

黄蔓进门，跟着苏庆余上楼，沿着楼梯的墙壁上镶着一排玻璃壁橱，里面放着各式摩托车手的头盔。当年苏庆余进门正是被这一溜头盔所吸引，那车手虽然舍不得自己的这些收藏，但看在钱的分儿上，便说自己已经老了，而且看得出苏庆余是真心喜欢，所以就忍痛割爱了。他不知道苏庆余年轻的时候也是个摩托车发烧友。

苏庆余和黄蔓上了二楼顶上的平台，平台上有个游泳池，现在不是游泳季节，泳池上覆着移动草坪，放着几盆花，如果不知情是看不出那是个泳池的，旁边有几个超大的户外圆形沙发，铺着厚厚的垫子，沙发后面是一套可坐十二个人的长条桌椅，桌椅四周有几盏户外柱式取暖的灯具，若是冬季聚会开了那几盏取暖的灯便感觉不出一丝凉意。

这会儿黄蔓一下子倒进沙发的垫子里，苏庆余问她喝点什么？"来杯红酒吧。"黄蔓边说边坐了起来。苏庆余在桌边的酒柜里取出酒，用气压泵打开，在瓶口盖上快速醒酒器，给黄蔓倒了半杯，自己也倒了半杯。黄蔓欠身接过酒杯，强笑道："苏姐，我跟林硕完了。"话音未落眼泪便不由自主地滑落下来。

苏庆余见状大吃一惊，问道："这是怎么了？吵架了？"

黄蔓抹了抹眼泪说："嗨，要吵架倒好了。消失了，就这么莫名其妙地消失了。"

"没听懂。"苏庆余端着杯子也坐进了黄蔓坐的那张沙发上，"怎么叫消失了？"

黄蔓于是把近两个月来林硕先是死磨活磨地让自己开户，然后他自己入金的同时也让自己设法入金，因为自己没入所以导致林硕只能出去借钱，借没借到就只能日夜赶工接项目，本来大挣了两笔黄蔓劝他见好就收，但他决意要和老总们共进退，结果被公司发现了，然后人就失联了。"他的朋友圈还把我给屏蔽了。"末了黄蔓补了一句。

"噢。那他人就肯定没事。"苏庆余听了黄蔓最后一句话释然道。

"为什么呢？"黄蔓不解道，"我发了一堆信息问他情况，又不是小孩子，就算是散伙也该给个明白话呀！难道我还赖着他不成？没理由就这么一声不吭消失了呀。苏姐，你说他会不会是被公司给告了呀？像他们这种公司的员工应该都要签署保密协议之类的吧？"

苏庆余刚想回答，电话铃响了，原来是莫晓娜，经过苏庆余家门口，随手便打个电话看她在不在家，苏庆余答应道："不在家能去哪儿？现在就算是解禁了，平时没事也不敢乱跑呀。你在哪儿呢？"

"我就在你家门口，你快下来给我开门吧。"莫晓娜道。

"我先去给晓娜开门。"苏庆余将手里的杯子随手递给黄蔓，下楼去给莫晓娜开门，"车呢？"

"没开车。"莫晓娜道，"我走过来的。本来想去铁塔那边逛一圈的，想想一个人没意思，就弯到你家这儿了，看你是不是在家，一起溜一圈去呗？我都快要宅得长毛了。"

"黄蔓在呢。"苏庆余道。

"那喊她下来，一起去呗。"

"正伤心呢。"苏庆余道，"你先进来吧。"

莫晓娜进门一边换鞋一边问："怎么了？好好的伤哪门子心呢？"

"那个林硕突然失联了。"

"啊？"莫晓娜也大吃一惊，"就说这些狗屁网友不靠谱嘛！这怎么前阵子还谈婚论嫁的，这会儿就失联了？"

两人边说边往楼上走，黄蔓早就听见莫晓娜的声音了，站在阳台的楼梯口等着她们。莫晓娜抬头看见黄蔓笑道："怎么？你这第二春之花这么快就凋零了？快别伤心了，不值得。失联就失联呗，直接拉黑。网上多的是帅哥，咱再找一个更好的。"莫晓娜边说笑边上了阳台，一眼看见桌上的红酒，"哟，你俩今天潇洒嘛，快，给我也来一杯。我也好久都没喝了，天天一个人随便凑合吃一口就拉倒了，连酒也懒得喝了。"

苏庆余给莫晓娜倒了半杯，"谢谢。"莫晓娜伸手接过，"快快快，跟我细述一遍，究竟是怎么回事？"黄蔓于是将林硕的事大致又说了一遍，这一遍讲完，黄蔓觉得心里好受多了，也不那么堵得心疼了；自己也不由得自我解嘲地笑道："看来倾诉还是非常有必要的，这事跟你俩这么一说，我心里舒服多了。刚刚在家里，真的，我一个人感觉整个世界都崩塌了。"

莫晓娜听完黄蔓的叙述，摇摇头说："我觉得那林硕没事。他就是不想搭理你了而已。"

"刚刚苏姐也说他人没事，为什么你们都这么想呀？"

"嗨，你这叫当局者迷。"莫晓娜道，"你想啊，他要真有事还有那闲心在朋友圈屏蔽你？"

"那他至少应该把话讲清楚呀！"黄蔓道，"这不是最起码的礼貌吗？"

"哼。"莫晓娜冷笑一声，"一个网友而已。别以为他跟你聊得热火朝天、海誓山盟的就真以为要白头到老了，差得远呢！以前我是不知道，现在自从在这个FB上接触了几个人以后，我就明白了，网络上你就算是聊出一朵花来，只要他死活不跟你见面，全都是胡扯的。你用脚后跟想想好了呀，男女交往，哪个男的不急着跟你明确关系呀，推三阻四，寻找各种由头不照面，要么就是想你的钱没想到手，要么就是纯属闲得无聊，拿你打发时间。"

"这回可真成了网恋专家了。"苏庆余听了笑道。

"网恋倒未必。"莫晓娜笑道，"网络交友专家也差不多了。反正我现在就笃信一个观点，只有那个不远万里出现在我眼前的人，我才信他是真的。"

"你当他是国际主义战士白求恩哪？还不远万里来到你眼前。"苏庆余笑道。

黄蔓也跟着笑了起来，说："见面就真呀？之前那个马休不是跟他见面了吗？结果呢？"

"那个马休是法国人好吧？我指的是中国人。完全不同的思维模式。而且那马休也算不上是个骗子，充其量只能叫个无赖。"莫晓娜对黄蔓笑道，"你花的那几个钱也是你自己自找的。"莫晓娜说着不由得笑了起来，"我也别说你，我自己也好不到哪去。要论起来，你还比我强点儿呢，毕竟见着真人了。那马休的目标开始就很明确，人家一切都是真实的，所以才敢来见你，人是真的，家里的苹果酒估计也是真的。你们看看网上那些男人，一组头像十八个人在用，八块腹肌八十个人在贴。"

"人家那叫乌托邦式求偶。"苏庆余笑道。

"什么意思啊？"莫晓娜笑问，"你这新名词层出不穷的，什么叫乌托邦式求偶呀？"

"这可不是什么新名词。"苏庆余笑道，"英国有个叫托马斯·莫尔的作家写过一本书，名字就叫《乌托邦》，那个叫乌托邦的国家里，男女相亲就是全都赤裸相见，以示坦诚。"

"哈哈哈。"莫晓娜大声笑道，"这国家好。简单、直接。我喜欢。"苏庆余和黄蔓也跟着笑了起来。莫晓娜接着笑道："真是的，这帮人真该到那个乌托邦里混去，倒省事了。也免得像现在这样，恨不得一年四季都是酷暑炎夏，也不知哪儿找来的几条文身才好随时拿出来晒一下。鬼知道是真是假呀！所以我说，只有敢活生生地站到我眼前的，我才信他是真的。而且在这样的疫情之下，不远万里来找我的，我才会相信是真情真意。"

"又不远万里了。"苏庆余笑道。

"真的，真的，你们还别笑，细想想我说的有没有道理呗？这种情况下跑来见面，约等于冒着枪林弹雨了。"莫晓娜大笑，转脸对黄蔓道，"就你那个林硕，他在香港工作了十年，遇上这么大的事，怎么一个连面都没见过的人就成了这世上他唯一信赖的人了？而且，按照你说的，你们俩为这事都折腾了快一个月了，对吧？"见黄蔓点头，莫晓娜便接着说，"如果我没记错的话，你俩认识一共也就两个月左右对吧？"黄蔓点点头，"所以，也就是说，你俩刚认识一个来月的时候他就找你做这件事了，你脑子清醒清醒，现实吗？别说是萍水相逢、素未谋面了，就算是你现实中的朋友，才认识一个月，你能把这么机密的事情跟他说？"

"可是他确实是用我的名字开的户呀！"黄蔓不服道，"而且入金也的确是我帮他联系客服的呀！每天的行情也都是我在帮他看，他自己害怕后台会发现电脑ID，所以从来不登录的。"

"你帮他入金？入到你的银行卡里了吗？"莫晓娜

不屑地问。

"银行卡只是和账户捆绑而已，要出金的时候才用得到。"黄蔓解释道。

"平台是他们公司的平台，入金的账户是他同事的账户，和你对话的客服自然也是他的同事，他说入金就入金了啊？"

"可是我觉得他为了增加本金每天累成那样，这个把月几乎每天都忙到凌晨一两点、两三点才到家，声音都是沙哑的，我觉得这些绝对装不出来呀！而且就为哄我入一万美元，下这么大的功夫，也不划算呀！"黄蔓沉思道。

"一万美元。他说一万就一万呀，只要你入了第一笔，他就一定会要你追加的。"莫晓娜撇嘴道。

"你们俩也别争了。"苏庆余道，"其实也很简单。黄蔓你不是每天都在帮他看行情吗？最近这几天看了吗？"

"没有啊。从他出事，我吓得就再没敢登录。"

"我去拿电脑，你现在就登录一下试试。"苏庆余说着便要起身。

"不用。"黄蔓摆手道，"我手机也可以登录的。"

苏庆余和莫晓娜都把脑袋凑到黄蔓跟前，看她登录；黄蔓熟门熟路，很快便打开Bitcoinget99交易所的主页，但是连输了三次密码都是错误的。莫晓娜歪着脑袋，一手托着下巴，看着黄蔓道："这回彻底死心了吧？"

其实这样的结果在黄蔓打开主页的时候就已经是在意料之中的了，但黄蔓的眼泪还是忍不住又一次充盈了眼眶，喃喃道："我差一点就要帮他入金了。"

"好了。万幸吧！"莫晓娜拍了拍黄蔓的背，"比我强多了，好歹没什么经济损失。"说着又不禁笑道，"那小子也是沉不住气，估计天天耗得那么晚演苦肉计也实在是吃不消了，他要是知道你心活了，再怎么样也得再熬几天。"

黄蔓含着泪道："我还真的打算从网上帮他在公司附近租个单间，免得他跑来跑去太辛苦。对了，我有他家里的地址，要不打个电话问问他家人？"

"你有他家里的电话？"苏庆余问。

"不是电话，是家庭地址。"黄蔓道，"我可以找到他们小区的物业呀，总能打听到他家的呀。"

"嘁。那个James Wang也给过我他家的地址，结果我上Google Maps上一查，是一家酒店的地址。"莫晓娜不屑道，"我看那个地址十有八九也是靠不住的。"

"是吗？"黄蔓有些将信将疑，"那我也查一下。他那天给我，我也没当回事。"

黄蔓将林硕家的地址复制进Google Maps里一搜，竟然是一家划玻璃的小店。黄蔓不甘心，又试了两次，结果都一样。莫晓娜和苏庆余相视一笑，莫晓娜笑道："好了，这下彻底死心了。来，安心喝酒吧。"

黄蔓一仰脖将杯里的酒一饮而尽，愤愤道："这浑蛋，他到底是怎么想的？姐姐我要人有人，要钱有钱，骗我一辈子又怎样？为什么宁愿这么费尽心思地去一单一单地瞎碰运气、零打碎敲呢？！"

"就是。说得对。"莫晓娜哈哈笑道，"错过了，是他们眼瞎心也瞎。咱们有什么可难过的？！"

第十七回

酒后笑谈合作伙伴
醉里戏论网络人生

　　三个女人聊着聊着，不知不觉日已西沉，云层背后透出橘红色的光辉，衬得那一天的云彩顿时黯然失色，蔚蓝色的天空也都成了瓦灰色，仿佛壁炉里即将燃尽的葡萄树根，只有几枝已经烧成木炭的曲曲弯弯的藤条时不时地在灰烬里闪现着一缕缕的红光。三个女人不约而同地轻轻"唉"了一声，听见各自的叹息声，三人不由得相视一笑。

　　"晚上想吃什么呀？"苏庆余问，"我去做。"

　　"你还要自己做，要不上我那儿吃去呗。"莫晓娜道，"反正几步路。"

　　"我冰箱里有蜗牛，烤一下就好，三文鱼、土豆泥也是烤一下就好，我再拌个蔬菜沙拉，怎么样？"苏庆余看着莫晓娜笑道，"就委屈莫总一晚上吧。不过我们酒喝好点。"

"嗨！有这么多好吃的，还委屈什么呀！"莫晓娜笑道，"我是不想让你忙。昨晚上他们喊我吃饭，我懒得下楼，自己在楼上泡了一包方便面吃的。"

三人说着下楼到了厨房，"我先把酒开了，醒着。"苏庆余说着从酒柜里拿出一瓶酒放在操作台上，低头在抽屉里找开瓶器，莫晓娜伸手拿起酒一看，忙说："喝这个？快别了吧！太奢侈了！"黄蔓歪过脑袋瞄了一眼，笑道："一三年的Romanée-conti，的确是太奢侈了！"说着走到酒柜前往里一看，"喝这个吧，2010年的新西兰马尔堡，也是黑皮诺，口感也不错的，配你的三文鱼、土豆泥也蛮搭的。"

莫晓娜听黄蔓这么说便将手里的Romanée-conti递了过去，"黄蔓，喏，把这个收起来，换你说的那瓶出来。"不等黄蔓伸手苏庆余一把接过酒瓶，笑道："干吗？好酒自己不喝给谁喝呀？你们俩什么时候变得这么会过了？"边说边拿割纸刀将瓶帽划开，莫晓娜和黄蔓见她已经割开瓶帽，相视一笑说："好吧。"

黄蔓竖起两只手的大拇指笑道："苏姐威武。今晚的酒杯不用洗，我负责舔干净。"

"也没那么夸张吧。"苏庆余笑道，"你觉得这瓶好，那我就把这瓶也开了，先醒着。"苏庆余说着将那瓶新西兰马尔堡的黑皮诺也拿了出来。黄蔓赶紧拦着说："不要不要，哪喝得了那么多！"

"我反正是一杯倒。"苏庆余笑道，"你俩的量我还是知道的。"

"黄蔓，你就让她开吧。"莫晓娜笑道，"这连一三年的Romanée-conti都喝了，就别瞎客气了，索性喝个痛快。"

"那我来吧。"黄蔓笑道，"这种体力活就交给小的吧。二位女王姐姐动动嘴就好了。"

三人说笑着围坐在厨房的操作台边，一边等着烤箱里的食物，一边闲聊，黄蔓边聊边刷手机，"哎，你们知道吗？河南发大水了。"

"新闻铺天盖地，怎么不知道！"莫晓娜道。

"哟，这家伙还捐款了呢。"黄蔓边刷手机边笑道，"这些人也真有意思，捐个款还捐188888元，难道还图个吉利不成！"

"是吗？"莫晓娜道，"我今天在朋友圈也看到有人捐款捐了188888元。我看了当时也是觉得好笑得很。

这哪是图吉利啊？这是嫌水不够大呀！还发发发！"

"什么人呀？"苏庆余问。

"我这个是个网友。"黄蔓道，"说是在澳大利亚悉尼。"

"什么什么？"莫晓娜问道，"我这也是个悉尼的网友晒的捐款的单据，就是我和你们提到过的那个开酒店的叫成海的。"

"是吗？"黄蔓笑着把手机递给莫晓娜看，"我这个是个服装设计师。难道悉尼的华侨们捐款都是一个风格吗？"

莫晓娜接过手机将图片放大了看了看，"等一下。"说着打开自己的手机朋友圈，找到那个成海发的图片，点开一看，两张图片居然一模一样，连转账时间几分几秒都一毫不差。

坐在对面的苏庆余问："什么情况？"

莫晓娜将两部手机一起推到苏庆余跟前，鼻子里冷笑了一声道："这帮子狗屁网友，人模狗样的，个个都像个成功人士，都什么玩意儿呀？！"

"由他去吧。"苏庆余道，"拉黑拉倒，跟他们啰唆什么呢？"

"这个渣渣。"黄蔓道,"我这就把他给拉黑。"

"我可不拉黑他。"莫晓娜道,"这王八蛋这两天正跟我卖弄他的酒店呢,说是要把股份让给他的合伙人,然后带着钱来法国找我合作呢,我倒要看看他下面耍什么花招。"

"说到合作,最近我认识了一个香港的网友,做酒店投资的,在贵阳有个温泉大酒店,说是想买个法国酒庄,我说正好我想找人合作呢,他说他挺感兴趣的,等疫情缓一缓就过来实地考察。"苏庆余接茬道。

"你可小心着点。"莫晓娜笑道,"我们三个就剩下你完好无损了。千万别全军覆没了。"

"不会的。"苏庆余道,"我只跟他谈合作,又不和他扯别的。而且是他来法国投资,又不是我去香港,只有他担心我是不是骗子的,哪有我担心他的呢?所以他跟我要什么项目计划书之类的,我回他一概没有,只是个初步的设想而已,如果真有兴趣,又不是小钱,还是应该实地考察一下再做进一步的筹划,现在没必要说那么多,连纸上谈兵都算不上。他也同意,说是一来等疫情缓缓,二来正好他在做外汇。"苏庆余说到这儿不禁笑了起来,"这帮做虚拟货币、炒外汇的,口气都狂得让人摸不着头绪，要说吹牛吧，怎么个个都这样？要说是真的吧，听着像说书。这个黄平声称没准等他来的时候，他这段时期在外汇市场上的收获足够买个酒庄的了。"

"那苏姐你跟他说了酒庄的价钱了吗？"黄蔓问。

"我现在跟他说这个干吗？没必要。"苏庆余摇摇头，"等他什么时候人来了再说吧。不过这个家伙倒是也挺能干的，十三岁父亲就没了。全靠自己一个人打拼。"

"他多大了？"莫晓娜问。

"好像是八三年的吧？"苏庆余道。

"我怎么听着感觉有点悬呢！"莫晓娜摇了摇头，"八三年，三十八岁，现在这个社会没爹，光靠自己？"

"那又怎样？我们还不是全都靠自己？"苏庆余笑道，"你我三十八岁的时候，难道比他差吗？"

"时代不同了呀！"莫晓娜说完笑道，"不过也难说，现在这帮玩区块链的，一夜暴富的也不在少数。"莫晓娜想了想又问道，"他妈是女强人？不然他的启动资金从哪儿来的呢？"

"这个问题我还真问过他，他说他爸是个军人，抗洪救灾的时候没的。她妈妈倾其所有，把家里所有的钱都给了他做启动资金，他一没靠山，二没背景，全靠自己白手起家，他还给我看了他平台里的资产截图，有六百多万美元。"

"等等，等等。"莫晓娜摆手道，"抗洪救灾？我们查一下哪年发大水的。"

"我来我来。"黄蔓说着拿起手机搜索"中国水灾史"，打开网页边刷边说："八三年之前的就没必要看了吧？八六年有一次粤东大洪水，这肯定不是，那会儿他才三岁，然后是九四年西江、北江大洪水，再下来就是九八年长江、松花江、嫩江大洪水了，九八年他应该十五岁了，不过九四年他十一岁。等一下，下面还有个死亡人数统计表，有个九六年的，不知是什么水灾，死亡人数是五千八百四十人，九六年他正好十三岁，我来查一下九六年是什么水灾。"

"算了，别查了。"苏庆余道，"管他哪年死的呢！关我们什么事呢？"

"也是，关我们什么事呢！"莫晓娜笑道，"这不就是想看看他有没有撒谎嘛。"

"那万一是我记错了人家的年龄呢？"苏庆余笑道，

"万一是八五年的呢？九八年不正好十三岁吗？"

"OK，你要这么说那我就什么都不说了。"莫晓娜笑着举起酒杯，"喝酒吧。"轻轻呷了一口酒，侧脸笑问苏庆余，"你是不是有点喜欢他呀？"

"说什么呢？纯粹为了合作。"苏庆余笑道。

"喊，糊弄谁呢？！"莫晓娜笑道，"你信不信我再找出几个疑点来，你还是立马就能找到替他辩解的理由。"莫晓娜伸出两个手指对着苏庆余勾了勾，"让我看看，长什么样？哎，我们俩可是对你毫无保留的哦！"莫晓娜转头对黄蔓说，"黄蔓，你说呢？"

"对对对，就是就是。"黄蔓连声附和，"能让苏姐动心的人，自然不是一般人，快让我们见识见识。"

"我再跟你俩说一遍，不存在。"苏庆余笑道，"绝对不存在什么喜欢不喜欢的，只是不反感罢了。噢，照你们这么说，但凡合作者都得先喜欢才行，那这几十年商场混下来还不绯闻缠身，桃花满天呀！"

"也是。"莫晓娜听了忍不住"扑哧"一声，笑得差点把嘴里的一口酒从鼻孔里呛了出来，连咳了几声，又喝了两口水才平复下来，苏庆余见状笑道："啊哟，笑成这样，喝多了吧？"

"娜姐，我给你再倒杯水。"黄蔓笑道。

"好的好的，谢谢谢谢。"莫晓娜将杯子递给黄蔓，"我是笑我们几个，自从开启了这网络交友的步伐，都像换了个人似的，都疯了。哎，你们说，这网络上的人也真是邪了门了，个个都有钱又有闲的，聊什么最终都能扯到男女之事上去，仿佛大家上网的终极目标就是去谈恋爱的。"

"食、色，性也。"黄蔓将水杯递给莫晓娜，"现在这个网络时代，谁能摆脱这张无形的网呢？再加上疫情，宅家的时间久了，总得有个宣泄的通道吧？"

"也不对，终极目标应该都是为了钱。跟你恋着恋着就要聊到钱了，本来个个都是社会精英，可是一谈到钱就立马变成小瘪三，口袋干干，就指望你去救他于水深火热之中呢。"莫晓娜不屑道。

"所以我说：食、色，性也。"黄蔓接口道，"人家跟你聊钱还不是为了个'食'字？"

"你上FB上看看去，一帮人天天晒美食，顿顿山珍海味。"莫晓娜笑道，"我一开五星级大酒店的也没他们的名堂多。"

"哎呀，娜姐，我说的这个'食'和你说的不是一回事。"黄蔓喝得也有点多了，说着话便将脑袋歪到莫晓娜的肩上，莫晓娜伸手拍了拍黄蔓的脸颊，笑道："我知道你说的意思，不光是美食，更有衣食住行的意思对吧？"

黄蔓点点头，笑道："都要钱的。"

"知道知道，知道你的意思。"莫晓娜道，"我就是突然想起了那帮家伙晒的各种大龙虾、象拔蚌、金枪鱼，要么就是潜水活捉的，要么就是自己开游艇出海现钓的。你说搞笑不搞笑？对了，有个家伙也不知从哪儿弄来的一段海底小视频，上面配的一句话差点儿没把我给笑死。"

"什么话呀？"黄蔓问。

"'今天的午餐潜水抓个大龙虾怎么样？'"莫晓娜笑道，"最逗的居然还有一帮娘们跟着起哄点赞发评论的，有说：'哇！好帅！'帅个屁啊！那个视频里除了那只龙虾，半个人影子也没有，我都怀疑是不是拍的哪家水族馆或是哪家大酒店的水产箱呢。还有的说：'我也想吃。'哎，你们说这帮娘们都是怎么想的呀？眼瞎心也瞎吗？"

"贫穷限制了你的想象。"苏庆余喝得也不少，两腮绯红，一手托着下巴，一手点着莫晓娜笑道。

"是是是，贫穷限制了我的想象。"莫晓娜点点头，"哎哟妈呀，我不能点头，一点头，头就有点晕了。庆余，你那酒庄不是紧挨着大西洋吗？明天你也买条船去，又没几个钱，咱也自己出海捕鱼去，我也拍个小视频放网上嘚瑟一下去。"莫晓娜还没说完自己先笑得不行了。

"我没船，只有沙滩。"苏庆余笑道，"要不你拍个在沙滩上打滚的视频，配上一行文案：家里沙滩有点大，人太少，好烦！"

莫晓娜、黄蔓听了都忍不住放声大笑。黄蔓边笑边说："再加一句：谁来一起打滚？"

三人说着笑作一团。

"对了，说了这半天，那个黄平的照片呢？"莫晓娜边笑边说，"快让我们看看呀。"

"我和他真的什么也没有。"苏庆余边说边打开手机，正想打开黄平的头像，一条信息跳了进来，正好是黄平的："美好的一天又开始了，我已经起床了，马上去晨跑，愿快乐伴随你的每一天。"苏庆余自语道："嗯？几点了？都起床了？"一看时间，已经凌晨一点多了，"难怪了。"苏庆余说着点开黄平的头像递给莫晓娜和黄蔓，莫晓娜和黄蔓将头像放大了仔仔细细地看了一遍，莫晓娜摇摇头撇了撇嘴，故意学着早些年《我爱我家》里谢园的口音道："我相信你和他是纯洁的男女关系了。"黄蔓也点头表示赞成："的确长相一般。"

"都说了只谈合作，非不信。"苏庆余笑道，"一点多了，你俩都别回去了吧，就都睡这儿吧。"

"哎，不对，你让我再看一眼。"莫晓娜招手道，"那家伙好像还嘟着嘴卖萌，这哪像什么从小没爹全靠自己白手起家历尽沧桑、苦大仇深的霸总？"

"嗨，这你就不懂了，娜姐。"黄蔓笑道，"现在'80后'的男人都喜欢自拍卖萌。"

"是吗？好吧好吧，姐姐老了。"莫晓娜笑道，"真心看不懂了。难怪FB上的那帮男人都喜欢用美颜滤镜呢。"

"快别扯了，赶紧洗洗睡吧。"苏庆余笑道，"昨晚的面膜又白敷了。"

"对啊对啊，快快快，给我一张，今晚敷着睡觉。"莫晓娜笑道。

"苏姐。"黄蔓赶紧笑道，"我也要一张。"

苏庆余给她俩一人拿了一袋面膜，两人洗完澡，谁也没敷，倒头便睡了。

第十八回

两千泰达小试身手
五万美元临阵怯场

苏庆余中午休息了一会儿，所以感觉还好，洗完澡靠到床头拿起手机，看见有黄平的信息便点开。黄平发了张早餐的图片过来，苏庆余笑了笑，并未回复。不想黄平看见苏庆余在线，立刻发了条信息过来："苏姐，这么晚还没睡呀？这么晚在线是和哪位帅哥聊天呢？"

"聊什么天呀！家里来了两个朋友，所以聊得晚了些，正准备要睡觉呢，看见你的信息就点开来看一下而已。现在就睡了。"

"好的，快睡吧，我不和你讲话了，免得影响你休息，女人熬夜可不好。晚安！梦中有我哦！"

苏庆余想说："我梦到你干吗？"转念又一想，网友之间整天说话随心所欲的，自己若较真反倒不自然了，由他说去吧。于是回了声"晚安"便退出了对话系统，又看了会儿财经新闻才关机睡觉。

等苏庆余等人一觉睡醒，已经是下午一点多了，钟点工早已将楼上楼下都收拾妥了，正在洗衣房里熨衣服呢。苏庆余伸了个懒腰，拿起床头的手机。刚一开机，黄平的信息便进来了。苏庆余打开一看，是一杯红酒，下面配着一行字："一个人，就来杯Romanée-conti吧！"典型的网络凡尔赛，网络上经常有人晒上一桌丰盛的菜肴或是几样精致的菜品点心之类的，然后在底下配上一句："一个人的早（午、晚）餐就简单点吧。"其实鬼知道他一个人的时候是不是泡一盒方便面就两口榨菜呢！苏庆余见黄平刻意说出酒名，也不点破，只微微一笑，回复了一句："晚餐愉快！"便顾自赶紧去洗漱了。

送走莫晓娜和黄蔓，苏庆余才得空坐下来看手机。黄平早又发了张图片过来，苏庆余打开一看，居然是张"美男"出浴照，腰上裹了条浴巾，旨在显示那几块腹肌。苏庆余微微一笑，网络上八块腹肌比比皆是，现实中却难得一见。也真是奇了怪了！

"苏姐。"黄平看见信息已读，便发了条信息过来，"今天过得怎么样啊？是愉快的一天吗？"

"还好吧，跟平时一样。"苏庆余敷衍道。

"平时怎样？我又不知道。"黄平道，"要不你跟我说说你平时都干吗呗？我自己呢平时就喜欢养养花，做点好吃的，看看书，看看新闻，做做外汇，周末就和朋友出去打打球什么的。你应该也比较喜欢看书吧？苏姐，跟你对话隔着屏幕都能感受到满满的优雅气质。"

这世上千穿万穿，马屁不穿，黄平的马屁拍得恰到好处，苏庆余不知不觉便和他有一搭没一搭地聊开了。眼下这个时候，不聊几句疫情是不可能的，既聊到疫情不聊到各行各业所受到的影响也是不可能的，黄平感慨道："现在这个形势下，做实体的大多都不好过呀，尤其是服务行业，像我在贵阳投资的温泉酒店也是亏损得厉害，幸亏我外汇这一块的收益还不错，不然真不知道怎样才能熬过这个寒冬呢！"说到这儿，黄平话锋一转，"苏姐，你们葡萄酒行业怎么样呢？我有个朋友在新西兰有个酒庄，听说亏得不行了。"

"大家都差不多吧。"苏庆余道，"活着就是最大的胜利。"

"那这样坐吃山空也不行啊！苏姐你没弄点其他的副业干干吗？"

"什么副业？数字货币吗？"

"你做数字货币了？"黄平发完信息，不等苏庆余回答竟干脆打了个电话过来。苏庆余接通电话，黄平又问了一遍："苏姐你做数字货币了？"

"没有。我又不懂，做什么呀。"

"苏姐。你可千万别做数字货币。"黄平急切地说，"不管是谁拉你做数字货币你都千万不要做，比特币什么的都快完蛋了。谁拉你做，谁就是想要害你呢！你要真想做，就跟着我一起做外汇吧。那个谁都人为操控不了。"

"怎么操控不了？"苏庆余笑道，"索罗斯是怎么做空英镑和泰铢的？"

"啊呀！苏姐连这个都知道？"黄平惊呼道，语气多少有些夸张，"真是女中豪杰呀！对了，我记得你和我说过你以前是做外贸的，那你现在怎么不做外汇了呢？太可惜了呀！"

"很久都不太关注这方面的事了。"苏庆余道。其实苏庆余以前对外汇市场十分关注，但自从2014年他们夫妻在国内的公司出事、丈夫自杀以后，苏庆余熬过了两三年惶惶不可终日的岁月，白发都平添了许多，虽说是如今风平浪静了，但昔日争强好胜的心早已随风飘散了，一心只想着把儿子抚养成人，了却一桩心愿，然后自己周游世界去。但常言说得好："江山易改，本性难移。"看见区块链这么火，苏庆余就忍不住想要接触了解，如今被黄平提到外汇的事，情不自禁便想起自己当年驰骋商场的快意人生；想到这儿，苏庆余不禁轻叹了一口气，电话那头的黄平立刻捕捉到了苏庆余惋惜不甘的情绪，马上说："苏姐可否给小弟一次为您效劳的机会？"

"这话从何说起？"苏庆余奇道。

"你看啊，小弟我呢做外汇也有些年头了，我还雇了九个大学生专门替我进行数据收集整理，截至目前，每次操作只是赚多赚少的问题，还从未失手过，你就跟着弟弟操作一回如何？让弟弟也有个在姐姐面前一显身手的机会。赔了算我的。"

"那怎么可能，我既然做了，盈亏当然自负，赔了算你的，算怎么回事？"

"那好，苏姐，说定了，就让弟弟带你玩一把。"黄平笑道，"我发个链接给你，你先开户。"

"可是我又没那么多闲钱。"苏庆余推辞道。

"钱不在多少，重在参与。关键是让小弟有个自我展示的机会嘛。"黄平一边通着话一边已将交易平台的网址链接发了过来，"苏姐，你先下载网址开户，有不懂的截图问我，我二十四小时在线答疑。现在姐姐不懂的问我，等我将来去了法国，当地的法律法规、风土人情，你在那边这么多年，肯定比我要懂得多，肯定少不了要请教你，到时候姐姐可别嫌我烦哦！"

"怎么会呢？保证知无不言，言无不尽。"苏庆余顺嘴客套道。

"好的，那我先把电话挂了，苏姐你先开户。"黄平道，"有不懂的随时截图问我，记得我这个小秘书可是二十四小时全天候待机服务哦！"

话说到这个份儿上，苏庆余实在想不出拒绝的理由，开户就开户吧，反正开户又不要钱。谁知半个小时以后黄平的信息便进来了："怎么样？苏姐，搞定了吗？"苏庆余回答已经开户了，"那好，接下来做个初级认证吧，一鼓作气弄完，这样明天就有一波行情，到时候我们就可以一起操作了。来，现在就开始，我这个小秘书在线答疑，有什么问题随时截图过来。"苏庆余无奈只得在黄平推荐的"温莎"交易平台上做了认证，黄平见苏庆余完成认证便道："苏姐，你最好是现在就先完成入金，这样所有的前期准备工作就通通就绪了，我做事情就喜欢做足前期准备，不打无准备的仗。"听说要入金，苏庆余不禁有些犹豫，推托道："我没有闲钱呀！"

"嗨，体验一下而已，又不需要多少钱，你之前不是也聊起过币安吗？你在币安买币了吗？"

苏庆余不想撒谎，于是回说："买了一点点。只是为了了解一下交易流程而已。"

"对呀。眼看千遍，不如手动一遍。"黄平道，"外汇交易同样如此，以苏姐你的智慧，操作几次以后一定会有所心得的。光是观望，说真的，就算你再聪明也很难看出什么名堂来，而且，我们一边操作，我会一边讲解给你听的。你币安账户里有多少钱？"

"两千USDT。"

"好。现在就去跟客服说：你要入金两千USDT。"

"啊？全都入进去吗？"苏庆余的心里还是有点不踏实。

"哈哈，苏姐，这不应该是你的风格呀！两千，又不是两千万，一瓶酒而已。"

苏庆余转念一想，也是，不过一瓶酒而已，姑且信他这一回。于是将两千USDT全都转入"Windsor"（"温莎"）交易平台。果然第二天黄平便带着苏庆余只做了三个三十秒的操作，便将两千USDT变成了两千三百二十三USDT。

"怎么样？我的庆庆。"黄平突然对苏庆余改了称呼，"我还行吧？"

苏庆余看了有点别扭，于是回复道："嗯，棒棒的。不过，你还是叫我苏姐比较好。"

"不行。我喜欢叫你庆庆。"

苏庆余有心执着，又一想，网友而已，随他去吧。

"庆庆，你明天最好筹备个五万美元，这样所有的节点你就都可以参与了，现在你的本金太少了，只能做三十秒的。时间越短，收益越少。今天为了你，我也跟着做了三十秒的。"

"哎呀！那多不好意思。"苏庆余道，"平白无故地拖累你发财，何苦来哉！你还是别管我了，赶紧操作你自己的吧。我是没有那么多闲钱做这个的。我的钱都押在酒庄经营上了。"

"所以说呀，做实体资金积压太厉害，像这个就不存在资金积压的问题呀，随进随出，还能帮你解决燃眉之急。"黄平道，"你想想办法。我不信以你的实力和人脉，拿不出五万美元来。而且我不管你谁管你，这辈子我都要管你。"

"哎哟，你可别说得那么遥远，而且这跟人脉有什么关系呀？"苏庆余道，"难不成我为这事借钱去？"

"找亲戚朋友临时周转一下有什么关系呢？"

"不可能。"苏庆余一口回绝。

"那好吧，你自己想想办法吧。我反正只能帮你到这儿了。"黄平不快道，"我帮你赚钱，我还这么上赶子求你似的，感觉自己好贱。"

苏庆余见他这样说话，不禁语塞，不知如何回答。黄平等了一会儿，不见苏庆余回复，便又发了条信息过来："对不起，庆庆，刚刚有些失言，你别介意。我只是替你着急而已，我的实力你也看到了，你担心什么呢？"

"我没什么可担心的，我只是真的没闲钱。"

"什么叫闲钱呢？"黄平问。

"我在欧洲的资金都是围绕酒庄计划的，计划外的就叫闲钱。"

"好。"黄平道,"那就用你国内的钱呀!微信、支付宝都可以的。"

"我国内没有账号。"从2014年底起,苏庆余在国内的所有账户就都被冻结了,虽说后来解冻了,但苏庆余心有余悸,根本不敢轻举妄动。但是这些情况她怎么可能去和黄平这样一个萍水相逢、素未谋面的人说呢?黄平看了苏庆余的回复,立刻答道:"我明白了。你就是不相信我。我这是拿热脸硬去贴你的冷屁股呢。随你的便吧。"苏庆余看了一言未发,黄平也不再作声。

第十九回

出金不成合作泡汤
染病惧光客死他乡

此后两三天，黄平依然是早中晚一天三趟问好，只是闭口不提入金之事。到了第四天终于按捺不住，旧事重提："庆庆，今天有节点，这几天你的资金准备得怎么样了？有多少了？"

"和原来一样呀。"

"什么？"黄平不快道，"就这么点事，你这么磨磨蹭蹭好几天，你这样的人，以后还怎么合作？"

苏庆余见他这样说话，也很不高兴，现实生活中哪有人敢和她这样说话？于是她也索性将话挑明："如果我们真的是在合作，某个环节因为我的拖延而影响了合作的进程，你不高兴生气情有可原，现在这算个什么事？我一没兴趣，二不指着这个发财，三不想因为我而影响你的正常操作，有什么可急的？！"

"我明白了。你压根就没拿这事当个事。好吧。随你的便。我再也不会拿热脸去贴人家的冷屁股了。没那个习惯。"

苏庆余见他又拿出老腔调来，不禁心生厌恶，索性一言不发。黄平也不再出声。过了个把星期，苏庆余见黄平依旧不声不响，便想着干脆将自己的钱取出来拉倒，于是找到"温莎"客服，要求出金。结果客服回复："经查询您当日买入交易额流水未达标，导致财务部门打款驳回，暂无法为您办理出金。"苏庆余一看忙问："办理出金有什么标准和要求呢？"

"您好，您须当日买入交易额流水是您账户金额的一倍，交易流水达标后方可为您办理出金。"

"对了。"苏庆余突然想起一件事，"贵司这个UDST地址指的是币安的USDT地址吗？"

"您好，是的。"

"那这地址写的不一样，会不会导致转账错误呢？"苏庆余接着问道。

"您好，如地址错误资金将会退回原来的账户上。"客服机械地回答道。

"那你们为什么不写一个正确的地址呢？"苏庆余

问道。

"您好，如地址错误将会退回原来的账户上。"客服像机器人一样将刚刚说过的话原封不动地又重复了一遍。苏庆余知道这个问题是问不出个名堂了，只得换一个问题："那如果我想要注销账户呢？"

"您好，如您要注销账户请提供您的有效证件方可为您办理注销。"

"好的。"苏庆余赶紧道，"那我现在想要注销账户，我可以出金吗？"

"您好，您须交易额达标后方可办理出金。"

"我都想要注销账户了，怎么还会有交易额呢？"苏庆余不解道。

"您好，如您要注销账户，系统将清除您账户上的金额。"

"那钱呢？就不给我了呗？"

"您好，是的。"

"那就是我只能一直做下去呗？而且我追加的资金越多，我想出金的难度就越大呗？那我光交易不能提现有什么意义呢？"

"您好，这个是平台系统内设要求，配合公安机关防止客户恶意洗钱套现，最近很多不法分子利用我们平台恶意套现洗黑钱，为了配合公安机关，我们平台提现有这个流水要求，才可以达到提现标准。"

"洗黑钱？"苏庆余气得笑了起来，"两千块钱也能称得上洗黑钱？你们这是大鱼小虾一锅炖呀！这两千块钱是从我自己的账户入金的，我有入金凭证，怎么能叫作恶意套现呢？虽然我在贵平台操作了一次，但是我现在只是取走我自己的本金，怎么不可以呢？"

"是的。"客服居然又将刚刚说过的公安机关的要求复述了一遍，苏庆余心知这两千美元是打了水漂了，也懒得再和客服啰唆了，将自己和客服的对话截了个图发给黄平，原以为黄平看了肯定哑口无言，不料黄平很快便回复道："你要出金？"

"不必了。"苏庆余回复道，"我知道出不了了。我心里有数了。"

"这个情况我知道。"黄平道，"你准备好一万美元，我帮你出金。"

苏庆余瞥了一眼信息通知上的显示，压根不想打开。钟点工吴姐看苏庆余闲坐在沙发上发呆，便一边擦拭桌椅一边对苏庆余说："苏小姐，你还记得那年我回国期间来给我替工的张姐吗？"

"记得。"苏庆余道，"怎么了？"

"她死啦。"吴姐道，"她染上了这个新冠肺炎病毒，一个星期就没了。"

"是吗？"苏庆余惊道，"她没去医院治疗吗？"

"嗨！我们都叫她去，可是她不敢去呀！"吴姐叹息道，"她没有居留卡，也没办法去医院呀！"

苏庆余之前听吴姐说过她们这群来自天津和东北的女人，都假借旅游之名，到了法国就黑下来了。几十个男男女女住在一个大通间里，一人一张床位，下铺一个月一百欧元房租，上铺一个月八十欧元，没有厨房，卫生间公用，平时打黑工，基本上都靠熟人之间相互介绍工作。女人们几乎全靠结婚这条路来获取合法居留，而且这些人也慢慢地总结出了一些经验，全都假装成教徒，到教堂里去勾搭一些法国老头，这样的人比在公园里和网络上搭讪来的更靠谱。找到了法国老头的女人就会想方设法地将大通间里的女伴介绍给老头的朋友，这样一个帮一个也还真解决了不少女人的居留问题，总好过沦落成街头"流莺"。

这个死了的张姐，吴姐替她介绍过两个老头，据说还有别的朋友也替她介绍过几个老头，但那些老家伙都嫌她长得不咋地，所以她就一直这么单着，染上了新冠肺炎病毒居然也没敢去医院，就这么客死异乡了。

"唉！"吴姐叹了口气，"可怜哪！死得都不如一只小猫小狗。法国政府的人跟中国大使馆说了，中国大使馆通知她家人来领骨灰。她在这儿待了十多年了，挣的钱全都寄给她闺女了，可是她闺女说要是有钱就过来领，要是没钱骨灰就不要了。结果还是有个女的原先也是我们一起的，她现在也嫁了个法国人，她们俩原先处得挺好的，把她的骨灰领回去了，说是等哪天回国了帮她带回去。苏小姐，你说说，这算嘛回事啊？她女儿还算人吗？"

"是呢！她女儿的确是有点过分了。"苏庆余应道。

"你知道吗？"吴姐说着情不自禁地凑近苏庆余，苏庆余下意识地向后靠了靠，"她这一死两眼一闭，眼不见心不烦了，可是那个大旅店里多少人都被她这一死给牵出来了，我听说房东说不定还要被判刑呢！说他容留非法人员居住。"

"噢，还真是。"苏庆余点头道，"对了，吴姐，听说马上又要开始禁足了，你看我是不是今天就把账给你清掉呢？这期间你也正好休息休息，乘地铁到处跑也的确是不太安全。"苏庆余原本是想要吴姐做个住家的保姆，可是她嫁了个法国人，当然就不可能做住家保姆了，但眼下这个局势，今天又听吴姐说起那个张姐的事，苏庆余哪里还敢让她接着再来干活？吴姐也是个极识相的聪明人，知道苏庆余心里打怵，笑道："苏小姐，我哪有那个休息的命？不过还好，我们那边有一家包水饺的，我已经跟他们约好了，禁足期间我就帮他们包饺子去。这越是禁足、宵禁的呀，他家的生意倒是越好了。"

"那倒蛮好的呀。"苏庆余道，还想和吴姐再闲聊几句，不料黄平等了一会儿不见苏庆余回复，便又发了一条信息过来："准备好了通知我，我来帮你规划。"苏庆余随手便将黄平的对话条往左一滑，归了档。

第二十回

莫晓娜醉心九纹龙
讨欢心跟风炒外汇

如今且说莫晓娜的酒店，虽说是已然解禁，但生意萧条冷落，入住率还不到20%，餐厅也只有周末晚上还看得过去，平时也是冷冷清清。莫晓娜独自一人，白天尚好，晚上百无聊赖，只能上网打发时间。

FB有人申请添加好友，她便随手点了一个。有一搭没一搭地聊了两天，这位新加的名叫史进的好友便开始问莫晓娜有没有做区块链，并且表示如果莫晓娜有兴趣，自己愿意倾囊相授，毫无保留。

莫晓娜没好气地说："你我网友，最好别扯什么钱不钱的，不适合。"

那史进倒也识相，从此不提，每日只是问候早安、晚安，并无多言。就在莫晓娜又添加了新的好友几乎要忘了他的时候，他突然对莫晓娜说："娜姐，跟你聊了这么久，都还不知道你长什么样呢！能发张照片欣赏一下吗？我是男士，我先把我的发给你。"莫晓娜刚想回复他："你主页上的照片不是你本人吗？"史进主页上的照片很普通，一人一狗，并没什么特别之处。但莫晓娜的信息还没写完，史进接连发了两张照片过来：一张半身，似乎是跪在游艇上；一张全身，抱着滑板站在沙滩上。莫晓娜一下子便被惊得愣住了，那史进左肩上文着一个鸟的翅膀，整条右臂一直到手背是个彩色的不知什么图腾，小腹处文着一对鹿角，体型更是十分健美，整个人如同夏日的阳光一样灿烂耀眼。莫晓娜还没回过神来，史进又发了一张照片过来，全身只穿一条黄黑白三色相间的条纹泳裤，站在一池浅水中，上下湿透，侧脸回望，很显然，史进发这张照片的目的是展示他后背上的文身，一幅飞鸟衔花的图案，照片上的人神情落寞，配上左臂上那个翅膀的文身，整个人看上去如同折翼的天使。莫晓娜真真切切地感受到自己喜欢上了这个画中人。

"姐，可以让我看看你的吗？"史进的信息让莫晓娜回过神来，她回复道："你这文身是真的吗？"

"当然是真的。"

"啊哟！那你可够生猛的，不疼吗？"莫晓娜笑问。

"怎么不疼？以前年轻，虎呗。"

"你这名字是真的吗？"

"姐，瞧你这话问的，名字还能有假？当然是真的。"

"那可真是太巧了，《水浒传》里就有个九纹龙史进，就是在身上文了九条龙。"

"哈哈，的确是够巧的，不过我这个史进可不是少华山上的那个史进，我爸也不是什么村长、里正的，我爸叫史永华，就是一商人，我妈叫谢碧琴，一个家庭妇女，全职太太，还有个姐姐叫史曼，已经结婚嫁人了，姐夫老家是河北的。我呢是北京人，但是在四川长大，我妈是四川人。我是个只会说四川话的北京人。"史进发了个小笑脸过来，"怎么样，回答得够全面吧？姐的警惕性这么高，要不要把身份证发给你验证一下呀？"

"我又不是警察叔叔，我管你是谁呢！更管不着你爸妈是谁了。"莫晓娜发完转念一想又补了一句，"不过你要是真把身份证发给我看看，我也不反对。"

"想看身份证容易，不过你至少得让我看看你的模样吧？"史进道，"就算是普通朋友，也没有我把底都兜给你看，可我却连你长什么样都不知道的吧？"

莫晓娜想想也是，于是回复道："好像有点道理。"

"就是呀！所以我已经搬好小板凳了，坐等一睹姐姐的盛世美颜了。"

"我这一把年纪了，有什么盛世美颜！你要这么说，吓得我都不敢发了，免得你失望。"

"怎么会呢？姐现在正是女人最好的年华，胜在气质，这是那些'80后''90后'怎么也比不来的。"史进道，"快点吧，姐姐，我都有点迫不及待了。"

莫晓娜在手机相簿里翻了一通，本想找张专业摄影师拍的发过去，因为史进发过来的照片一看就知道都是专业摄影师拍摄的，但是想想万一和他聊得来，来日方长，而且他就在英国，等疫情缓和了也没准有见面的日子，还是发张普普通通的生活照吧，真实一点比较好，于是挑了一张前段时间和黄蔓她们在酒店包间里随手拍的照片发了过去。果然不出莫晓娜所料，史进很快回复道："姐，你确定你是'70后'的？没骗我？"

"为什么要骗你？"

"真的，姐，我都惭愧了，我发给你的照片都是摄影师拍完又修图的，而且照片是前两年拍的了，我本人比照片上要老了好多。"

"你一个'80后'的小屁孩儿，你说你老了，那我岂不是朽了？"

"不是不是。我对天发誓，绝无此意。我就是觉得姐看上去太年轻了。"

还是那句老话："千穿万穿，马屁不穿。"莫晓娜听了史进这么个大帅哥的恭维，心里自然是无比受用。二人一来二去，越聊越近乎，史进更是与众不同，别人都是发发信息问候，他却是一天三遍打电话热聊，从童年趣事讲到校园故事，莫晓娜听得津津有味，虽说史进的声音不大好听，有些尖细，莫晓娜第一次听见的时候差点笑出声来，感觉像是宫里的太监，但听多了也就习惯了。从史进的言语中她能感受到他的简单与善良。后来，史进居然还真把自己的身份证、护照通通发给莫晓娜，以表坦诚。不知不觉中莫晓娜开始时刻期待着史进的电话，甚至酒店正在开例会，史进一个电话进来，莫晓娜居然能撂下一屋子的人跑到会议室里间去和史进聊上几句再出来，这不光是在莫晓娜几十年的职场生涯中前所未有的，即使是倒推一个月，这样的情形对于莫晓娜来说，都是天方夜谭。

　　两人热聊了个把月，莫晓娜自认为已经基本上将史进的身家性格全都摸得门清，这史进就是个最具网传特征的富二代，吃喝玩乐样样精，可就是没什么事业心，他自己倒也老实，什么也不隐瞒，直言自己现在虽说也在做个什么路建工程，但不过是自己老子给的路子，而且他爹还在北京遥控指挥着，自己现在只能算是自食其力罢了，要说有什么事业，压根谈不上，现在工作中遇到的好多事，他都深感自己知识贫乏，各种报表看起来头皮都发麻。他说这些的时候有些吞吞吐吐，毕竟社会衡量男人的标杆之一就是所谓的"事业心"，像他这样一心坐等继承遗产的货，尤其是在莫晓娜这样的女强人面前，心里的确是有点自卑的。谁知莫晓娜恰恰喜欢这种胸无大志的男人，也许倒退十年八年，这种男人就算是帅出天际去她都不会拿正眼瞧一下的，但现在不一样了，她的钱下辈子也花不完，弄个野心勃勃的男人她反而害怕。她就是喜欢和史进在一起这种简单而快乐着的感觉。

　　这天一早，史进照例晨跑完就给莫晓娜打电话，这个时间正好是莫晓娜刚醒还没起床的时间，两人通常都要聊上个把小时才挂电话各干各的去。史进告诉莫晓娜自己过几天要进山去看一个工程，有可能信号不好，所以到时候就不能联系了。二人说着仿佛已经分别在即，电话里便开始依依不舍："对了，娜娜，我发个链接给你，你开个户吧。"史进突然对莫晓娜说道，说着已经发了个网址链接过来。

"这是什么东西呀？"莫晓娜问。

"我知道你不感兴趣，也不缺这个钱。"史进道，"但是我想了很久了，我什么都不如你，就只有这个，你不如我。我很想在你面前展示一下自己。你就给我这个机会呗。"

莫晓娜听他这样说，就知道是炒外汇的网址链接。二人相遇之初，史进曾提到过此事，被莫晓娜一口回绝，现在旧事重提，他又把话说成这样，倒叫莫晓娜一时之间找不到合适的话来推托，只得说："好，既然你喜欢，那就等你从山里回来再说，好吗？"

"干吗要等我从山里回来才弄呀？我还有好几天才去呢，这几天万一舅舅那边有消息呢？你先开好户，入好金，舅舅那边一有消息我们就可以直接操作了呀。"史进曾告诉莫晓娜，他舅舅是上海某行的副行长，有内部消息的，百分百挣钱。

"不急。等你回来再说好了，反正又不是天天都有行情的，不是吗？"莫晓娜和苏庆余不同，苏庆余是做外贸起家的，而且做的都是铁矿石之类的大宗干散货，从起步开始就和银行的各种信贷业务部门打交道，所以自然而然便对数字类的东西习惯性地感兴趣，莫晓娜则是十六岁就在酒店的后厨学徒出身，虽说后来自己也十分要强上进，各种成人教育学了不少，但毕竟基础知识薄弱，打从心底里对各类图表厌烦，主要也是因为看不明白，所以史进说的炒外汇黄金之类的玩意儿对她来说半点吸引力也没有。

"哎呀！你不急我急。"史进道，"天天有行情节点，我还在这儿？"

"你不在这儿在哪儿？"

"那我不早上福布斯排行榜了？"史进道，"我求你了，娜娜，你就开户吧。你就让我在你面前展示一下嘛。"史进说着说着口气有些愠怒，"你能不能替我想想啊？我一个大男人，什么都不如你，你叫我怎么来见你嘛！"史进接着缓和了语气道，"求你了，好娜娜，亲娜娜。"

莫晓娜禁不起他软磨硬泡，只得开了户，又在史进的指导下入了一千美元。史进这才罢休。

第二十一回

两万块钱意犹未尽
五万美元升级贵宾

第二天，史进便带着莫晓娜操作了一回，莫晓娜少不得要夸赞鼓励史进一番，不想史进听了莫晓娜的夸赞不但不高兴，反而变得垂头丧气，莫晓娜问他缘故。史进答："你也不用夸我，我又不是小孩子，你是不是发自内心的难道我感觉不出来吗？我知道你压根就不把这点钱放在心上，可是你的本金太少，自然就赚得少。"

"我没有嫌少呀！"莫晓娜笑道，"我做了半辈子生意，从来赚钱没像今天这么轻松，几十秒钟的时间就拿一千块钱挣了好几百块钱。我的九纹龙棒棒的！"

"唉！娜娜，我求你了，你再加点钱进去，这样你就可以参与所有的节点，你的收益就远不止这么点了。"

"没关系呀！我真的不嫌少。"

"你不嫌少我嫌少。"史进没好气地说,"一千块钱也叫个钱?能干什么呀?你就不能入个五万块钱吗?你又不是没钱。这样所有的节点你都不会错过。我实话跟你说吧,我计划下个月就来法国看你,我又不懂法语,到时候万一我们两个出去玩,遇到花钱的时候,我又不一定知道,就不可能做到及时付款,肯定少不了会有你买单的时候,我一个男人,怎么可能跑去花你的钱呢?如果你现在就多点本金全面参与进来,到时候我们就可以花这个里面挣的钱,那我心里也花得安心呀。"

莫晓娜听他说得倒也合乎情理,而且也很符合他的性格特征,但毕竟前不久刚在James Wang那儿栽过一次跟头了,本来跟苏庆余她们赌咒发誓以后只要有网友再和她提钱就一律拉黑,可是此时此刻哪里狠得下心来兑现自己的诺言呢?再加上史进一天几遍软磨硬泡,不得已陆陆续续地又入了一万九千美元,史进嫌少,莫晓娜说自己的银行卡有限额,一个月只有那么多额度,史进只得作罢。

夜深人静,史进因为每天早起晨跑,所以晚上睡得早,莫晓娜一个人闲来无事,躺在床上细细回想自己和史进相处的这段时间,不谈入金的事,两人卿卿我我,腻得蜜里调油，可是只要一提到入金的事，史进立刻就变得暴躁无比，莫晓娜越想心里越不踏实，于是便给苏庆余打了个电话："睡了吗？这么晚没打扰你吧？"

"正准备要睡呢。"苏庆余道，"没关系的。这么晚了打电话，你有事吧？"

莫晓娜于是大概地跟她说了自己和史进的事，最后笑道："我这次怕是头又发昏了，实在是磨不过他，到底又入了两万美元进去。"

"他要的是五万，你只入了两万美元，他满意吗？"苏庆余笑道。

"不满意呀。我跟他说，银行卡有限额，他反正是个花花小太岁，既没居家过过日子，又没正经经营过企业，什么也不懂，就糊弄过去了呗。"莫晓娜道，"不过我估计他不会就此罢休的，下个月肯定还得旧事重提。"

"你不是说你们约了下个月见面的吗？"苏庆余问。

"就是呀，所以我才把他支到下个月去了呀。"莫晓娜笑道，"我就是想要拖到下个月，等他来了，我们见了面，如果感觉真对了，别说五万，只要他高兴，五十万我也愿意陪他玩儿，更何况是个挣钱的事呢！"

"说得也是。"苏庆余笑道,"既然你已经都筹划好了,那还有什么可纠结的?等几天见面不就好了嘛。"

莫晓娜哪里知道,此刻苏庆余也正为同样的事情烦恼呢!详情暂且不表,留待后文细述。眼下只说莫晓娜自从史进提出要她入金五万美元就开始既盼着史进的电话,又怕接他的电话,生怕他说着说着就又要提到入金的事,不想这天中午史进突然打了个电话过来:"娜娜,之前我和你说过要进山一趟去验收工程,今天我们开会确定了,明天我们就出发了,五万块钱你还差多少?我帮你补足吧。我看让你准备五万美元这么费劲,看得我都快烦死了,干脆我替你补足算了。"

"我干吗要你的钱呀?"莫晓娜道,"明天就要走啊?什么时候才能回来呀?"

"快得很,计划两天,我要在山里住一晚上,山里没信号,到时候就不能和你联系了。"史进道,"你快去跟客服要个账户来,你是我老婆,花我的钱不是理所当然的嘛!"

"我什么时候成你老婆了?"莫晓娜笑道,"你连我的人都还没见过呢。"

"啊呀!最不喜欢你说这样的话。"史进不快道,

"在我心里，我们虽然身体没在一起，可是心早就在一起了。我实话和你说，娜娜，在你之前我还从来没想过要对哪一段感情负责任过，真的，在我心目中你早就是我的人了，我也只属于你。我给自己老婆钱花，怎么了？快点快点，现在就去找客服要个账户，我帮你入金。"

"不要不要，真的不要。"莫晓娜认真地说，"我真的不需要你的钱。"

"你不要我的，叫你自己入金你又说没钱，那现在你说怎么办？"

"开始的时候，一千块钱你都说可以，现在账户里有两万块钱你反而嫌少了，我就先拿这两万块钱做着玩玩不行吗？干吗非要五万呢？"莫晓娜不快道。

"我不是跟你说了吗？五万块钱你就可以参与所有的节点，而且五万块钱你就可以成为VIP客户，就有专门的客服一对一地为你服务。"

"我又不需要到那个平台上去干什么，我要人一对一地服什么务？"莫晓娜笑道。

"我就是要你成为VIP客户。"史进执着地说，"你没钱我帮你。快点，去跟客服要个账户，我现在就帮你入金。"

莫晓娜托词手头正有事，待会儿再说，可是史进在莫晓娜跟前已经任性惯了，根本不理莫晓娜这一套，就是不肯挂电话，非要替莫晓娜入金，莫晓娜无奈只得说："好吧好吧，待会儿我自己入金，好了吧？"

"好，那你入完截图给我看。"史进笑道，"你先忙，晚上我再给你打电话。爱你。"

不料史进的电话刚挂掉，酒店的前厅经理就跑来找莫晓娜，说门口的残疾人通道入口处有个小缺口，之前约的工人一直有事没来，因为疫情，客人也不多，所以也就没十分在意，谁知刚刚有个残疾人的轮椅无巧不巧就在缺口那儿被卡了一下，结果把老头给掀歪倒了，亏得有护栏，总算是有惊无险，但那位老先生不依不饶，前厅经理只得跑来请示莫晓娜。

莫晓娜本不想送老头去医院检查，怕他这样的年龄一查再查出一堆毛病来，但前厅经理认为最好是按照老头的意思送他去医院，如果是新伤应该可以看得出来，如果现在不去，将来发现有什么后遗症反而说不清了。莫晓娜想想也对，于是让前厅经理亲自送老头去医院，万幸，老头就只是蹭破了点皮，莫晓娜听了前厅经理的电话这才放下心来，不过到底还是赔了两千欧元现金，让老头白住了一个晚上，又额外赠送了一顿晚餐外加次日的早餐，这事才算了断。所以等史进晚上打电话问莫晓娜入金的事时，莫晓娜道："我今天下午是真的有事，哪里有心思忙你这事呀？"

"这怎么就成了我的事了？"史进不快道，"好吧，就算是我的事，你就根本没把我的事放在心上。"

"你能不能别像个任性的孩子？"莫晓娜不禁也有点窝火，"酒店下午出了点事，有个残疾人摔伤了，好不容易刚刚才了事。"

"是吗？"史进这才忙关心道，"怎么回事呀？"

莫晓娜把下午的事情大致说了一下，史进听了忙说："对不起，对不起，娜娜，我错怪你了。你看你下午都够头疼的了，我刚刚还说那样的话，你别生我的气，好吗？好老婆，亲老婆。"史进说着对着电话一通猛亲。莫晓娜听了不禁转怒为笑道："好了，好了，我没生气。"

二人又聊了一会儿，史进也没再提入金的事。第二天早上也没给莫晓娜打电话，莫晓娜估计他是和同事一起进山去了。整整一天没有史进的电话，莫晓娜心中怅然若失，晚上一个人躺在床上想着史进说的进山要住一晚上，也不知道山里有没有蚊虫之类的，翻出史进的照片来，真是百看不厌的感觉，又想起史进要替自己入金的事，心里盘算着明天白天抽空入个金，等史进回来截个图让他看看，给他个惊喜。

看看时间不早了，莫晓娜想休息，可心里又放不下史进，明知他夜宿深山，没有信号，可还是忍不住给他发了条信息："山里冷吗？"信息发出莫晓娜惊奇地发现WhatsApp信息条旁边居然有两个灰色的小钩，这就说明史进是有信号的。但是看了史进的最后在线时间显示的是早上八点多，心想，他们一行五人进山验收工程，也许山里偶尔会有信号，但他也不可能不工作，时时刻刻关注手机信息呀！因此，莫晓娜将对话框向上翻看了一会儿从前的通话记录，聊以自慰，不一会儿也就困了，这才熄灯休息。

第二十二回

工作受挫史进逃避
出金遇阻晓娜被套

第二天可巧店里事多，莫晓娜忙了一天，到了晚上才歇下来，心里奇怪史进怎么没给自己发信息呢？照理这个时间他们应该已经回到伦敦了呀！于是给史进发了条信息："工作顺利吗？你们回来了吗？"发完信息莫晓娜看信息条旁显示的是有信号，但等了许久也不见史进读取信息，莫晓娜心想，他们刚从山里回来，同事之间肯定要接个风洗个尘什么的，也许正在吃饭，也许吃完饭他们年轻人还要出去玩一玩，今天正好周末。等到十一点多，打开手机看了看，信息仍然显示的是未读，莫晓娜只得休息了。

周六、周日两天，酒店稍微有点忙，莫晓娜心里牵挂着史进，但也没腾出工夫来找他。只是在心里暗自揣摩，估计十有八九工作不顺利，否则以史进的个性，他进山前兴高采烈地说只要他从山里回来就可以向国内汇报申请后面的进度款项了，如果一切顺利的话他不可能不报喜。如果工作受阻，说不定他们几个滞留山中也未可知呢。

又等了两天，史进那边仍然是音信全无，莫晓娜开始有些焦虑起来，可又没什么好办法，突然想起之前曾有个所在地也是伦敦的人加过她好友，于是赶紧上网把那人找出来求助，说是自己的男朋友在伦敦承建工程，如今和同事一起进山验收工程，原来定好的两天，可如今已经过去六天了，不知会不会出什么事，想请那位网友去史进的住处看看。那人倒也仗义，真跑到莫晓娜给的地址处去了一趟，还拍了张照片发给莫晓娜，说那地方压根儿就没有莫晓娜说的门牌号码。

莫晓娜的心一下子就乱了。

那位网友又问她的地址是否正确？莫晓娜是从史进发过来的信息直接复制过去的，当然不会有错。

难道史进也是个骗子？莫晓娜不敢想也不愿想，但又不得不想。她仔细回想史进和自己交往的这两个来月的所有言行，尤其是想到史进提到家事时候的一派天真，他和父母之间的"博弈"，和姐姐之间的小心机，和姐夫的耍浑，甚至是他从上大学开始就无休止地泡妞，无一不符合他娇生惯养、不思进取的富二代秉性；莫晓娜不相信这个世上居然有人能把一个角色演得这么深入骨髓的妥帖完美。她想没有消息至少证明史进的人是平安无事的，否则几个华人如果在英国出了什么事，新闻一定会有所报道的。且耐心再等几天看看。

那位网友也劝莫晓娜少安毋躁："也许你男朋友等一会儿就跟你联系呢！"真就那么巧，莫晓娜还没来得及回复网友的信息，史进的信息就进来了："哈哈，老婆。"莫晓娜一看，火噌的一下子就蹿了上来，立马给史进打了个电话过去："你居然还哈哈？你知不知道我都快急疯了？"

"我这不是给你发信息了吗？"

莫晓娜和史进通了两个来月的电话，从史进没底气的语气中她便迅速判断出史进早就回伦敦了，但她不确定，于是诈史进道："你早就回来了，为什么一直不跟我联系？"

"事情有点复杂，晚上我给你打电话。"果然史进听了嗫嚅道，"我现在在办公室，工作上出了点问题，我们正在想解决方案，晚上我给你打电话。"

　　莫晓娜听他这样说，也不好再说什么，只得挂了电话。晚上一直等到快十二点，史进一点消息也没有。莫晓娜有心打电话过去问个明白，又担心万一他那边真的是工作受挫，那一定是整个团队现在都耗在一起呢，自己打电话过去也无非就是发两句牢骚罢了，并没有什么要紧的事，还是算了吧。

　　第二天一早，莫晓娜醒来第一件事便是看史进的最后上线时间，一看他几分钟前还在线，知道他已经起床了，史进有晨跑的习惯，每天早晨五点多钟就起床了。起床后第一件事情就是给莫晓娜发个信息道声"早安"，莫晓娜醒来开机看见也必然会回复一条"早安"。而史进回到家只要看见莫晓娜的信息就会给她打电话，两人总得缠绵上个把小时，莫晓娜才会起床洗漱。可是今天史进并没有给莫晓娜发信息，莫晓娜估计这会儿史进早就应该已经跑完步回到家了，她又等了一会儿，仍然不见史进有信息，便直接给史进打了个电话，好半天史进才接电话，莫晓娜听见电话那头闹哄哄的像是在什么歌舞厅里的动静，便问史进："这一大早上，你在哪儿哪？"

　　"我在办公室呢。"

"胡扯。你们办公室这么吵？"

"不能听听音乐放松一下呀。"史进辩驳道。随手又发了几张图片过来。莫晓娜看那些图片的确像是路面的彩色剖面图，虽然对那么吵嚷的音乐声心存疑虑，但一时也找不出什么话来反驳。只得说："好吧，那你先忙。等你有空了再说。"

"我晚上给你电话。"史进见莫晓娜不再追问，赶紧说，"现在整个团队的人都在呢，说话不方便，我晚上打电话给你。好吧？"说着便挂了电话。

可是和昨天一样，莫晓娜依然没有等到史进的电话。第二天上午史进的最后上线时间仍然停留在昨天下午五点钟。莫晓娜无聊之际打开史进的FB主页，一眼看见他刚发的新帖子——一个瘦瘦的女人站在一辆老爷车前面，笑容满面；车牌号码莫晓娜一眼便看出是英国牌照。史进给图片配的文字是："友谊长存！愿你每天都幸福快乐！"

莫晓娜顿时就火了，她想立刻给史进打个电话问个明白，可是转念一想：这个女人如果是史进以前的朋友，那么他们之间有的是其他的联系方式，何必跑到FB上来显摆呢？他根本就没必要把这张图片晒在FB上，晒图的目的是什么？当然是为了给对方看。所以这个女人肯定是史进在FB上交到的朋友。无论史进认识这个女人是在自己之前还是之后，眼下他们两个都毫无疑问实实在在地在一起，那自己打这个电话又有什么意义呢？质问史进为什么和别的女人在一起吗？他一句话就可以让自己哑口无言：网友而已，干吗那么当真？自己和他也不过只是个素未谋面的网友而已，电话里就算是聊出一朵花来又如何？

莫晓娜一个人坐在靠窗的桌子前，看窗外马路上的人三三两两地走过，似乎很少看见他们法国人步履匆忙，即使是过马路也很少左右观望，只顾低头走自己的路，反正车辆自然会避让行人，一切都那么从容。莫晓娜的情绪也渐渐地平静下来；网友而已，合则聊，不合则散，何必纠结！只是自己入在史进推荐的平台里的两万美元还得把它取出来，大家就算桥归桥，路归路了。

莫晓娜想到这儿，打开交易平台，看了一下，史进带自己操作过几个回合，挣了两千多美元，莫晓娜心想，自己就将本金取出，挣的钱一分也不要，免得史进有话说。于是找到客服，要求出金。客服让莫晓娜直接在页面上操作即可。莫晓娜便按照页面指示输入了自己的银行卡号以及出金金额，看见页面提示要扣除2％的手续费，莫晓娜心想扣就扣吧，反正既然和史进散伙了，这个平台对自己来说没有半点价值，就算是史进自己，没有他舅舅给的内部消息面对各种数据也同样是睁眼瞎一个。

莫晓娜看系统显示自己提交的出金申请已经在审核中，便又找客服询问资金到账大概需要多久？客服答不一定，要看审核情况才知道，让莫晓娜耐心等待。莫晓娜只得退出系统。

一连两天，莫晓娜每天都登录进"泽汇"查看出金结果，始终显示"审核"中。莫晓娜是个急性子，哪里耐得住，便又找客服，客服让提交个人信息及证件，答应帮她查询一下，结果说莫晓娜需要缴纳25％个人所得税，也就是莫晓娜还需要缴纳五千美元的税金。莫晓娜气道："这两万美元是我的本金，为什么要交所得税？"

"尊敬的用户，我们平台每天的吞吐量很大，交易也不止您一笔，我们的财务是不看您是谁的，只看金额。请您配合。"客服回复道。

莫晓娜心想跟一个后台服务人员也没什么好多说的，于是又入了三千美元，然后对客服说："我的账户里还有两千多美元，你们从那里面扣吧。"

"您好，尊敬的用户，您的账户是您的个人财产，我们没有权利从里面扣钱。"

"那手续费你们是怎么扣的呢？"莫晓娜气道。

"手续费是系统自动扣除的，税金是由我司财务代您向税务部门缴纳的。我们是没有办法把您账户里的钱转到财务的。"

"那我要求出金的那两万美元现在在哪儿呢？"莫晓娜问。

"在我们财务部门，等您交完税金，财务部门会将您的资金打到您指定的账户的。"

"那好，那我现在再出金两千美元好了，这样这个钱不就能到你们财务了吗？"

"这是不可以的，尊敬的用户，请您遵守公司的规定，我们对待所有的客户都一视同仁。"客服回答，"请您将两千美元的税金差额尽快付清，以便财务尽快地为您安排出金。"

莫晓娜气得心"怦怦"乱跳，可是又知道和客服扯不出个子丑寅卯来，无奈只得又入了两千美元，然后问客服，什么时候才能出金成功？客服依然客客气气地请她耐心等待审核结果。莫晓娜气得想打电话质问史进，为什么之前自己问他出金情况的时候，他说的是要"扣除"税金，而不是"缴纳"税金，可是一想这两天他都没和自己联系，自然是和那个女人在一起，自己这么给他打电话，仿佛舍不下他故意找个由头搭话似的，莫晓娜可不愿意掉这个价。

第二十三回

晓娜怒怼平台客服
史进执意铂金会员

莫晓娜又等了两天，看系统显示的还是"审核中"；莫晓娜便又找到客服询问："请问我的出金成功了吗？"

这回客服既不要莫晓娜提交个人信息也不要看个人证件了，直接回答道："尊敬的用户您好，我司上级部门下达指令，为保护我司客户资金安全，您本次提现金额为两万美元，您需要缴纳提现金额的20%（四千美元）作为提现保证金，成功缴纳提现保证金，我司银行系统自动为您提现所有金额到账您的个人银行卡，成功缴纳保证金，您的提现金额就能成功到达银行卡，六小时内您所缴纳的提现保证金将自动返还您的个人银行卡，谢谢。祝您生活愉快！"

"你们这平台难道是骗子吗？为什么要交的钱不一次说清？现在等我交完了税金又要让我交保证金。"莫晓娜的火终于按捺不住了，"我和你所有的对话我都截图了，我要拿这个截图去举报你们。"

客服才不管莫晓娜火不火呢，依旧按套路回答："尊敬的用户您好，在您成功缴纳完成后保证金将在6小时内返还至您的个人银行卡账户，谢谢，祝您生活愉快！"

"我怎么愉快呀！"莫晓娜气道，"正规平台哪有这样做的？为什么不把所有的费用一次讲清，哄着我一次又一次地交钱，你就直接告诉我，等我交了这四千美元的保证金还有什么钱？你痛痛快快地一次告诉我。"

"尊敬的用户，请注意您的措辞。您所提的问题已经超出了我的答题范畴。"

"我怎么不注意措辞了？"莫晓娜愤怒地回复道，"我哪句话说得不对？我现在不出金了，把我交的五千美元的税金退给我吧。"

"按照公司规定，普通用户是不可以取消出金申请的。"

"你们还讲不讲理？出又不让出，现在不出还不行？"

"尊敬的用户，您缴纳完保证金就可以出金了。我向您保证，这是最后一笔费用，没有其他的费用了。"

莫晓娜看他这番语气和当初James Wang一伙如出一辙，肺都要气炸了，可是又一想，万一把客服惹毛了，他不理自己，自己又能拿他怎样？看不见，摸不着，只好缓和了语气："虽然现在看起来我是在和机器对话，但是我知道机器背后有一个活生生的人在和我沟通。你在这个公司是客服，但是换一个场合你也是一个消费者，请你换位思考一下，如果是你遇到这样的情况，你是不是也很着急呢？"

客服过了好一会儿才回复莫晓娜："尊敬的用户您好，我们为您做了特殊处理，同意您撤销出金申请。"

"好的，谢谢你了。"莫晓娜道，"那就请把我缴纳的五千美元税金按原路退回我的银行卡内吧。"

"您缴纳的税金我们无法退回，只能转入您的个人账户内。"

"为什么呀？"莫晓娜问道，"我都不出金了，哪来的税金产生呢？"

"普通客户是不可以撤销出金申请的，我们已经为您特殊处理了。"

"不是我要取消啊，是你们不让我出金呀！我只能不出了呀！那你倒是把税金退还给我呀！"

"尊敬的用户，请不要为难我，我只是一个客服，不是老板。我能做的就是您要么按照公司规定缴纳保证金，要么把税金和本金退回您的个人账户，其他的事情您和我说也没有用。"

莫晓娜想想也是，便不再和客服纠缠。转而给史进发了一条信息说："我不想做了，我要出金。"

"你想出金？"过了一会儿史进回复了信息进来，"那你就出呗。"

"你以前出过金吗？"莫晓娜不动声色地问史进。

"出过呀。"

"都有哪些费用呢？"

"不是跟你说过嘛，要扣手续费。"

"扣？"莫晓娜追问道，"不是缴吗？"

"有什么区别？"史进道，"不都一样吗？"

"一样？"莫晓娜讥讽道，"你英语并不好呀，怎么中文也这么差吗？扣是从我现有的账户资金里扣除，缴是我要拿平台外的资金进去。这能一样吗？"

"那你就缴呗。"史进漫不经心地回复道，"只能按照公司规定来，没有空子可以钻。"

228

"什么？我想钻空子？"莫晓娜火了。

"我不是说你想钻空子，我是说公司既然是这样的规定，又不是针对你一个人的，所有人都一样，没有空子可钻。"

"你不是他们的至尊客户吗？要不我把钱转给你，这样钱不出他们的平台，那钱给你总好过便宜那个平台了。"莫晓娜心里也确实打定了主意，放弃那二万五千美元了，安慰自己：只当史进来过巴黎了，本来他若真来巴黎，自己肯定也要花几个钱的。如今只当做了一场春梦！不料史进却说："他们做比特币的好像是可以把币互相转让，外汇平台恐怕不行。这个我也没试过，要不你去问问客服。"莫晓娜一问，果然不行。只得作罢，既不想再看那平台一眼，也不想再搭理史进半句。

不过史进虽不像从前那样早请安晚问好，却又开始每天发条信息问声好。莫晓娜心内盘算，这史进若是个骗子，应该知道自己至少已经警觉了，为什么还要继续和自己联系呢？于是每次史进给她发信息问好，她便也客客气气地回个好，并不多话，史进也没什么多余的话。如此过了大约一周时间，这天周末史进忽然给莫晓娜发了条亲亲热热的信息："宝贝，这么久了，一点都没有想我吗？"

　　"想你干吗？"

　　"这话说的，薄情寡义了吧？"史进道，"你还是升个级吧？"

　　"升什么级？"

　　"就是那个平台呀。"

　　"是你有病还是你觉得我有病呀？"莫晓娜没好气地说，"我都跟你说了我不做了。我升什么级？"

　　"你看看你这脾气，一动就发火。"史进道，"干吗不做？"

　　"一个只能进不能出的平台，做什么？"

　　"谁说的？"史进反问道，"谁告诉你只能进不能出的？我在里面做了好几年了，我不知道？你前面出金难主要是因为你只是个普通客户，如果你成为他们的VIP就不会这样了，不信你去问问客服。"

　　莫晓娜看他这样说，又想起这个把月来史进的种种反常举动，不由得心中一动，打开"泽汇"平台，问客服如果是VIP客户出金都有哪些费用？客服答只有20%的税金，同时还享受快速通道。莫晓娜便将客服的答复截图给史进看，史进笑道："你看，我就说嘛。你现在就找客服，问问他最近有没有什么促销活动？"莫晓娜不动声色依言找到客服，果然平台正在搞活动：

累计入金：三万美元可升级为白银会员，享有二千八百八十八美元分红及每日隔夜息二百五十美元特权；

累计入金：五万美元可升级为黄金会员，享有五千八百八十八美元分红及每日隔夜息六百美元特权；

累计入金：十万美元可升级为铂金会员，享有一万八千八百八十八美元分红及每日隔夜息一千美元特权；

累计入金：二十万美元可升级为钻石会员，享有二万八千八百八十八美元分红及每日隔夜息两千美元特权；

累计入金：五十万美元可升级为至尊会员，享有五万八千八百八十八美元分红及每日隔夜息五千美元特权。

莫晓娜将平台搞活动的PPT图片转发给史进，史进说："你去跟客服说，为你预留一个铂金会员的名额。"

"我可没有十万美元。"莫晓娜道，"再说我都已经跟你说了我不想做了，只想出金。要么我把我的账号和密码都告诉你吧，那些钱我也不要了，送你了。"

"不要再跟我说这些话。"史进回复道，"你的账号给我也没用，你账户里的钱出金只能出到你名下的银行卡里。不说这些废话，你现在就去跟客服说，你要升级成铂金客户。"

"我再跟你说一遍，我没有钱。"

"你去说，差多少，我帮你。"

"我一分钱也没有。"

"哈哈，越有钱越哭穷，说的就是你吧？"史进笑道，"你一个塞纳河边上开五星级大酒店的大老板，一分钱也没有？宝贝，快，听话，去跟客服说，你要入金。"

"你听不懂中国话吗？我哪来的十万块钱？"

"十万没有，一万两万总有吧？你去说呀。听我的。"

"那我可跟你把丑话说在前头，这个平台可不好惹，我已经跟他们打过交道了，到时候别再出什么新的说法，可不关我的事。"

"不关你的事。我都在这个平台上做了好几年了，没有你懂？"史进道，"我要给我老婆钱花，是我心甘情愿的，也是天经地义的。我帮你入八万，你自己再想办法入两万。"

莫晓娜原本已经认定史进是个骗子了，可是现在看他这么执着地要替自己升级，不由得有些怀疑自己先前的判断了，心想：会不会是这小子跟别人浪了几天觉得还是自己好，心里有愧所以才执意要替自己升级弥补一下呢？于是便说："好。那我跟客服说入金多少？要不别升什么铂金会员了，我可没有两万美元，万一到时候我拿不出两万美元，你那个平台会不会再有什么处罚措施之类的，那可就麻烦了。"

"不行，我就是要让你成为铂金会员。"

"黄金会员一样可以享有所有的平台特权，真的没有必要非得升什么铂金会员。"莫晓娜道，"而且黄金会员只要五万美元，你还不用入八万了，我也不必操心劳神去找那两万美元了。"

"不行。我就要你升级到铂金会员。"史进执着地说，"现在就去找客服，说你要入金二十五万元人民币。"

第二十四回

升级会员疑窦丛生
毕业论文迂回曲折

莫晓娜拗不过史进，再加上因为出金失败的事本身对史进的身份有些将信将疑，潜意识中也想通过此事一辨真伪，于是找客服要了入金账号。

客服很快便给了一个开户行为贵州银行股份有限公司正安支行，卡号6214600180049680841，收款人名叫罗江豪的账号。客服特意通知："请您入金前切记核对卡号与户名，在十分钟内入金完成，提示：卡号发出后十分钟内有效，过期请重新找客服索要入金卡号。"

莫晓娜虽然心中有些奇怪，平时自己入金客服都要求先提交证件和联系方式，今天却什么也没要；但她还是将转账信息转发给了史进。史进很快便转了二十五万元人民币给那位罗江豪，让莫晓娜把截图发给客服。不一会儿客服便说钱已收到，史进便让莫晓娜再次申请入金，很快客服就又发了一个入金账户过来，莫晓娜一看，居然还是刚刚那位罗江豪，只是客服随后发来的提示时间有所变化，从十分钟变成了半小时。莫晓娜不禁心生疑惑，故意问史进："你发现没？这次的卡号和刚刚的是同一个人呀。"

"那你去找客服重新要一个卡号好了。"史进立刻回道。

"不用了。一个人也好，万一这平台有诈，追查起来更容易些。"莫晓娜故意道。

"说什么呢？你这人疑心病可真重啊。"说话间史进已经将二十五万元人民币又转入了罗江豪的账户内。等客服那边确认入金完成，莫晓娜截图发给史进看，史进笑道："剩下的事情就该你完成了。"

"我一开始就告诉你我没钱了。等我完成那就只能慢慢来了。反正现在我们也已经入了八万美元了。"莫晓娜特意用了"我们"二字，用以强调史进入金的事，说到这儿忽然想起一件事来，"对了，之前我账户里本利一起已经有三万多美元了，我们已经够十万了呀。"

"你做梦呢？人家是从你要求升级才开始算起的。"

"不可能啊，通知上明明写着'累计入金'呀！"

"不信你去问客服，我还没有你懂了？"史进不屑道。

莫晓娜一问，果然如史进所言，而且非但前面账户里的钱是不作数的，入金还有期限的，一共一周时间。史进笑道："怎么样？还不相信我的话。现在我反正是等着看好戏了。你自己想办法凑足那两万块钱吧。"

莫晓娜本想怼他两句，话到嘴边又咽了下去，暗自思忖：横竖自己那几万美元早就做好打水漂的思想准备了，不妨看看这七天里史进究竟还能耍出什么花招来。他若不是骗子，已经入了五十万元人民币进去，以他的性格，肯定不会让自己的钱打水漂；他若是骗子，那么他今天这个举动就只有一个解释，那就是知道自己不想干了，故意想出升级这一招，再套自己两万美元。当然所谓的入金也就只不过是电脑里造出来的一张图片而已了。而这个平台既然能为两笔虚假的入金进行认证，可想而知，这个平台也有问题了。

莫晓娜想到这儿，顾不得和史进啰唆，之前听网友说过有个"外汇天眼查"的软件，立刻上网搜索，很快便搜到了，莫晓娜马上将软件下载下来，输入"泽汇"，没想到这个"泽汇"根本就不在监察范围内，莫晓娜又到谷歌上搜了一通，倒是有个"泽汇资本"是受英联邦国家圣文森特和格林纳丁斯金融市场行为监管局（FSA）认可及监管，同时也受瓦努阿图金融服务委员会（FSC）监管的。莫晓娜一时间哪里吃得准这平台真假，问了两个之前跟自己提起过外汇、数字货币之类的网友，都不知道"泽汇"这么个平台；莫晓娜只得作罢。倒是奇怪史进说完了要"等着看戏"后，竟真的没再联系自己。

这天莫晓娜到楼下按摩室做了个全套，做完躺着不想动弹，有种心力交瘁的感觉。张颖见她没睡觉，便陪她聊会儿天，两人聊着家常，莫晓娜随口问张颖的孩子现在怎么样了？张颖兴高采烈地把手机里的照片给莫晓娜看。

之前莫晓娜陪苏庆余去医院看过张颖，那会儿张颖刚生完孩子，蓬头垢面，面色苍白又浮肿，一对双胞胎早产儿身上插满了各式各样的管子，看得苏庆余和莫晓娜眼泪都要掉下来了，所以当苏庆余找莫晓娜说张颖夫妇想要承包楼下按摩室时，莫晓娜二话没说便答应了。要不是疫情，按摩室的生意还真是挺好的，现在因为要和酒店配套，虽然没什么生意但也还是天天开着。莫晓娜知道龚家川离开了苏庆余的酒庄并没有找到正经工作，有时到按摩室帮帮忙，有时干干野导，买了辆二手的奔驰商务车，维修不断，也快要烦死了。本来还计划换辆新车，结果疫情一来，一切停摆。

莫晓娜接过张颖的手机一看，见两个孩子正在玩跷跷板，笑得正欢，不由得笑道："这可真是愁养不愁长啊。都这么大了。"

"是啊。"张颖笑道，"天天的都快吵死啦。"

"几岁啦？"莫晓娜问。

"七岁了。"张颖答。

"啊？都七岁了？"莫晓娜想了想，"可不是吗？一转眼的时间。"莫晓娜笑道，"还想再要吗？法国人三个孩子是标配。"

"我的妈呀，我可不敢再要了。"张颖笑道，"就这都已经快疯了。天天晚上像造反一样，真的都快吵死了。"张颖说着想起一件事来，下意识地扭头看了看房门，见门关得严严实实的，便凑近莫晓娜道："莫总，你知道吗？小单去医院做人流了。"

"是吗？我不知道啊。"

小单是前台新来的实习生，研究生还没毕业，莫晓娜偶然听见一帮小姑娘议论，说她的论文折腾了好久都没通过，其余的她平时并未关注。听见张颖这样说，疑惑道："她不是还没毕业呢吗？要真有这样的事，你是怎么知道的？总不见得是她自己满世界宣扬的吧？"

"当然不是她自己说的。"张颖笑道，"她一个人害怕就喊她的室友陪她一起去了，她室友的同事正好跟我是同学，前两天我们闲聊，就聊到这事了，大家说来说去没想到居然都是熟人。"

"那她男朋友呢？怎么没陪她一起去呢？"莫晓娜问。

"什么男朋友呀！"张颖从鼻子里冷笑了一声，"小单的论文不是一直没通过吗？她实在是没招了，只得跟她导师'谈恋爱'了。"

"结果她导师是有家室的？"莫晓娜插嘴道。

"不是。"张颖摇摇头，"没家室。但是那个家伙明确告诉小单，说他是个不婚主义者，就算不是，小单也不是他想要结婚的对象。"说到这儿，张颖突然"扑哧"一声笑了出来，"还问小单知不知道自己的论文为什么总是通不过？小单本来心里想的是：无非就是自己没跟他上床呗。结果没想到那个家伙说：你之前的论文写得太好了，我就知道是你从网上抄来的；这次的论文我完全看不明白你到底在说什么，我相信是你自己写的，所以就让你过了。"

"那事实上呢？"莫晓娜边起身边好奇地问。

"事实上就是她导师说的那样呀。"张颖笑道。

莫晓娜听了忍不住也哈哈大笑起来，正笑着，看见手机里的FB软件连续显示有人在申请加自己好友，于是边笑边打开软件，一眼看见史进的照片，不过标注的名字叫赵逢山，向下滑了一下，莫晓娜简直不敢相信自己的眼睛，居然还有一个史进的头像，名叫木锐。莫晓娜的心不由自主地跳得急促起来，也无心再和张颖闲聊，推说楼上有事匆匆离开了按摩室。

第二十五回

加好友为辨明真假
勤聊天欲分清人鬼

回到办公室，莫晓娜赶紧打开赵逢山和木锐的主页，二人的主页上基本上都是健身和美食的图片以及网络上抄来的几句励志的话语，但是真真切切，全都是史进的照片，木锐甚至还有两个动态的小视频。

莫晓娜有心怀疑自己因为并未见过史进本人，单看照片认错人了，可是就算是五官长得相似，史进那一身的文身怎么可能错得了？这个世界上怎么可能会有人不单单是五官相像，连文身都一模一样呢？要知道史进的文身可不是一处两处，而是全身。莫晓娜突然之间就想起了那个聊斋故事《画皮》；她将赵逢山和木锐全都加了好友，她必须要搞清那张皮究竟是谁的。

莫晓娜加完好友不动声色，等着赵逢山和木锐主动和自己打招呼。果然不一会儿赵逢山便给莫晓娜发信息了："你好，美女。你是做什么的呀？"

"在酒店工作。"

"怪不得看你的主页上都是各种客房介绍呢。"

"你是做什么的呀？"莫晓娜问。

"你看我像是做什么的？"

"我看不出来。那么帅是模特儿吗？"

"哈哈，我像模特儿吗？"赵逢山笑问。

"看你照片拍得都很专业，负责替你拍照的摄影师水平不错哦！推荐给我呗，哪天我也找他拍一组。"

"哈哈，谢谢夸奖，我也是摄影师呀。"

莫晓娜又跟他闲聊了几句后说："你的文身真漂亮。"

"谢谢夸奖，你喜欢就好。"

"文的时候疼吗？"

"以前年轻的时候比较虎。"赵逢山道，"哈哈，怎么？你心疼啦？"

"我干吗要心疼？关我什么事？"

"哈哈，我看你问我疼不疼，还以为你心疼了呢！看来是我自作多情了。"

"我刚刚还以为你是我的一个朋友呢。"莫晓娜道，

"你俩的文身一模一样。"

"是吗？"赵逢山问，"我不信。你有他照片吗？能发给我看看吗？"

莫晓娜二话没说，立马将史进的照片截掉脑袋发给赵逢山，赵逢山一看，说："等一下，这张照片看着面熟。"不一会儿，赵逢山发了一张完整的照片过来，莫晓娜一看，果然和自己刚刚截图的照片一模一样。紧接着赵逢山接二连三又发了几张照片过来，清一色都是在健身房里拍的。莫晓娜一张一张点开来仔仔细细地反复看了好几遍，忽然发现一个问题，赵逢山发过来照片里有两张是对着镜子的自拍照，手机的背面自然就一起拍了出来，手机上的摄像头是竖排的两个摄像头，上个月史进曾给自己发过一张对着镜子的自拍照，手机上的摄像头是对角排列的，史进自己也曾说过，他的手机都是最新版的。可见赵逢山手里的照片一定不是最近的。于是莫晓娜笑问赵逢山："这么帅，是什么时候拍的呀？很久以前的老照片了吧？"

"谁说的？"赵逢山笑道，"哈哈，是不是怕我实际上已经是老大叔了，拿着年轻时候的照片到处招摇撞骗哪？"

"好了，不跟你开玩笑了，你知道我为什么要接受你加好友吗？"莫晓娜道。

"为什么呀？"

"因为我想找到你照片里的那个模特儿呀！"

"就是我呀。"

"嗨，你就别逗我玩了。"莫晓娜道，"我知道你是摄影师，我是真的想要给酒店拍一组广告，其实我在网上已经看见好几个人用了这个人的照片了，但我没法确定究竟哪个才是他本人，所以只好都加了，结果哪个都不是。如果他真是你的模特儿，那些作品真的全都出自你手，那么我是非常欣赏你的摄影风格的，这个广告也可以交给你来拍摄，但是模特儿我不要别人，只要这个人。"

赵逢山过了好久才回复莫晓娜："你到底是谁呀？到底想干吗呀？"

"我叫莫晓娜，FB上那个酒店就是我的，我所有的信息都是公开透明真实的，你可以登录我们酒店的官网随便查询。"莫晓娜道，"我没有任何的恶意。网上用别人照片的人也多的是，不是什么稀奇事。我就是想找到那个模特儿，请他帮我拍个广告，如果你有空，愿意接这个活，这个广告合同我可以和你签，模特儿由你联系。怎么样？价钱方面，只要你心别太黑就行。"

莫晓娜十六岁就在社会上闯荡，编几句瞎话还不是小菜一碟？更何况她说的所有内容除了要拍广告这一条，其他的每一句都是千真万确的，不由赵逢山不信。不过显然赵逢山还是上网查询了，核实了莫晓娜所言不虚，这才回复道："我要是心黑也不会有这么多朋友找我了。不过我平时只接过母婴用品的广告以及健身房题材的，你这个酒店题材的我并没有接触过呀。"莫晓娜一听他说这话，等于就是承认那堆照片的主人另有其人了，便回道："噢，这样啊，那我再考虑一下吧。"赵逢山听这话锋，自然也不好再接茬，也便就此打住。

莫晓娜一直等到第二天下午四点多钟，那个木锐才发了个"Hi"过来。莫晓娜忙回了个笑脸过去。木锐的信息很快便回复过来："你是哪里的朋友啊？我在新加坡。"莫晓娜已经没有耐心再说废话瞎周旋了，直接问道："这个头像是你本人的吗？"

"当然是啊。为什么这么问？"

"因为我看到好几个人用的都是和你一样的图片啊。"

"是吗？你确定吗？"木锐问道，"你能发一张给我看看吗？"

莫晓娜马上发了一张史进的照片过去，木锐看了问："就这个？还有别的吗？"

"多的是。"几乎在莫晓娜信息发出的同时木锐发了一张全裸的背部照片过来，一条信息紧随其后："有这个吗？呵呵，看咱俩谁狠。"

"这也说明不了什么呀！别说是照片了，就算是事先录制好的小视频也不能说明什么。"莫晓娜道，"除非你能用你有文身的那只手对着镜头数个一、二、三给我看看，我就信你是真的。"

"可以。没问题。我们直接视频一下不就好了吗？"木锐道，"这样才公平。"

莫晓娜见他这样说心里倒有些打怵了，自己的身份怎么可能去跟一个完全陌生的网友视频呢！因此，执着地说："你先拍个小视频，就数个一、二、三就行，我想先确认一下。"那个木锐仿佛突然清醒了，回道："确认什么呢？我们俩什么都还没聊呢，有什么可确认的呢？"莫晓娜想想也对，只得敷衍道："我很喜欢这些文身，但是我又怕你不是这些文身真正的主人，那我不是上当了吗？"

"那你就当我是假的吧。"木锐道，"我实话跟你说吧，这些文身也是假的，是画上去的。手上没有的，只有手臂上才有。"可是说完这些话他又发了一张泡在泳池里的照片过来以示文身是真的，"你想要左手还是右手数给你看？"

"有文身的那只手。"

"行。你加我的WhatsApp，我们俩视频，我数给你看。"

"你先数给我看。"莫晓娜一心只想搞清真相，却又不愿意视频，唯恐自己再落入什么新的陷阱。

"那不公平。"木锐答。

莫晓娜看他这情形，估计是不可能发视频过来了，只得放弃。不想那木锐似乎存心要向莫晓娜证明自己的身份，接连两天都在自己的FB主页上传了快拍小视频，莫晓娜反复看了好几遍，心里还是不能确定究竟这张画皮是谁的。她仔细回想了史进说过的几乎每一句话，怎么想都觉得这张皮和史进的脾气秉性更贴合，如果史进的照片和视频全都是存储在手机里的，那他频繁地更换手机就难保手机的信息不会泄露。但是史进FB主页上并没有什么视频，反倒是木锐的主页上有不少日常生活的短视频，但如果木锐是真的，他那么随便地就把自己的裸照抛了出来，就算他是个男人，这也有违常理啊。莫晓娜左思右想，不得其解。

第二十六回

查验身份晓娜灰心
卖弄人才赵双失恋

正当莫晓娜左右为难之际，史进的信息进来了："怎么样？亲爱的娜娜，钱准备好了吗？明天就是最后一天了。"史进问。

"我想不出办法。怎么办？"莫晓娜道，"要不我们趁着现在还没到期，我找客服商量一下，改成金卡客户吧。"

"不行的。"史进直接打了电话过来，不耐烦道，"我以前试过，改不了的。我不管你，反正你要是逾期的话，不但要交逾期款，咱俩的信誉还要受影响。"

"你受什么影响呢？那个平台已经智能化到这个地步了？都能鉴别出客户之间的私交了？"莫晓娜反驳道。

"平台是不知道，但我们俩不是在一起的呀？你受影响我当然也就受影响呀。"

"反正我是没什么办法了。"莫晓娜已经打从心底里厌烦透了炒外汇这件事了，最初只是为了哄史进开心才陪他玩的，现在事情演变成这样，进退两难，再加上这两天被木锐的照片和视频更是搞得心烦意乱，莫晓娜彻底没有心思再继续纠缠这件事了，"我现在就去找客服，告诉他凑不到那些钱了，认打认罚呗，然后想办法出金，尽量确保你的钱不受损失。反正我是从一开始就没打算这钱还能收回来。准备好陪你玩玩，赔光拉倒的。"

"你看你这叫什么话？我难道是想要让你赔钱的吗？我的本意是想让你挣钱呀。"

"我知道，我知道。谢谢你的好意。"莫晓娜道，"但我现在没钱。也不想做了，只想退出。"

"你想退出也行，那你先把任务完成了。然后找客服出金。"

"任务？"莫晓娜奇道，"什么任务？"

"哈哈，我的傻娜娜，当然是升级任务呀。"史进笑道，"你先完成铂金会员的升级任务，然后才能出金。你要是不相信我的话，你就自己找客服问问。"

"怎么我刚才说的话你没听见呀？"莫晓娜开始不耐烦，"我已经说了，我没钱也没办法找钱，我不想升级，从一开始我就不想。"

"那我帮你入金前你为什么不说呢？"

"我没说吗？我反复地说，可是你根本不听呀，执着地要我升级。还非要升这什么铂金会员。"

"那你的意思是我自己犯贱呗？"史进不快道，"我要帮你升级难道不是为你好？"

"我没看见什么好，倒是觉得自己现在越陷越深了。"这些话到了嘴边，觉得说出来太伤人，莫晓娜又咽了回去，改口说："我没说你不是为我好，但这件事既然没有能力完成，那就放弃好了呀，我都说了，损失我来承担。"

"你说得轻巧，你任务没有完成，平台会放过你？"史进火道。

"任务任务，我花钱给自己买个任务？干什么？一个交易平台而已，难道强买强卖？"莫晓娜也火了。

"好了好了，亲爱的，你这脾气也太暴躁了。没有人强买强卖。"史进缓和了语气道，"你想想办法，先完成任务，然后我就帮你出金，全部拿出来，你不想做就不做了，好吗？"

"你当我三岁小孩吗？就算是我们现在完成了你说的那个什么狗屁任务，马上出金可能吗？那个平台一定还会有交易要求的。全部出金，怎么出？如果你的平台账户里是空的，那你的铂金会员算怎么回事？他还会按照铂金会员的待遇来给你出金吗？"

"放心。我比你了解，比你懂，你就听我的没错的。平台它是不管你账户里余额的，只要你升级成功，就是永久的，哪怕后面你账户里一分钱没有，你也还是铂金会员。"

莫晓娜懒得再跟史进争辩，干脆回答："我没钱。完不成你那个任务。"

"莫总，你说这话也不怕人家笑话。"史进笑道，"你堂堂一个五星级大酒店的老板，拿不出两万美元？"

"拿不出。"莫晓娜没好气地说，"谁爱笑谁笑好了。"

"好了好了，宝贝，不怄气好吗？想想办法，你一定有办法的。你的实力，你在商场这么久，你的人脉，随便动用一下，难道还拿不出两万块钱来？"

"人脉再广，我也绝对不可能为这事去跟人借钱的。"

"哎？亲爱的。"史进笑道，"你一定有不少奢侈品吧？首饰、包包什么的。"

"怎么？你的意思是想让我去卖包换钱？"莫晓娜简直不敢相信自己的耳朵。

"嗯，是啊。"史进嬉皮笑脸地说，"这有什么，我以前缺钱花就卖过手表啊。"

"呵呵。"莫晓娜冷笑道，"你倒没说要替我买个包包，买个首饰什么的，反叫我去卖东西。我可真是找对人了！"

"哎呀！以后有钱可以再买嘛！"史进不以为然道。

"你趁早死了这条心。"莫晓娜断然道，"我莫晓娜是绝对不会掉这个价的。"

"那我也没办法了，你自己看着办吧。反正明天就是最后一天了。"

"我也没办法。"莫晓娜道。

"那好。"史进道，"我就等着看好戏了。我还有点事，先不和你说了。"

"好，你忙吧。"莫晓娜潦草地应了声便挂了电话。

莫晓娜放下电话，一个人坐着把自己和史进相遇的这几个月所发生的事情，前前后后、仔仔细细地回顾了一遍，怎么都不愿意相信史进是个骗子。可是一想到那个只进不出的破平台，却又怎么都找不到替史进辩解的理由。莫晓娜突然想起史进发给自己的身份证和护照的照片，史进曾告诉过自己，身份证上的地址是户口所在地的地址；于是莫晓娜在网上搜了一个可以核实身份证真伪的软件，将史进的身份证号码110105198503165511输了进去，系统没有任何反应。莫晓娜又试了几次，还是没什么反应。莫晓娜早已入了法籍，她是没有中国身份证的，于是给楼下的张颖打了个电话，问她有没有身份证。张颖说自己的身份证没带出来，因为在国外压根儿就用不着，平时要么用居留卡，要么用护照。的确如此，酒店的员工从来没谁提交过什么中国身份证的，没用。

"莫总，你要身份证干吗呀？"张颖问。

"我想试一下我刚刚下载的一个软件能不能用。"

"哦。要不我帮你问一下餐饮那边的张晓纹，她最近正折腾回国的事呢，说不定她有。她这会儿正好当班呢。"

"行，那你帮我去问一下吧。"

张颖来到一楼的餐厅，还没到晚餐时间，大厅和外面的散座里零零散散地、三三两两地坐着几个喝咖啡的客人，张晓纹闲来无事，正支着下吧站在吧台里望着外头出神。张颖悄悄地走过去拍了一下张晓纹的肩膀，小声笑道："嘿，发什么呆呢？"

"Oh lala，吓死我了。"张晓纹自己拍着胸口小声笑道，"你干什么呀！鬼鬼祟祟的，要吓死人哪。"

"谁鬼鬼祟祟了？我可是光明正大地走过来的，是你自己看不见，目中无人。"张颖笑道，"怎么？要回国了，舍不得你那个酒庄的小情郎啊？"

"唉！"张晓纹叹了口气，"分手了。"

"分手了？"张颖吃了一惊，"你们俩不是都好几年了吗？他不愿意回国？"

张晓纹的男朋友赵双在苏庆余的酒庄打工，以前和张颖的老公龚家川是同事，所以张颖对张晓纹和赵双的事情比较了解。

"不是他不愿意回国，而是他家是湖南乡下的，我不可能跟他去乡下吧？"张晓纹道，"你也知道，我家是临沂的，我在家是老大，下面还有弟弟妹妹，我都三十岁了，家里没用过我一分钱，还时不时地要贴钱给我。我妈他们做家具批发也挣不了几个钱，我妈一直想在济南买套房子，而且也希望我回国以后不要回临沂。临沂是个小地方，街坊邻居都认识，都知道我出国念书好几年了，现在再回临沂，连个工作也没有，不把大牙给笑掉了呀！所以就让赵双他们家拿一百万，其余的我家出，替我们在济南买套房。"

"那也不错啊，济南是你们山东的省会嘛，机会也多些。"张颖点头道，"济南的房价应该不会太贵吧？"

"贵也好，便宜也好，反正赵双他们家是拿不出一百万来。"张晓纹撇嘴道。

"一百万人民币，又不是一百万欧元。"张颖小声惊呼道，"这赵双家也太小气了吧？"

"大小姐，你以为人人都有你那样能干的妈呀？"张晓纹又撇了撇嘴，"不是他家人小气，是真的没有。"

"那你们俩散伙就是因为这一百万人民币呗？"

"也不全是。"张晓纹的脸略微有些泛红，说话也有些支吾，"你还记不记得上次赵双让我帮他去波亚克一家酒庄做翻译的事？"

"哪次啊？是不是帮那个甘肃的老板去波亚克买酒庄的事啊？"张颖想了想问道。

波尔多的中国留学生们不像巴黎的留学生，要么当导游，要么当奢侈品的代购，他们大多会设法找一家中国老板的酒庄打工，因为中国老板基本上是不可能长期驻守在酒庄的，通常都会找些留学生当助手，国内有人来的时候负责接待，酒庄有什么事情负责汇报，只要老板不在，他们的时间还是相对宽裕的，所以有的是时间和机会倒卖些酒水，有的也会顺带着做做酒庄的导游，毕竟波尔多是世界葡萄酒之都，名庄遍地，慕名而来的人络绎不绝；这期间自然就有可能结识到一些对酒庄感兴趣的中国老板。有个甘肃的老板便是赵双当野导的时候认识的，那老板通过赵双认识了一个做酒庄中介的留学生，看中了波亚克产区的一家酒庄。赵双自认为这是一笔铁板钉钉的买卖，有心让张晓纹见识一下自己的能耐，所以故意让张晓纹请假过去帮忙，说是显得他们这中介公司实力雄厚，人才济济。谁知出来有意于酒庄的老板们哪个在国内不是百炼成钢的？一场谈判结束，买酒庄改成了买张晓纹推荐的葡萄苗了，然后就变成了张晓纹和甘肃老板联系业务了。

张晓纹见张颖想了起来，便点头道："对，就是他。"

"然后呢？"张颖不解道，"这跟你们俩分手有什么关系呢？噢，我知道了。"张颖也是个人精，马上便反应过来了，眨了眨眼睛笑道，"你该不会是要去甘肃了吧？"

张晓纹点点头。

张颖一下子来了神，凑近前笑问："是去工作呀，还是去结婚呀？还是——会个情郎？"

张晓纹支着下巴笑了笑，说："看情况吧。"

张颖还想再打听一下那位甘肃老板的详情，突然想起自己是有任务在身的，忙说："啊呀，我的天哪，差点忘了莫总的正事，你身边有中国的身份证吧？"

"有啊。干吗？"

"莫总想试个查询软件，我们都没有，借你的用一下呗？"

张晓纹略一迟疑，随即笑道："行啊，我这就给莫总送去。"

张晓纹的迟疑虽然转瞬即逝，但张颖还是看在眼里，于是微微一笑，说："好的。那你赶紧送她办公室去吧。我楼下还有事呢，我就先走了。你快点，莫总等着呢。"

"你别走啊，帮我看下吧台，Dani这是掉到厕所里了。"

"好好好。你快点。"张颖不耐烦挥手道。

张晓纹来到莫晓娜的办公室，"莫总，张颖说您想试用什么软件？"

"对啊。可以用一下你的身份证试一下吗？"莫晓娜将电脑稍稍转了个向，对张晓纹招手道，"你来看看，你用过这个软件查询吗？"

张晓纹凑近前一看，是"全国居民身份证号码联网核查验证系统"，"我没用过。"张晓纹摇摇头，"莫总您用这个干吗呀？"

"哦，我就是想知道这个软件是不是真能鉴别身份证的真伪。我没有中国身份证，想用你的试一下，可以吗？"

张晓纹稍稍迟疑了一下，但很快便说："可以呀。怎么试？"

"来，你把你的身份证号码输入一下，看看有什么反应。"莫晓娜把转椅向后退了点，给张晓纹让出地方来。张晓纹将自己的身份证号码输了进去，点击查询，页面上很快便显示出身份证的签发地：临沂。莫晓娜扭头笑问张晓纹："对吗？"

"对的。"张晓纹点头笑道，"我老家是山东临沂的。"

"听说你要回国了？"

"是的。正打算跟您说呢。看您一直挺忙的，就没好意思打扰您。"张晓纹道，"谢谢您这段时间的照顾。"

"嗨，我哪有照顾到你什么！"莫晓娜笑道，"回国是回老家吗？"

"暂时还没确定呢。"张晓纹道，"先回去，到时候看情况再做决定吧。"

"也行。反正你年轻又漂亮，聪明有学历，回去应该会有更多更好的机会。"

"莫总过奖了。"张晓纹笑道，"我哪有您说的那么好！不过回国总比硬耗在这儿要好些，再说出来几年，父母年纪也大了，还是挺想他们的。"

莫晓娜一则心里有事，二则也确实并没有什么话要对张晓纹说，便微笑着点点头。张晓纹见状立刻笑道："莫总，没什么事我就先下去了？"

"去吧。"莫晓娜点头笑道。看着张晓纹的背影，莫晓娜的脑海里闪过她那个小男友赵双的身影："那小子可hold不住这丫头。"莫晓娜心想。赵双曾经奉苏庆余之命趁着到巴黎参展的机会给莫晓娜送过样酒。莫晓娜看张晓纹轻轻关了办公室的门，便将视线转移到电脑屏幕上，盯着"临沂"二字看了好几分钟，又将史进的身份证号码重新输入了一遍，反复校对了两遍，点击"开始查询"，结果和之前一样，系统没有任何反应。莫晓娜胳膊支在办公桌上，拿手揉了一会儿太阳穴，想想不死心，又把史进的护照号码EC1455549输入电脑，看能否查验护照的真伪，但是搜了半天也没查出个所以然来。只得放弃。

第二十七回

义断情绝恶语相向
原形毕露流氓嘴脸

　　最后的升级入金期限很快就到了。莫晓娜抱着最后一线希望，期盼着史进能在最后一刻联系自己，完成那所谓的任务。这样就足以证明自己之前所有的猜想和疑虑都是杞人忧天，都是自己疑神疑鬼。

　　按照史进的性格特点，他从未正经经营过企业，他的钱要么是伸手从爹妈那儿要来的，要么就是他妈妈通过他姐姐之手变相给他的，至于他目前所谓的英国的公司，不过是他爸爸拿下来的工程交给他在现场看着的罢了，一举一动都得听他爸爸的调度。所以他唯一能挣钱的来源就是眼前这个平台，虽说实际上是他舅舅在遥控指挥，但怎么说也是他自己动手操作的。他应该是非常重视这件事的，更何况他放了五十万人民币进去，五十万人民币在莫晓娜这种久经沙场的商场老将眼中，就算是全都打了水漂也不过就是个投资过程中的小失误，又或者只是管理过程中的小小疏漏而已。可是对于史进这种伸手要钱的人，可就不一样了，如果他的入金行为是真实的，他是绝对不会放弃的，当然也不会愿意平白无故地被平台处罚。至于平台会如何处罚，莫晓娜并不知道，但是她相信史进一定清楚。所以她想：无论如何史进都应该会在最后关头出手的。

然而没有。

莫晓娜一直等到最后日期的零点过后也没有史进的任何消息，莫晓娜的心彻底凉了。她终于相信自己落入一个陷阱了。

第二天一早，史进的信息便进来了："怎么样了？亲爱的。"

"什么都别说了。"莫晓娜的心隐隐作痛，她曾经那样喜欢这个人，满心满眼都是他，他那身文身像雨后的彩虹一样炫目，让她痴迷不已，结果现如今却竟然不知道谁才是它真正的主人，"我把我的账号和密码都给你吧，我什么都不要了。我也不想再和你有任何瓜葛了。"

"你这叫什么话？亲爱的老婆，你是想要抛弃我了吗？"

"老婆？"莫晓娜不由得冷冷一笑，"你我连个面都没见过，什么老婆？"

"那你现在什么意思呢？不想升级了？"史进问。

"我什么也不想做，你要升级你升好了。平台如果有什么处罚的举措，就尽着我的三万美元来好了，尽量别让你的经济受到损失。"

"你他妈的说话像放屁。"史进突然骂道，"我跟你说了多少遍了，账户是你的名字，我有你的密码也没有用，出金只能出到你的名下，你听不懂人话吗？"

莫晓娜见史进突然爆粗口，火气噌的一下子也蹿了上来，可是转念一想，他若是个骗子，那自己压根没必要生气，何况自己本来不就是要通过入金来一验真伪吗？一个小流氓不爆粗口才不正常呢。史进本就是个不学无术的富二代呀，气急了不爆粗口他又能说出什么有分量的话呢？莫晓娜想到这儿，强压怒火，给史进回复道："出到我的账户就出到我的账户，我会用最快速度转给你的。难道我会要你那两个钱吗？"

"我凭什么相信你？"史进问。

莫晓娜禁不住哑然失笑："难道不应该是我怀疑你

吗？你推荐的交易平台，你让我入金、升级，带着我操作，现在你反问我：凭什么相信我？你不觉得太过荒唐吗？"

"我才不管你什么荒唐不荒唐呢！"史进道，"你要么继续想办法入金完成升级，然后想办法出金，要么还我五十万块钱。反正你别想把我的钱给吞了。我告诉你，你怎么吞进去的，我有办法叫你怎么吐出来。"

莫晓娜的火再也按捺不住了："我吞你的钱？你的钱是转给我的吗？你的钱是转给那什么贵州的什么人的，究竟转没转，我怎么知道？"

"放屁。我的钱难道不是入了你的账户？"

"是。表面看来是，但是现在我自己的真金白银同样陷在里面一分钱也拿不出来，你别忘了这个平台是你推荐给我的，不是我把你带进这个无底洞的。"

"好，你想要赖，是吧？你等着。老子要去告你，你等着把牢底坐穿吧。"史进道，"就你，还想见老子，做梦。我就告诉你吧，你这辈子也别想见着老子的面。你等着律师和警察来找你谈心吧。"

"史进，你要真把我告了，我还真挺高兴，我倒宁愿是我冤枉了你。"莫晓娜说着心里倒真希望史进能将此事诉诸法律，"你的律师要真来找我，还有那什么警察，你要真敢弄这么一帮人来找我莫晓娜，不单他们的费用我全包，我还郑重其事地给你赔礼道歉。怎么样？"

"你这个臭婊子。"史进再也装不下去了，自从和莫晓娜交往，他就一直在压抑自己，时刻提醒自己千万不要露出小地痞本色来，至少得让莫晓娜感觉自己好歹有个良好的家教，之前的种种劣迹不过就是少不更事，年少轻狂罢了。事实上他的表演也是成功的。莫晓娜的确是把他当成了被人宠坏了的富二代，金不换的回头浪子；现在莫晓娜这副沙场老将的阵势着实把史进给气晕了，他开始破口大骂，各种污言秽语汹涌而至，一股脑地倒向莫晓娜。

莫晓娜的心反而淡定了下来，这才是真正的史进。莫晓娜甚至有些庆幸，如果没有这件事，自己说不定真的会嫁给史进，那才真的后悔莫及呢。不过，史进如果根本就是个骗子那么这件事早晚都要发生，自己也不必想那么远，压根儿多余。史进骂了一通见莫晓娜没有任何反应，也就不再言语了。莫晓娜心想：这段孽缘，就此终结了，就当自己做了个梦吧！

然而事情远非莫晓娜想得那么简单，第二天史进又开始给莫晓娜发信息，这回的信息简单明了，就两个字："还钱。"

莫晓娜不禁有些纳闷，这世道什么时候变成这样了？一个骗子失手了，居然还敢不依不饶？莫晓娜不禁又对自己的判断产生了怀疑，莫非自己真的是冤枉史进了？思来想去决定再试探史进一次。于是回复道："我不欠你的钱，你这钱跟我要不着。如果你想拿回自己的钱，就不要再像昨天那样满嘴喷粪，同心协力想办法解决问题才是上策。"

"怎么解决？你说。"

"这个平台你很熟悉对吧？"莫晓娜问。

"对。"

"无论我干不干，你都是要继续在这个平台里操作的，对吧？"

"对。"

"所以，无论我怎么不相信这个平台，你其实是非常信任这个平台的，对吗？"

"对。"

"那好，我呢，是肯定不再信任这个平台了，因

为我上次出金就失败了。这次的升级是你要求的，
对吗？"

"我要求的，我为了谁？"史进怒道，"你有没有
良心？"

"好。我承认你是为我好，可以吧？但是我不想做
了，这一点你也很明确，现在问题的症结在于我不相信
这个平台，所以呢，我是绝对不可能再入金的，不如你
想办法完成任务，然后出金后我把钱打给你。我知道你
担心我拿到钱不给你，要么你自己来，当然我知道你是
不敢来见我的，要么你派个代表来，你的人当着我的面
现场入金，我拿现金放在桌面上做担保，大家当面锣对
面鼓地现场操作，一次性两清，所有的费用、损失全部
由我承担。"莫晓娜发完信息不见史进回复，便又追加
了一句，"伦敦到巴黎没几个钱的路费，路费我出也行。
当天来回没问题。你考虑好了告诉我。"

一连两天，史进都没有消息，莫晓娜料定这事不可
能就这么不了了之，果然史进的信息又来了，不过这回
换了个语气："宝贝，还钱了。"

"怎么我前两天说的话你是没看见还是没往心里去
呀？"莫晓娜问。

268

"亲爱的，你能不能念一点点旧情，把我的钱还给我呢？"史进道，"我现在工程出了问题，需要返工，后期的进度款因为工程不合格也拿不到，还要我垫钱进去，我真的是没有办法了。只有你能救我了，宝贝，娜娜，我求你了。"

"我知道你缺钱啊，所以你更不能失去这笔钱呀。"莫晓娜道，"所以你赶紧想办法出金才是王道呀。"

"我已经放了五十万进去，你总不能一毛不拔吧？"

"怎么叫一毛不拔？"莫晓娜不快道，"我的三万美元是纸吗？"

"你那三万美元没有用。升级过程中你难道不是一毛不拔吗？"

"什么叫我的三万美元没有用？真金白银，入了你那个见鬼的平台它就没用了？成了一堆废纸了？"莫晓娜火道。

"说来说去，你就是想要空手套白狼。"史进恼怒道，"你这种女人可真狗。来来来，你学两声狗叫，那钱我就不要了，老子有的是钱。"

莫晓娜见史进又开始要无赖便不再理他。史进等了一会儿见莫晓娜不理自己，又发了条信息过来："你等着，你做初一，我就做十五。我马上就把你所有的照片全都发到网上去。"

莫晓娜见他这样说，气得浑身燥热，按住火气回想了一下自己发给史进的照片，又将自己和史进的通话记录仔细地看了一遍，确信自己没有发过什么离谱的照片，心里这才松了一口气。忽然看见 FB 软件连续发了五六个消息通知，赶紧打开来看，史进居然真的将自己发给他的照片发到了自己的主页上，虽说没什么离谱的照片，但自己的主页是用来做酒店宣传的，这算哪一出？莫晓娜简直要气疯了，连忙将照片一一删除，顺手将史进直接拉黑了，免生后患。史进当然立即就发现自己被莫晓娜拉黑了，马上发信息过来质问："你居然把我拉黑了，为什么？"

"你还问我为什么？"

"好。你拉黑我是吧？你等着。我马上发动我所有的朋友转发你的照片，让你成为网络红人。你给我等着啊！"

第二十八回

史进发帖兴风作浪
晓娜不言以静制动

莫晓娜见史进这样说反倒冷静了下来，多少三线小演员想尽了办法博人眼球，也没见几个成功的，就凭史进拿着几张自己的日常照片，既不露点又不见肉的，就能把自己搞成个"网络红人"？笑话！莫晓娜本也是个嘴不饶人的主，不过是这几年年龄大了，身份地位也不允许自己随意说话了，但此刻被史进气得到底没忍住，干脆发了条针锋相对的语音信息过去："好啊！我倒要看看你到底能作成什么样？我莫晓娜十六岁闯社会，后厨里头街头小霸王提着马刀来找事，我都敢拎着菜刀对砍，我怕你个温室里长大的小花猫？！"

史进听了莫晓娜的信息，自然是气得把莫晓娜的祖宗十八代问候了个遍。随后销声匿迹了大约三四个小时，给莫晓娜发了条信息过来："这下你可出名了。那钱我不要了。贱人。"

莫晓娜看了一声也没吭，她要等着看下面究竟会怎样。不出莫晓娜所料，不论史进怎么折腾，浩瀚网络，他和莫晓娜那点事无异于一滴水落进大海，压根儿就无声无息。

过了两天，史进又开始联系莫晓娜，这回开口便服软，满口讨饶认错："亲爱的，好娜娜，亲娜娜，我错了，都是我的错，我知错了，求你原谅我。我再也不了。求你看在我们昔日的情分上，原谅我这一次，好吗？"

"你知道我为什么没把你从WhatsApp上拉黑吗？"莫晓娜问，"就你在网上干的那些事，我理所当然应该把你全方位拉黑，不是吗？"

"是是是。娜娜你大人不记小人过。我的娜娜最宽宏大量了，女中豪杰。你就原谅我这一次吧，我再也不瞎作了。"史进满口讨饶。

"我不拉黑你，就是不想平白担个拿了你的钱的名声，你的钱我一分也不要。"莫晓娜道，"你要出金我随时配合你，其余的废话一句也不要再说了。除了出金，你也不要再找我了，我也不会再搭理你。"

272

"不要啊！娜娜。我知道错了。求求你了，给我一次改过的机会好吗？我史进对天发誓，我对你莫晓娜绝对是真心的，若有半句谎言，就叫我全家死光光。"

"我不想和你探讨谁对谁错，你还是赶紧想办法出金吧。"

"我真的没有钱啊！娜娜。"史进道，"要不我退一步，你把升级缺的钱补齐，出金的费用由我来想办法。你总不能一分钱也不出吧。"

"还差两万多美元呢，我没钱。"莫晓娜一口回绝。

"没有两万，那一万美元你总有吧？"

"没有。"

"五千。五千怎么样？你出五千，剩下的全部由我负责。"

"没有。我一分钱也不会再往那个坑里填了。"莫晓娜道。

史进没再说话。但是接下来的一个星期，每天早晨莫晓娜只要一开机便收到他的问候："早安，亲爱的。"中午也必定要提醒一句："该吃午餐了，宝贝。"晚上时不时地还要发条忏悔信息："原谅我吧，娜娜。""我爱你，永远永远。"莫晓娜由他去，只是不予理睬。史进终于沉不住气了："宝贝，我们总这么耗着也不是个事啊！还是要想办法出金啊。"莫晓娜见他如此锲而不舍，心里也有点疑惑："他要真是个骗子，有什么必要还在一个已经识破他的骗局的人身上下功夫呢？"于是回复道："想什么办法？反正我没钱。"

史进一见莫晓娜搭腔，赶紧回复："亲爱的，不要一说出金你就'没钱没钱'的，算我求你了，帮我一把，我现在等着这个钱用呢。你找客服问一下，看还缺多少钱？"

莫晓娜心想："问一下又能怎样？还能沾到我身上不成？"于是找客服问道："请问我还需要入金多少就可以完成升级？"莫晓娜原以为客服会狮子大开口，说一个各种罚金累计起来的数字，不想客服回答："尊敬的用户您好，查询到您还须缴纳两万一千八百七十六美元，方可完成我司铂金会员活动，请您尽快完成缴纳，谢谢，祝您生活愉快！"

这倒真是出乎莫晓娜的预料了，没有滞纳金，也没有罚款。平台似乎知道她和史进之间的纠葛，也不给添乱了。

莫晓娜也未多想，直接将自己和客服对话的截图发给史进，史进看了道："亲爱的，多了你没有，三千五千的你总不能也没有吧？多少出点，你也让我心里平衡点。"

莫晓娜见史进这样说，想想也有道理，升级以来自己的确是没再入金一分钱，如果不是骗子，只是个压根就不会处理问题的长不大的男孩，那么他心里不平衡也属正常。于是莫晓娜回复道："三千可以。其余的呢？这回你可把账算明白了，这两万多只是完成升级，出金还要交费的。你别到时候又有新的话说了，我可是真的烦够了。"

"我知道。我比你了解这个平台。"史进道，"三千就三千。你入完我就入，我就求个心理平衡，不然我这心里实在是憋得慌。这次你先入金，前面是我先入的，对吧？"

莫晓娜本想让史进先入，剩余的三千由自己补足，转念一想，唉！两个曾经想要厮守终身的人，现在搞成这样！真是无趣至极！这三千块钱只当是自己拿出来的最后一块试金石吧。于是二话不说，当即便转了三千美元进到平台，随后将入金记录截图发给史进。

"啊？这么快？"史进问。

"快又不好了？"莫晓娜道，"你也赶紧的吧。我帮你要人民币入金账户？"

"哈哈。我的娜娜果然与众不同。"史进打着哈哈，"女中豪杰就是女中豪杰。"

"废话就不要说了。我帮你要账户？入多少？"

"急什么？"史进道，"今天没准备，明天入。"

"为什么展开新一轮的失信？"虽然这个结果也是莫晓娜预料之中的，但她还是忍不住愤怒地质问史进，"不是说好我入完你就入的吗？"

"是啊。我又没说不入。明天，明天不行吗？今天没准备。"

莫晓娜想："也许他的确没想到自己会这么麻利地就入金了，前面的话也不过真的就是说说而已。"于是回复道："好，明天就明天。我等你信息。"

"好的。那今天先这样了，亲爱的。爱你。"史进道。

然而第二天、第三天以及接下来的一周史进都悄无声息，莫晓娜的心终于彻彻底底地死了，再也不抱一丝丝的幻想了。可就在这时史进居然又开始给莫晓娜发信息了："娜娜，还钱了。"

莫晓娜总算完完全全看清了史进的嘴脸，这压根儿就是个不知廉耻的地痞无赖，他这是吃准了自己心中残存的那点幻想了。莫晓娜索性既不点开史进的信息，也不删掉他，她要看看这个小流氓还能耍出什么新花样！史进头两天还"心肝宝贝"地叫着莫晓娜，后来见莫晓娜一直不读自己的信息，不禁恼羞成怒，开始给莫晓娜发各种乱七八糟的下三烂图片视频，莫晓娜一概置之不理，任由史进暴跳如雷。可是到底心里憋得慌，她是个存不住话的性格，这次吃了史进这么个瘪，钱倒还在其次，想想自己居然还打算要跟这种浑蛋天长地久，就觉得如同吞了只苍蝇，而且那只苍蝇还一直卡在喉咙里，上不来，下不去。莫晓娜越想越懊恼，想想还是给苏庆余打个电话吧。于是拨通了苏庆余的电话："庆余，这会儿有空吗？"

"你有事？"苏庆余抬腕看了看表，上午十点，平时莫晓娜若是找她闲聊通常都会选择下午三四点钟或是晚上十点多钟，"你说吧。"

"啊呀！不说要把我给憋死了！"莫晓娜竹筒倒豆子，将自己这段时期和史进之间的是是非非一五一十地说与苏庆余听，"你知道吗？我现在的感觉真的就像是吞了只苍蝇，关键是这小王八蛋还三天两头地发信息恶心我，你说气人不气人？"

"你把他删了不就好了？眼不见心不烦。"苏庆余道，"你都已经准备好那钱打水漂了，还留着他干吗呢？"

"我偏不删。我就是要让他心存幻想，叫他日夜牵挂着这事。"莫晓娜愤愤道，"他如果是骗子，前几天我入的那三千美元无疑让他又看见了希望，他如果不是骗子，他入的那五十万人民币自然更不可能轻易舍弃。"

"那你就别嫌他总恶心你了。"苏庆余笑道。

"反正那小王八蛋发的信息我也不打开，全都骂他自己的。"莫晓娜的性格就是这样，话说出来心里便爽快多了，当下笑道，"我删了他，就等于我真昧下他这钱了，而且万一他不是骗子呢？他出金自然也就把我的钱拿出来了，我不能老做这赔本的买卖呀！上回已经被那个华航的狗屁机长James Wang坑了一把了，这回先不管他真假，好歹拖了个垫背的，我删了他倒是让他死心了，那不是便宜他了？就要叫他日夜惦记着。"

"你要真能把那钱拿回来，你就写本书吧，就叫

《反骗宝典》，保管畅销。"苏庆余笑道。

"要说做两个菜我不打怵，写书我可没那能耐。"莫晓娜笑道，"不过不急，反正已经这样了，我就等着瞧，看他能耗多久，我就不信没个结局。"

二人又说笑了一会儿方才挂了电话。

第二十九回

忆亡夫苏庆余动情
搞装修张老板耍赖

苏庆余挂了莫晓娜的电话，放下手机，坐在沙发上沉思起来。苏庆余不同于莫晓娜，莫晓娜是有事不吐不快，而苏庆余则是什么事都藏在心里，不露声色。其实她和莫晓娜遇到了差不多的情形，几个月前莫晓娜为史进让她入金五万美元的事情烦恼不已给苏庆余打电话的时候，苏庆余那会儿其实也正面临同样的烦恼。

苏庆余在K歌平台上认识了一个歌友，名叫燕青，苏庆余并不确定这是不是他的真名，反正也无所谓，只是觉得他歌唱得好，有几首歌唱得苏庆余真心觉得比原唱还好听，后来加了WhatsApp后燕青发了几张照片过来，苏庆余一下子就被惊呆了。燕青一身戎装，清一色的侧脸照，像极了苏庆余亡夫年轻时候的样子。苏庆余的亡夫也是从部队转业回来的，那一瞬间，苏庆余简直有些恍惚了。如果不是燕青的广东口音，苏庆余几乎忘了他是谁。可惜燕青给苏庆余连唱了几个晚上的催眠曲便也开始谈到数字货币，非要带着苏庆余操练一把，苏庆余从心底里不忍拒绝，何况燕青只让她放一千美元试试而已。但是和莫晓娜的史进一样，一千美元怎么可能满足燕青的欲望呢？当苏庆余面对一千美元的盈利八十六美元而对燕青赞赏时，燕青立刻不屑道："你别拿我当小孩子哄了，这点钱你根本就不可能放在心上的。这样，明天你准备十六万美元，我们好好规划一下。"

"多少？"苏庆余听他漫不经心的口吻，不由得笑道，"燕长官还真是财大气粗呀！十六万美元，说着玩儿似的。我可没这个实力。"

"那你有多少？缺多少？我来。"燕青道。

"你一个当兵的，哪儿来这么多钱？"

"驻港军官谁不炒股？你就别问那么多了。"

"那你就安心炒股好了呀，干吗又做虚拟货币呢？"苏庆余问，"部队允许吗？"

"公开的秘密，大家都心照不宣呗。"燕青道，"不能把所有的鸡蛋放在一个篮子里，这个道理苏总你做了这么久的生意难道不比我明白？区块链、数字货币都是大势所趋，股市、基金根本就不靠谱，我现在要不是港交所有内部消息，早就把港股清仓全都投到数字货币里了。"

"可是数字货币和虚拟货币并不完全是一个概念呀，数字货币是货币数字化，你说的这个是虚拟货币呀，现在好多国家都在打压虚拟货币呀？"

"你放心，数字货币的去中心化特质，绝对就是一块免死金牌。"燕青不耐烦道，"说多了你也不懂，你就赶紧地准备十六万美元，这几天就有行情，别错失良机。"

苏庆余听着燕青说话，心中百感交集，这小子不但长得和亡夫相像，就连性格都神似；霸道，执拗，野性十足，野心亦十足，动辄便要约苏庆余和自己一起打造"银河战舰"驰骋商场。本来亡夫在世时苏庆余烦透了他这样的个性，苏庆余只是生了副柔弱的外表而已，实则也是个争强好胜的性格，两人时常因此而冷战数日；苏庆余一直认为亡夫当日若早听自己一句话，早日急流勇退，一家人怎会像现在这样天人永隔？！如今斯人已逝，这样鲜明的性格特征反叫苏庆余怀念不已。

燕青的言语总能瞬间触动苏庆余内心最柔软的地方，她不忍拒绝，但理智又提醒她：燕青只是个未曾谋面的网友而已。十六万美元，说多不多，说少不少，自己凭什么相信他？何况苏庆余近期也一直在关注区块链行业，由于燕青的出现，更使得苏庆余加大了对数字货币市场的关注度。

苏庆余以为，虽然区块链行业未来可期，但运用区块链技术的虚拟货币则前景堪忧。燕青说的虚拟货币的去中心化特征，虽然是虚拟货币得以被众人推崇的根本所在，但就目前而言，所有虚拟货币的实际操作无一不是中心化的，哪个不是通过交易所进行流转的呢？其实这所谓的去中心化也只是个技术概念而已，并不是虚拟货币的真实存在状态。何况虚拟货币说起来不能人为操控，但马斯克发个推文就可以影响币市行情，这要是换个金融市场早有各种法律法规来收拾"马老板"了，但这币市实际上不过是一盘因利而聚的散沙自发地攒在一起的，哪有人管得了马斯克这样的主？更不要说虚拟货币给多国法定货币所带来的冲击，以及它对于整个的社会经济所产生的负面影响，目前炒得最热的数字货币的始祖比特币究其根本也只是个虚拟的概念而已，即便是各界大鳄们对它的评价也是众说纷纭，各执一词，并无定论。包括那个号称与美元等值的所谓的稳定币USDT本身也是个虚拟的概念，以虚拟的东西来担保虚拟的东西，苏庆余实在想不明白它们的着陆点究竟在哪里？币圈的人总喜欢把虚拟货币和股票或是基金之类的金融产品相提并论，却不知他们是否想过虚拟货币和股票以及基金等金融产品最本质的区别便是虚拟货币缺乏着陆点呀！苏庆余觉得，自己观察了这么久，完全看不出虚拟货币的涨跌和现实生活中任何一件事物有什么实质性的联系，也看不出它们的涨跌能为现实世界带来什么益处，一个不能为现实世界带来任何益处的东西怎么能长久呢？这难道不是违背经济发展规律的吗？

苏庆余暗自琢磨：目前之所以有这么多人热衷于虚拟货币，这一场突如其来却又经久不散的疫情功不可没，实体不景气，各路有志青年手里握着大把的现金流，一时之间又找不到什么靠谱的投资方向，倒不如先在币市里混着。而她，一不是金融界专业人士，不得不去研究这一新生的金融现象；二不是非要靠虚拟货币改变命运的弄潮新贵，有什么必要非得涉足这个自己并不了解的行业呢！以苏庆余多年的从商经验来看，这个行业的门槛实在是太低了，不管你是卖牛肉的还是蹬三轮的，也不管你口袋里有一千块钱还是一万块钱，全都可以随意进入，这样的行业怎么可能长久呢？因此，最终理智还是战胜了情感，苏庆余声称自己没钱，燕青气得一连几天都不理苏庆余，苏庆余正好也为酒庄装修的事情心烦，哪有心思去理会燕青的小脾气！

当初买那酒庄，虽说正是苏氏夫妇事业鼎盛之时，不差钱，但归根结底还是因为苏庆余夫妇都以为销售不是问题，只以现有产业的上下游相关企业便可将所有产出全部消化掉，而且还可以酒庄为据点，为将来开拓欧洲市场埋下伏笔，否则苏氏夫妇皆是商界精英，怎会凭空买一座与自己的主业毫无瓜葛的酒庄呢！因此，对于酒庄出售时的资产状况并不十分在意，要的只是这个名目而已。但人算不如天算，从2014年开始，国内的政治经济政策都发生了翻天覆地的变化，苏氏夫妇的国内企业更是化为乌有，而且酒庄在苏庆余手上强拖了几年后，各种弊端开始一一显现出来。葡萄苗大量缺失，土地急需平整，各种地上地下的设施管道皆已老化，机械设备电路管线的更新维修也是刻不容缓，酒庄的主堡更是亟待修缮，否则极有可能会屋顶塌陷。苏庆余只得让酒庄的留学生联系装修公司先将主堡修缮好，毕竟那是酒庄的脸面，若真塌了，以后无论是找人合作还是想要出手可就都没了卖相。

于是那中国留学生找了家巴黎的华人装修公司，又找了家波尔多的法国装修公司，法国公司的报价是一百二十万欧元，华人公司的报价是八十万欧元，苏庆余当时初到法国，失魂落魄之际，能强撑着不露声色地继续经营酒庄已属不易，又加上那留学生的父亲乃是亡夫故交，所以听那姑娘一番言语，说是华人公司之所以价格相差这么多，主要是因为他们偷偷地用了不少黑工，所以这差价主要差在劳工保险上，但是他们保证所有现场施工人员全都是买了劳动保险的，让苏庆余放心；苏庆余之前手上流转的时常都是上千万的美元，哪里将这点装修款放在心上呢？于是大致看了一下两家的工程预算表，便同意由那姑娘做主和华人装修公司签了合同。

谁知这一纸合同拖了苏庆余将近三年之久。而那个留学生签完合同不到半年便辞职不干回国去了，苏庆余后来又陆续用了龚家川和赵双，皆很快便与那家华人公司的张老板称兄道弟，帮着张老板一起向苏庆余诉苦，说预算太少了，现在工程没办法往下进行了。要想按照合同价格施工，那工期就得不到保证，因为黑工要防备法国宪兵队的检查。后来，那张老板也不知从哪儿得知了苏庆余国内的事情，大喜，直接给苏庆余打电话说："苏总，你们国内的事情我都知道了，我也不想欺负你孤儿寡母，你给我加十万欧元，我一个月之内就帮你完工，否则我的那些工人他们可都是些粗人，脾气都不大好，他们拿不到工钱，就要去拆东西的。到时候我也未必管得住他们。"

"好啊。"苏庆余一声不吭听张老板说完，淡淡道，"我知道了。"说完便挂了电话。她知道那张老板当年偷渡到法国，在法国黑了整整十年，后来因为法国大选，他住在93省，候选人为了拉选票放宽了93省的居留卡发放政策，他才得以有了一页合法居留的纸张。他到苏庆余酒庄干活的时候，都还没有正式居留卡，只有一张三个月有效期的临时纸张而已。所以苏庆余断定他绝对不敢乱来，更何况苏庆余也到现场和工人聊过天，拉过家常，知道他们中只有一个人是有合法身份的，那人是个吉林的朝鲜族人，冒充韩国人要求政治避难才混了一张难民证。所以，谁敢惹事？苏庆余也是个倔脾气，吃软不吃硬，张老板威胁她，她岂能示弱？自己如今孤身一人，带着个未成年的儿子，若是让人欺了一次，就难保不会有第二次、第三次，所以她绝对不能开这个任人宰割的头。

果然不出苏庆余所料，张老板狠话说完，等了一个多月，不见苏庆余有什么动静，便又开始耍起新花招，找了个小兄弟三天两头给苏庆余发信息，先是各种污言秽语，见苏庆余不予理睬，突然有一天开始发信息询问苏庆余儿子的情况："怎么样？小朋友上学都挺好吧？"彼时儿子尚小，苏庆余一下子便慌了神，赶紧跑到警察局去报了案，又找了律师正式给张老板发了律师函，告知张老板他的行为已经构成了恐吓罪。那张老板其实也不过就是想欺负苏庆余孤儿寡母。见苏庆余真报了警，找了律师也便尿了。只是活儿干得就没法看了，而且只让一个工人在现场敷衍着，故意叫苏庆余没法使用，当年的合同上虽写着工期，却并未写明逾期的具体罚则，所以苏庆余竟是拿他无可奈何。只好气得将工人撵走，剩余的活儿再重新找人来做，可是因为当初张老板他们屋顶的瓦没换，几年下来由于屋顶渗水，室内的装修多处毁损，各种污渍斑斑，只能再找人重新装修了。

正好行业协会出台了新的环境标准，装修工程便不仅是室内装潢了，还涉及车间及其他作业环境的改造，找了几家装修公司，反复折腾了一年多，总算定下了装修方案，未及开工疫情便开始了，一拖就是两年，之前定好的那家装修公司没能扛过疫情期间的经济萧条，居然关门大吉了。苏庆余让赵双联系一下原先参加竞标的几家公司，竟然只有一家还在苟延残喘。无奈，只得开始寻找新的装修公司，近日赵双给苏庆余发了几份报价单及具体的预算表过来，苏庆余想起往事怎能不烦？！

这当口燕青和他耍脾气，她哪有心思理他？不过燕青这回可是真沉得住气，连续十天音信全无。苏庆余不由得暗自叹息，这种网络恋情，真如春风拂过，来得快去得疾，仿佛"人间方一日，网络已千年"。自己还是把那一千美元的本金取出来拉倒吧。于是登录到平台，找到客服，要求出金。客服也不多话，履行完程序就让她耐心等待节点审核。

谁知苏庆余前脚申请完出金，后脚便看见燕青的信息："红笺小字，说尽平生意。鸿雁在云鱼在水，惆怅此情难寄。部队里的生活更像是一种隐姓埋名的过渡，寄托着有朝一日出山时可以风光无限，震惊世人，现在想想真是无情又幼稚。人终归不是机关器械，不可能永远保持着冰冷的运转，军人有血有肉更有自由的灵魂，这些都是管束不住的。我在这军营之中，如同偷食禁果的亚当夏娃一样，伊甸园再美也留不住我终将要奔向你的心，无须一再拷问自己的灵魂，因为我身体的每一个细胞都在为你颤抖，连假设都显得多余……"

苏庆余的心顿时便软了，却故意调侃道："燕长官今天画风突变呀！"

"难怪孔子说：唯女子与小人为难养也。全然不管我的死活，你就不能发个信息问一声呀？非要我这么不争气地找你你心里才爽呗？"

苏庆余原本打算和燕青就这样不了了之，相忘于江湖了，可是一看见燕青的头像便狠不下心来不搭理他，于是回复道："你天天活蹦乱跳的，我问什么呀？"

"你怎么知道我天天活蹦乱跳的？我也是人，也会生病的。"

"你在部队里，难道没有军医吗？"苏庆余道，"有病治病就是了。"

"你这个女人，难道你的心是大理石做的吗？"燕青气道，"我为你喝得都吐了血，你居然无动于衷？！

我手机关机好几天，我原以为一开机满眼都是你的嘘寒问暖，看来是我想多了，太拿自己当回事了。"

苏庆余一听燕青吐血，哪里还有耐心一个字一个字地发信息，立刻便打了个电话过去，但是燕青并没有马上接听。苏庆余看他没接电话，吃不准他那边的情形，也就不再作声。不一会儿，燕青便打了电话过来，苏庆余赶紧问："究竟怎么了呀？"

"没什么。挂完这瓶就没事了。"燕青说着发了张高高悬着的吊瓶的图片过来，"就是喝多了，胃出血。"

"为什么喝那么多呀？"

"为什么？你说为什么？为你。"燕青愤愤道。

苏庆余叹息道："真是瞎作。拿自己的身体开玩笑呀？部队怎么能让喝成这样呢？！没有组织纪律的呀？！"

"晚上在炊事班偷喝的呗，反正也是公开的秘密。"燕青漫不经心地说，"没事，死不了。我结实着呢。就是喝成这样有可能要挨处分了。唉！不提了。没关系的。我燕青为了你苏庆余死都愿意。"

"呸呸呸，什么死呀活呀的，胡说八道。"苏庆余连声"呸"道，"我不要你死，我要你好好活着。"

二人算是重归于好，苏庆余怕燕青不开心，也没敢提自己私下出金的事，而且之前每次苏庆余问客服，客服总是说节点审核中。苏庆余也就将出金之事撂到一边不再询问。心里盼着燕青再也别提入金的事了，可是两人好不过二十四小时，燕青便又旧事重提。二人就这样时好时坏，一直拖延到今天。苏庆余听了莫晓娜的事不禁心有所感，她如今是既想燕青给自己发信息，又怕他发信息，因为她知道不出三句话燕青必定又要问她入金的事，只要一谈到这个话题两人必定是不欢而散，她是真心不想让燕青从自己的生活中消失。

第三十回

燕长官冲动强入金
小红书账号泄天机

　　然而要来的终归躲不过。这天燕青找苏庆余，几句寒暄过后便忍不住又问她入金的事。苏庆余依旧说自己没钱，而且眼下正是采摘季，处处都要拿现金交易，否则工作进度就会被拖延；苏庆余说的也的确是实情，酒庄说起来名头响亮，其实究其根本，到底还是农业产业，是要靠天吃饭的，酿酒的葡萄又生得格外娇贵，错过了时辰采摘，后期的酿造品质就会受到影响，再加上今年的鸟患未除又发现了野猪的踪迹，所以各家酒庄更是急着要将葡萄入窖为安。而酒商们通常都在这个时候趁火打劫，知道各个酒庄正是用钱之季，故意压低酒价，没点底子的酒庄便只好低价销售库存甚至期酒。苏庆余不肯压低酒价，酒庄资金周转不过来，苏庆余无奈，只得卖了自己的个人保险给酒庄救急。

　　苏庆余将酒庄运营的实情告知燕青，燕青却是不信，以为苏庆余在哭穷，故意推托，只是不愿意与自己合作，于是又一次追问苏庆余差多少钱？无论差多少，他都愿意借给苏庆余。这话燕青之前说过不止一次，但苏庆余怎么可能要燕青的钱呢！更何况她知道燕青所指并非酒庄运营的资金缺口，他所说的是他要求的十六万入金金额苏庆余还差多少，苏庆余觉得他简直不可理喻，气道："燕长官，我是个商人，我是绝对不可能置企业于不顾，拿钱跟你去玩那什么虚拟货币的。"

　　"这怎么能叫玩呢？"燕青听了苏庆余的话气愤不已，"我这是在帮你，你明不明白？你把钱放进平台，明天就可以取出来，你的资金缺口马上就可以得到解决。你不要跟我说你没钱，没钱，我不相信。你说你差多少？三万？五万？还是十万、八万？还是几十万、几百万？你说个数。"

　　苏庆余听了不禁气得笑了起来："拜托，能不能别把话说得没边没际的？你要的一共只有十六万。"

　　"对呀，一共就只有十六万而已。"燕青笑着刻意将"只有"二字加重了语气，"苏苏，你就依了我这一次好吗？我就想帮你，就想让你看看我的能耐。"

"我知道燕长官文武双全。"苏庆余笑道，"可是我要跟你说多少遍你才能明白呢？我没有闲钱。没有。"

燕青闻言气得"啪"地挂断了电话，但是随即便又发了信息过来："苏苏，你看这样好不好，我帮你出一半。无论你入金多少，我都帮你出一半。也就是我入多少你就入多少，我先入。赔了算我的，盈了你再还我本金，这样还不行吗？"

"一半就是八万，那我也没有。"

"没有八万，那就少一点也行。两万美元你可别跟我说你也没有。"燕青不快道，"我现在就帮你入两万美元。怎么样？"

看了燕青的信息，苏庆余脑子里突然就闪现出史进和莫晓娜的事来，史进还把身份证和护照都发给莫晓娜看了，最后两人还闹成这样；自己对燕青只知道他祖籍泉州，如今孤身一人，妻子开车出了车祸，父母、儿子当时都在车上，无一幸免，至于其他情况每次自己想问他些什么，他都说驻港的军队要求严格，不允许泄密，搞不好要上军事法庭的，既然他一再要替自己入金，那不妨以此为试金石，至少也能试出他究竟是不是个骗子。想到这儿苏庆余心里有了主意，回复燕青道：

"好。"

"你给我你的电子邮箱地址和电话号码，我现在就先转两万美元给你。"燕青立马道。

"有电子邮箱地址和电话号码就能汇款？"苏庆余疑惑道，"不需要向客服索要入金的账户吗？"

"不需要。"燕青道，"我和你在同一个平台里，要什么入金账户？只需要你的电子邮箱和电话号码就可以了。快点给我。"

苏庆余心里将信将疑，但还是把电子邮箱的地址给了燕青，道："我就只有那一个电话号码，你知道的呀。"

不一会儿，苏庆余便收到了平台发来的邮件，通知她有人给她的账户里转了两万USDT，要她去领取一下。苏庆余登录平台询问客服，果然只几秒钟时间她的平台账户里便多出了两万USDT。苏庆余赶紧截图发给燕青，燕青说了声好，随即便又转了三万USDT到苏庆余的账户。苏庆余看着自己账户里凭空多出来的五万USDT，登时羞愧起来，懊悔自己不该怀疑燕青，也顾不上发信息了，慌忙给燕青打了个电话，一五一十地告知燕青，自己此举只是为了试探燕青真伪，如今看来实在是自己以小人之心度君子之腹了，又反复道歉说自己不该如此这般，让燕青赶紧给自己一个退款的途径，即刻便将钱完璧归赵。

燕青听了苏庆余的话勃然大怒："不行。你答应过我，我出多少你出多少的，不许变卦。就算后来的三万是我自己入进去的，那你也要入两万美元进去，必须要和我一起操作一次，兑现你自己的诺言。"

苏庆余只能又再三道歉，说自己不该试探燕青，让燕青赶紧把邮箱地址和电话号码告诉自己，以便尽快将款项退还。燕青哪里肯罢休，只是一味地盯着苏庆余入金，苏庆余不禁心下有些起疑，但是自己的账户上明明白白地躺着燕青的五万USDT，苏庆余一时竟也拿不定主意，想起莫晓娜当初推托史进的话来，只得拿过来搪塞燕青道："我的银行卡有限额的，这个月的额度用完了，等我看看再说。"燕青虽然并不十分相信苏庆余的话，但估计今天也论不出个子丑寅卯，只得暂时先作罢。

这一回燕青竟然连续半个月对苏庆余不理不睬，而且这期间苏庆余的一千美金居然出金成功了，不由得苏庆余不在心里暗自揣测，也许真的是自己多心多疑了，燕青实则真是一片赤子之心，只一心想要讨好自己，只是性子太急了些，又长年待在军营里，未免不太会婉转表达。苏庆余越想越觉得燕青难得，却又拉不下脸来先去联系他，便打开燕青的主页，听燕青的歌，她知道系统会通过"最近听众"通知燕青自己到访的。苏庆余一边听着燕青的歌，一边看着主页上的照片一张张翻过……突然苏庆余看见其中一张照片的右下角上写着一行小字，苏庆余忙点开相册，将那小字放大，原来是一串"小红书"账号。苏庆余暗自奇怪，将那串号码复制下来，上网下载了一个"小红书"软件，输入号码，立刻便搜索到一个名叫王虹的账号，不用打开，只看头像苏庆余便一眼认出是燕青。

苏庆余的心忍不住"扑通扑通"地跳了起来，她点开王虹的主页，满眼都是燕青的照片，当然也有燕青放在K歌主页上的那几张穿军装的照片，一阵燥热由苏庆余的心头涌起，苏庆余只觉得两颊发热。她将手机放下，深吸了一口气，拿两个无名指沿着眉骨细细密密地重重地按压了两遍，又用拇指在太阳穴上重重地揉按了几下，心里方才渐渐地平复了些许。

苏庆余这才重又拿起手机，将那王虹所有的信息仔仔细细地看了一遍，那王虹给自己的每组照片都配了文字，那组着军装的照片上配的文字是："不忘初心，牢记使命。"下面还有一大段文字说明："退伍三年了，马上要国庆了，一直想拍一组军装照致敬伟大祖国生日，顺便记录之前的军旅生涯。因为工作太忙了，拖到了2号，今天拉着好朋友摄影师（小麦、于总，还有公司同事）一定要拍出好看的片子。下午三点钟，跑到公司楼顶天台，带上我们先进的装备（佳能80D）准备就绪直接冲了！效果还算理想，可能军装就是男人这一辈子最帅的衣服了吧，所以出片也比较高。（如果男孩子有刷到我，希望能真的去试试当兵哦，当兵后悔两年，不当兵后悔一辈子！）一身军装，一生魂！"就冲着这一大段自白，苏庆余便已然心知肚明，这王虹才是这些照片的真正主人。

苏庆余的心像是坠入了无底的深渊，她觉得手心微微发麻，头有些昏昏沉沉。她又一次深呼吸，按压自己的眉骨和太阳穴，她真想立刻马上就给燕青打个电话问个究竟，但是她忍住了。问了又能怎样？燕青并未骗走自己一文钱，反倒是自己套住了他五万美元在平台里。

"唉！"苏庆余长长地重重地叹了口气，仿佛是要将对燕青所有的情怀全都一口气吐尽，吹散。情愿这是一场梦！但世上事真就这么巧，似乎真有一只天眼在窥视，一只天手在拨弄，燕青的信息偏偏就在此刻发了进来："你可真行！我燕青谁都不服，就服你苏庆余。我不理你，你也就不理我呗？"

苏庆余只当没看见那条信息，起身去弹琴，可是心不在焉，哪能成曲？终究还是忍不住问道："你究竟是谁呀？"

"什么我是谁？我是谁难道你不知道？"燕青回复道。

"你这七十二变的，我除了知道你叫燕青，别的一无所知。"苏庆余冷笑道。

"七十二变？我倒真想像孙悟空一样会七十二变。这样我就能飞进你的肚子里看看，为什么你这么铁石心肠？我对你是掏心掏肺又掏钱，为什么就不能感动你一点点呢？你就入两个钱跟我操作一次会怎样呢？难道你的钱是金子打的？看得那么重？我的世界全都可以给你，你为什么就不能让我如一次愿呢？这件事情现在就是我心里的一个坎儿，我就是过不去。"

苏庆余心中气恼，自语道："嘴真硬呀！真是不见棺材不落泪。"说着将从小红书上截来的王虹的视频和照片一股脑地发了过去。不一会儿，燕青发了条信息过来："你是真能折腾呀，居然能把我以前微博里的照片都找出来。"

"这样居然还有话说？"苏庆余气得打字的手都有点打战，"燕青，你就不能说句实话吗？你究竟是谁呀？"

"我就是我，别人盗用我的照片我能怎样？"

"好好好，既然是别人盗用了你的照片，照片底下有他的账号，你快去找他聊聊吧，看看究竟谁才是那个六耳猕猴。"苏庆余懒得打字，发语音冷笑道。

"我干吗要去找他谈？他乱用别人的照片自然有法律会处罚他。"燕青也发语音道，"我就知道你不相信我，所以才一直找借口推托。"

"你让我怎么信你？"苏庆余气道。后面的话到了嘴边又咽了回去："如果你这个人都不是真的，那所谓的入金谁又知道是不是障眼法呢？"但是她也不能确定燕青入金的真伪，所以这话也就没有出口。

"你爱信不信。"燕青说完便再不说话。

苏庆余气得怔怔地坐在沙发上，想了想把王虹和燕青的照片和视频全都删了拉倒，正删着呢，黄蔓的电话打了进来："苏姐，好久没见了，忙什么呢？"

"瞎忙呗。"苏庆余随口敷衍道，"没什么正经事，你呢？"

"我都快憋死了。"黄蔓道，"你疫苗打了没有呀？我两针全都打完了。"

"我也打了呀。"

"那我们要不要出去逛逛呀？"黄蔓笑道，"不然这疫苗岂不是白打了？"

"想去哪儿呀？"

"我也不知道，就是实在憋得太难受了。"黄蔓笑着说道，"我这种白脚花狸猫，整天跑着不嫌累，闲着浑身骨头痛。要不我问问娜姐，看看她有没有什么好去处？"

"行。你问问吧。"苏庆余心不在焉地边说边在手机里继续查找燕青的照片。

第三十一回

黄蔓趣谈脸书网友
晓娜戏说不朽妖精

莫晓娜接到黄蔓的电话马上说："你不打我电话我这两天也正想着要打你俩的电话呢。要不，你俩今晚过来一起吃晚餐呗，见了面再好好商量。早点过来。"

"好呀好呀。"黄蔓连声答应，"我给苏姐打个电话，要是她有空的话，我们就下午五点半过来好吗？"

"四点半好了。早点。"莫晓娜道。

黄蔓答应了莫晓娜便约苏庆余，两人下午四点半便到了莫晓娜的酒店。莫晓娜刚好健完身，运动服还没来得及换，见她二人已到，笑道："接了两个电话，所以今天结束得有点晚了，一起上楼吧，我先冲个澡。"三人说笑着进了电梯，黄蔓见莫晓娜一身的汗，笑道："娜姐你这个样子我想起最近在网上遇到的一个笑话来。"

"什么笑话？快说来听听。"莫晓娜笑道，"我可有一阵子没什么事可开心的了。"

黄蔓道："我最近也在脸书上开了个账户，拿苏姐你的酒做了头像，然后又在里面放了几个你们酒庄的小视频，结果你们猜怎么样？"黄蔓说着自己先已笑作一团。

"每次都这样，人家还没笑，你自己先都笑完了。"莫晓娜笑道。

"好，我不笑我不笑。"黄蔓忍着笑说，"有个女的加我好友，我接受了以后，她就问我：'你是哥哥还是妹妹呀？'我就说：'我是姐姐呀。'她说：'我不信。你敢跟我视频吗？'我想：我神经病呀？我干吗要跟你一个陌生人视频呀？所以我就说：'我害羞，我不喜欢视频。'她说：'你一个大男人害什么羞呢？'我问：'美女，你从哪儿看出我是个男人的呀？'她就说：'哪有女人的FB主页上全都是酒的呀？'接着又说，'我们交换一下照片怎么样？'我说：'不要吧？'她说：'好吧，那随你喽。'当天晚上，她说她在美国嘛，所以我们晚上她那儿是早晨呢，'刚晨练完，出了一身的汗，好爽！'然后就给我发了一张带着汗珠子的胸部特写的照片过来。"黄蔓说到这儿再也忍不住了，哈哈大笑起来，"真该让她看看我们娜姐的，看她还嗫瑟不？"

"我说呢，怎么就看见我想起一个笑话来呢！原来根源在这儿哪。"莫晓娜笑道。三人说着话早已进了顶层的套房，莫晓娜边脱衣裳边笑道："她这是真把你当'哥哥'了，打算色诱你呢。你俩先坐会儿，咖啡、茶，自己动手，我冲个澡。很快。"

黄蔓转脸对苏庆余笑道："苏姐，你喝什么？我来烧水。"

"这个点，我哪敢喝什么！除非晚上不想睡觉了。给我一瓶水就好了。"

"我是生嚼咖啡豆都没关系。"黄蔓笑道，"我先烧壶水。"黄蔓说着走近卫生间的门边大声问："娜姐，你喝什么呀？"

"帮我泡杯茶吧。谢谢。"莫晓娜在里面高声应道。

黄蔓一边烧水一边笑道："你知道吗？苏姐，今天早晨才气人呢，平白无故地惹了一场气。"

"怎么了？"

"真是林子大了什么鸟都有，前几天有个男的加我好友，我就接受了，他说他是在香港开咖啡店的，聊了没两句就跟我要微信账号，我不给他，他就把他自己的账号信息留给我了，然后过了两天突然问我：'我等了你整整两天，你为什么没有加我的微信呢？'我心想：你是谁呀？你让我加我就加呀？所以我就回复他：'是啊，没加。你有话在这儿说也一样。'他说：'那好吧。'然后一连几天也就打打招呼而已，今天早晨也不知打哪儿想起来问我结婚了没有？我说我儿子马上都快考大学了，然后我就随口说等他上大学我就彻底解放了。他就说：'当父母的永远也解放不了。'我就开玩笑说：'你那是中国家长的思维模式，我们法兰西人民可不这么想。'"黄蔓边说边给自己冲了杯咖啡，替莫晓娜泡了杯茶，又帮苏庆余拿了一瓶水，"结果你猜他说什么？"

"说什么呀？"

"他说：'哎呀，那我跟法兰西人聊不到一块儿，你们太高端了。'我当他开玩笑呢，结果他接着又说，'你作为一个中华人民共和国公民，为什么要说自己是法兰西公民，我看你的字里行间处处都透露着一股优越感。你觉得自己很了不起吗？'我一听这话就火了。"

"怎么？谁敢惹你发火啊？"莫晓娜拿浴巾包着头发出来了，"哪个是我的水呀？"

"这么快？"苏庆余将莫晓娜的茶杯往前移了点，问她。

"就冲一把，不然浑身汗，不舒服。"莫晓娜端起杯子答道，抿了一口茶水问黄蔓："谁惹你了？"

黄蔓于是把前面的话又重复了一遍，莫晓娜问："那然后呢？你说什么呀？"

"我就直接给他发语音了呀！"黄蔓笑道，"我哪有那个耐心跟他打字呀！我就说：'Oh，my God！我只是顺着你的话开个玩笑而已，您犯得着这么上纲上线吗？'结果你们猜他回我什么？"

"什么呀？"莫晓娜边拿浴巾擦头发边随口问道。

"他说：'你才出去多久？我从小在香港长大，接受的资本主义教育要比你早得多，多得多，我在英国待了三年，在美国待了五年，我从来也没觉得自己有什么可高人一等的。我觉得人家法国人都是彬彬有礼的，从来没有人讲话还掺个英文的这种土鳖说法的。OK？'我刚想问他那你这OK是哪国语呢？结果他又发了一条语音过来说：'I am sorry，I don't know.'"听到这儿莫晓娜和苏庆余忍不住都笑了起来，黄蔓也接着笑道："我想这什么人呀，我还是别招惹他了。于是我就说：'好，我土鳖。再见吧您哪。'结果他居然不依不饶，说：'我听见你说自己是法兰西公民好气。'我也懒得再跟他说了，就回了句：'别说我没说自己是法兰西公民，就算说了，您还是消消气吧，素昧平生，有什么可气的，荒唐！'他就回我：'可能是我太冲动了，各人有各人的活法吧。祝你幸福。'我看了都觉得好笑，但还是回了他一句：'谢谢，你也一样。'结果他又回了一句说：'恐怕不能够了，我这人死心眼。'我想我跟你不过道了几天早晚安罢了，这口气就像是终身幸福被我给毁了似的，我快撤吧。"

莫晓娜笑道："可不是吗？人家在英国待了三年，在美国待了五年，又是在香港长大的，你一句法兰西公民把人家原先内心潜藏的优越感全毁了。怎么能不生气？不过好在总算是把真实身份暴露了一下，要不然不得憋屈死？你这土鳖，不好好说话，干吗要说my God？"

"Oh，my God！我说的是法兰西人民好不啦？不过就是句顺嘴的玩笑话而已。再说了，我说句my God怎么啦？他不也说OK了吗？"黄蔓笑道，"my God就是土鳖，他那OK就是洋鳖呗？"

莫晓娜、苏庆余都笑了起来。莫晓娜道："待会儿想吃什么呀？横竖不能把你当老鳖给蒸了。"

"还早着呢，先不急着说吃的。"黄蔓笑道，"你们第二针都打完了吧？"

"我早就打了。"莫晓娜坐下道，"我们服务行业，不打也不行啊。庆余呢？"

"我上次在网上约完不就告诉过你了吗？"苏庆余对莫晓娜笑道，"这么快就忘了？"

"对对对，你在我后面一个星期。"莫晓娜笑道，"老了老了，记忆力衰退了。"

"娜姐，就你这样你说三十几岁绝对有人信。"黄蔓看着莫晓娜笑道。

苏庆余闻言扭头看莫晓娜。莫晓娜刚洗完澡，脸上全无脂粉，头发半干不干，原本是披肩的长发，但她就是喜欢非洲人狮子头的造型，烫得密密麻麻的卷，所以头发就全都卷曲缩起来，变成了齐耳的短发。平时莫晓娜要么戴只发箍，要么用个顶夹从后面夹住，现在头发没有干透，莫晓娜胡乱地用一个大的抓夹拢在头顶，有一缕刘海垂了下来，挂在额头，浅褐色的头发衬得莫晓娜尚未褪去洗澡时的潮红的脸颊格外白皙。莫晓娜身形高挑细长，宽肩窄腰，又颇喜欢Fendi 和Maxmara的衣裳，平时看上去法国风十足；因为从未发过胖，更未生过孩子，平时还坚持运动，因此不但身材若干年来几乎没有任何变化，就连脸上的皮肤也紧紧地贴服在骨架上，虽然眼角已不再润滑，即使不笑也能看出些许细纹，但这些必须是绝对近距离才能看得出来，而且还必须是像今天这样全素颜的状态下。

"以后有人打听年龄，就说姑娘今年二十八，找到了对象还没成家。"苏庆余笑道。

"夸张。"莫晓娜开怀大笑道，"托你俩吉言，我争取做个不朽的老妖精。"

"不朽的老妖精，这个形容词好。"黄蔓笑道，"我喜欢。我也要努力努力再努力，努力成为一名不朽的老妖精。"

"不过说真的，其实像我们这种长脸形的人实际上是容易显老的。"莫晓娜对黄蔓道，"像庆余这种小圆脸才比较扛老。"

"还真是。"黄蔓点头道，"苏姐这脸型呀，一辈子都像个小天使，惹人怜爱。"

"净瞎扯。"苏庆余忍不住"扑哧"笑了出来，刚好喝了一口水，赶紧抽了张茶几上放着的面巾纸捂着嘴，"这都不叫夸张了，你这叫肉麻好吧？差点没把我给呛着了。"

"实话实说，好不啦？"黄蔓笑道，"娜姐你说呢？"

"完全同意。"莫晓娜故作严肃道，"绝不夸张。"又转脸对苏庆余笑道，"不过真心话，庆余，你可真像是长生不老的感觉，和我刚认识你的时候没有一点变化。那叫什么来着？珠圆玉润。对，珠圆玉润这个词就是为你而生的。"

"精辟。"黄蔓竖起大拇指点头笑道，"苏姐这皮肤、这身材，什么前凸后翘之类的形容词都太俗了，还是娜姐会说，珠圆玉润，实在是太恰当了，连什么肤若凝脂都免了，全都有了。天使的面孔，魔鬼的身材，说的就是苏姐你呢。"

"快打住吧。"苏庆余笑道，"我们来是干吗的？赶紧说点正经的吧。"

"怎么不正经？这也是正经话呀。"莫晓娜笑道，"先把菜订了吧，楼下好先预备着。"

"我随便的，你看着安排就好了，晚上真心也不想吃什么。"苏庆余道。

"我什么都行。"黄蔓笑道，"反正娜姐你家的菜哪个都好吃。"

"新来的意大利厨师，要不今晚就跟着楼下一起吃意大利菜吧？"莫晓娜问道。

"好的，好的。"苏庆余和黄蔓不约而同连声答应。

"那行，我也不用特意关照他们了，待会儿饿了就直接下楼吃好了。"莫晓娜道，"对了，是下楼去吃，还是让他们端上来呀？"

"楼下人要是不多，我们就下去好了，省得端上端下的麻烦。"苏庆余道。

"行。那待会儿再说吧。你俩现在不饿吧？"莫晓娜问。

"才几点钟呀？"黄蔓笑道，"不饿。还是先研究研究去哪儿浪吧。"

"我一直想去普罗旺斯看薰衣草，年年都阴错阳差没去成，要不我们去趟南法怎么样？"莫晓娜道，"现在出国还是不方便的，只能在法国境内逛逛了。"

"好的呀。我反正是只要不宅在家里就好。"黄蔓笑道，"都快要宅得长毛了。疫苗也打完了，总不能白打呀。对了，我那天打第二针的时候还碰到两伙游行队伍打起来了，一伙赞成打疫苗的，一伙反对打疫苗的。真不知道有什么可反对的，打一针总比死了强吧？"

"你这是我们中国人的想法，人家法国人可不这样想。"苏庆余笑道，"人家的立国之本就是Liberté，Égalité，Fraternité，人家争的并不是打疫苗这个行为本身的对与错，而是无论什么事，谁也不能强迫谁。"

"那也犯不上两伙人打起来吧？"黄蔓笑道，"各抒己见、百花争艳、百家争鸣才是真正的Liberté，Égalité，Fraternité呀。"

"这可不就争上了嘛，不过就是表达的方式有些激进呗。你可别忘了法国的国鸟是雄鸡，生性好斗，与天斗，与地斗，与人斗，其乐无穷。"苏庆余道。

"其实那些人反对的并不仅仅是针对疫苗，主要是反对使用健康码。"莫晓娜道，"现在不是没有打完疫苗的二维码，所有的餐馆酒店都不让进吗？是反对这个呢。意思是侵犯人权了呗。待会儿连人都没了，还论什么权呢？不过也许是快要大选了，各路政客借题发挥一下也不一定。"

"难说。反正法国人罢工、游行、vacances，日常三部曲。前两项我们就不掺和了，vacances还是要的呀。"黄蔓笑道，"南法就南法。苏姐呢？你有什么想去的地方吗？"

"我无所谓。暂时也没什么特别想去的地方，就去南法好了。"苏庆余道。

"哎，要不这样，我们先去庆余你的酒庄玩几天，然后再去普罗旺斯，反正是出门一趟，索性玩个痛快。怎么样？"莫晓娜问苏庆余，"酒庄那边方便吗？"

"有什么不方便的？！"苏庆余道，"你们定好日子，我让他们把房间收拾好就是了。"

"那是最好了呀！"黄蔓笑道，"我可真是好久都没去苏姐的酒庄了。"

"别说你没去了，从疫情开始我也没去过呢。"苏庆余笑道，"你们都把时间安排得充裕点，这回去了多住几天。"

三人说说笑笑，确定了出发的日期。晚饭后，苏庆余说吃太饱，不想坐黄蔓的车，要走回去。莫晓娜道："正好我也有点撑得慌，咱俩一起沿着河遛一圈吧。"黄蔓便开车自去了。

第三十二回

燕青余情举棋不定
刘青伤情苦不堪言

苏庆余和莫晓娜沿着塞纳河慢慢地往铁塔方向走，虽是盛夏时节，可是巴黎的气候最大的好处便是过了傍晚天气便开始凉爽下来，并无半点暑气，河边更是凉风习习，往日河面上川流不息的Bateau-Mouche都不见了踪影，只有几条可以用餐的游轮空落落地在水面上缓缓地行进，船上飘来一阵阵悠扬的乐声；岸边的河堤上三三两两地坐着些许纳凉卖呆的人。落日的余晖洒在不远处的埃菲尔铁塔上，把铁塔映衬得如同玫瑰金铸就一般。忽然铁塔通体闪烁起来，苏庆余抬腕看了看表，道："都十点了。要不你回去吧，我就不陪你再往回走了。"

"没事。现在天黑得迟，这么早回去也是睡不着的。"莫晓娜道，"我多句嘴哦，你是不是有什么心事啊？我看你今天有点心不在焉啊。我们都是孤身海外，认识也不是一天两天了，我有事从不瞒你，你是遇到什么难事了吗？"

苏庆余闻言停下脚步，望着河面愣了会儿神，幽幽叹了口气，苦笑道："是啊，是有点麻烦。"

"什么事啊？"莫晓娜问，看见前面有个长凳，便拉苏庆余过去坐下，"来，跟我说说。"

两人坐下，苏庆余将燕青的事一五一十说与莫晓娜，"我现在也吃不准他究竟是个骗子，还是真就是一片赤子之心，真心待我。"

"你这事啊，叫我说就是当局者迷。"莫晓娜道，"先别去管他究竟是何方神圣，长相如何，管他是孙悟空还是六耳猕猴，首先应该弄清楚他入金真假。你说对不对？"

"对是对呀，可是怎样才能弄清呢？"苏庆余蹙眉道。

"当然是出金呀。"莫晓娜笑道，"我以一个过来人的身份很负责任地告诉你，出金就是一块试金石、照妖镜，是真是假，立马就见分晓。"

"可这钱是他的呀，我压根也没打算要拿他一分钱呀。"苏庆余为难道，"我要是把他的钱出金了，岂不是跳进黄河也洗不清了嘛。"

"这么聪明一个人，怎么就糊涂了。看来还真是当局者迷啊！"莫晓娜笑道，"你最想弄明白的是这燕青到底是不是个骗子，至于那些照片的主人究竟是燕青还是王虹并不是当务之急。不是吗？"莫晓娜见苏庆余点头，便接着说，"所以你出金成功了，心里便有了底，入金还不容易吗？你随时再入进去好了。"

苏庆余用力点点头，从包里拿出手机，登录到Polkaswaps交易平台，要求出金，客服问出多少？苏庆余和莫晓娜商量了一下，觉得如果出五万说不定会被平台截住，于是要求出金两万USDT到币安的账户里。客服答应了，让苏庆余耐心等待。莫晓娜道："你问问他，要等多久？"苏庆余问了，客服答：不一定，要看节点的审核情况。苏庆余只得退出平台，莫晓娜道："等就等呗，过二十四小时你再问，不行就四十八小时，总有个结论。"苏庆余点头答应，莫晓娜想起自己和史进的事，免不了扯出来唠叨了几句，末了不禁感慨道："唉！我是再没想到居然会和那小王八蛋闹到今天这个地步，真他爹的活见鬼了！"

"看来这网络交友可真是玩不得，就咱俩这年龄真是不适合了，玩不起。"苏庆余道，"我不知道你有没有遇到过那种人，上来三句话没说就开始满口心肝宝贝乱叫的，要么就是各种自来熟，开口就问你：'最近过得怎么样？''忙什么呢？'"

"怎么没有！你说的这还算是讲文明讲礼貌的了。还有上来就质问你：'加了好友，干吗不说话？'还有那种开始的时候人模狗样地打招呼，三句话没聊就跟你要电话号码，嘴上说着随你的便，可实际上你要是真不给，立马就翻脸的。"莫晓娜气道，"可是现代社会谁又能完全拒绝网络呢？网络交友也是社交的一种形式，当然这得抛开那些不怀好意的狗东西。在网络上相逢，本就已经走了社交捷径了，可是有的人还嫌不够快。恨不得即刻就顺着网络从屏幕里爬出来才好。"

"大晚上的，别吓人了。"苏庆余想起从前看过的恐怖片，情不自禁地打了个寒噤，遂将胳膊递到莫晓娜跟前笑道："你看，汗毛都竖起来了。"

"哈哈，不会吧。你就这点胆啊？！"莫晓娜哈哈大笑道，"好好好，我不吓你了。我把你送回家。"

"我不要你送。"苏庆余说着站起身，笑道："也不早了，我们就此别过，你也赶紧回去休息吧。"

"行。"莫晓娜说着打了个哈欠，站起身就势伸了个懒腰，"我还真有点累了，那我们就各回各家，各找各妈吧。"

苏庆余一个人顺着河边继续向前走，不由自主便想起燕青来。如果燕青的入金是真的，可是照片却是假的，正如莫晓娜所形容的，六耳猕猴盗用了孙悟空的形象，自己还能像从前一样地对他吗？苏庆余自己也不确定。"唉！"苏庆余情不自禁地幽幽叹了口气。没有往左拐回家，继续向前，拾级而上，到了桥上。铁塔就在河对岸，看着近在咫尺，苏庆余胳膊支在栏杆上，望着眼前的铁塔发呆。忽然铁塔的灯光又开始通体闪烁起来，与水中的倒影交相辉映，顿时万点金光，世界仿佛都跟着明朗起来；苏庆余的心情也瞬间莫名地好了起来，她微笑着望着那灯不停地闪烁着，一直等到它安静下来。苏庆余估计应该是十一点，抬腕看了看表，果然不错；于是转身回家了。

且说黄蔓因为要开车，所以在莫晓娜店里只喝了小半杯意思一下，回到家洗完澡，自己倒了点威士忌，没有加冰，她喜欢舌头被微微烧灼的感觉。

黄蔓坐到床边的安乐椅上，打算刷会儿手机就上床睡觉。正刷着朋友圈，有条信息进来。黄蔓一看，是老同学刘青："嗨，睡了吗？"

"还没呢。"黄蔓回复道。

"那我给你打个电话，方便吗？"

"当然方便呀。"黄蔓的信息刚发出去，刘青的电话便进来了："这么晚了，不影响你休息呀？"

"影响呀。"黄蔓笑道，"那我挂啦？"

"好。你狠。"刘青笑道，"无情无义的家伙。"

"好啦，快说吧，这么晚打电话肯定有事呀。"

"也没什么正经事。"刘青道，"就是这两天心里憋得慌，想起你来，就想跟你聊聊。"

"嗯嗯，知心姐姐在线，有话请讲。"黄蔓笑道，"干什么？跟老公吵架了？不然这个点哪有闲工夫找我聊天？"

"是啊。"刘青道，"这几天一直在吵。"

"不都说吵架练口语吗？"黄蔓打趣道。可是随即听见电话那头传来刘青的一声长叹，黄蔓不敢再笑，赶紧正色道："怎么啦？吵得很凶呀？为了什么呀？"

"为我爸妈呗。"刘青又叹了口气。

"什么？为你爸妈？"黄蔓有些诧异，"你爸妈来法国了？"

"我爸妈去年在我这儿住了差不多一年，今年为了续居留就又来了。"

"你爸妈不是探亲，是居留？"黄蔓问。

"我是家里的独生女，我肯定不能把我爸妈扔在国内不管呀。所以就帮他们办了法国的居留，心想这样他们不就也能享受到法国的医保福利了嘛，结果我老公看见我爸妈今年又来了就受不了了，还跟他的朋友们叫苦连天，实际上我爸妈来了大包小包带了一大堆礼物不说，连平时吃喝拉撒的费用全是他们掏腰包，还帮我们带孩子，承包了所有的家务，可是续居留需要我老公签字呀，他就说：'我就是这个作用。为你们签各种字，做各种担保。'我不想让我爸妈听见我和他吵架，虽然他们听不懂，但总是能听出来是在吵架。所以我只好给他们在附近租房子住了，但现在一时半会儿的还没租到房子，我就只能把他们安置在酒店里。"刘青说着说着渐渐地便有了哭腔。

刘青祖籍天津，当年和黄蔓不单是同学，还是合租的室友，都是大学毕业到法国来读个研究生镀层金的。

黄蔓先是找了个法国的律师，但那家伙不想结婚，只想恋爱，说是刚从婚姻的牢笼中挣脱出来，可不想再被束缚了。气得黄蔓立马跟他一刀两断，转身找了个在法国当野导的留学生，也就是黄蔓后来的老公，两人在法国耗了一年多便一起回了国。

而刘青则一心想要嫁个法国人，她家里人也走火入魔似的非要她弄个"混血洋娃娃"，也就是嫁个老外呗，所以她谈了几个男朋友都是外国人，其中有个法国人，离过一次婚，快四十岁的人了，本来在中介公司当职员，不知怎么就心血来潮，觉得自己有绘画天赋，辞职在家一门心思学画画，全指着刘青养他，可是刘青自己的工作也不稳定，便只能伸手跟家里要钱。后来实在受不了了，草草散了伙。不过最终功夫不负有心人，末了到底如愿以偿嫁了个法国人，只可惜嫁的这位法国人不但难以容忍和岳父岳母在一个屋檐下生活，更觉得自己像是刘青一家的救世主，如果没有他，刘青怎么可能那么轻而易举便入了法籍？她的父母就更不可能拿到法国的居留卡了。而刘青则因为父母在，孩子小，只能一天比一天更加忍气吞声。

"那现在你爸妈都住在酒店吗？"黄蔓问，"他们心里可能也有点数了吧？"

"肯定有数啊。"刘青道，"我这边又不像你那十六区，郊区房子大得很，去年住得下，今年就突然住不下了，他们又不傻，只是不想问我叫我为难呗。"刘青说到这儿再也忍不住了，在电话那头哭了起来，"我真的快要疯了！可是现在我真的一点办法也没有。离婚吧，孩子小不说，我爸妈的居留不续的话也就前功尽弃，而且我爸妈本来的打算是到我这儿来养老的，国内的房子也处理掉了。"刘青越说越哽咽，"我真的是要疯了！"

黄蔓听了也不禁跟着难过，只是家家有本难念的经，一时之间也不知道说什么才好，想了想道："要不让你爸妈在你家附近买个房子呢？他们处理了国内的房产手头应该也有些钱呀，自己单独住好了呀，不就不用看你老公脸色了？或者干脆回国拉倒，他们在国内又不是没有各种医疗保险的，而且像他们这样一句法语也不会说的老人，离了你寸步难行，我说句难听的，真是活受罪。"

"唉！是啊。可是现在回不去了呀！"刘青道，"国内的七大姑八大姨都知道他们到法国来定居了，回去怎么说呢？他们又都是要脸要面子的，怎么回去？！"

黄蔓完全能够理解刘青父母的想法，当初自己的父母何尝不是也想要个洋女婿的？因此只得嘴上应承道："也是呀！你快别哭了，你这么哭你老公万一听到也不好吧？"

"他根本就不在家。"

"这个点不在家？"黄蔓问道，"人呢？"

"去美国了。"刘青越发控制不住了，放声大哭起来，"我中招了呀。"

"中什么招呀？"黄蔓一时没反应过来。

"我染上COVID了。"

"啊？"黄蔓惊得从安乐椅上坐直了身子，"什么时候的事呀？"

"昨天。昨天刚检测出来的。"

"那你怎么在家呀？"黄蔓更加惊讶了，"没隔离吗？"

"隔离了呀。"刘青道，"让我在家待七天。"

"然后呢？"

"然后正常上班呗。"

"啊？让你在家自己隔离？那孩子呢？让你爸妈照看了？"黄蔓道，"你老公什么时候去美国的呀？他知道你中招的事吗？"

"当然知道啊。他今天中午刚走的。我没敢让我爸妈知道，怕他们担心。"电话那头的刘青说着已是泣不成声，"我叫他别走了，我现在这个样子，孩子也没人照顾，可是他理也不理我，出去买了一大盒口罩、一大盒一次性的手套扔给我，叫我戴上口罩和手套照看孩子。"

"啊？这样啊！"黄蔓听得目瞪口呆，支吾了一会儿才想起来问道："那医生开药了吗？开了什么药呀？"

"什么药也没开。"刘青道，"现在哪有什么特效药？"

"……"

两人说了半天，无非是刘青大倒苦水，黄蔓听了也唯有叹息而已，最终也并没个结论。挂了电话，黄蔓正准备关机睡觉，忽然进来一条信息："最近过得还好吗？"黄蔓简直不敢相信自己的眼睛，居然是林硕发来的信息。林硕的微信，黄蔓一直没有删除，但是林硕的这条信息却是通过短信发进来的。

"非常想念你。"林硕紧接着又发了条信息过来，"你一直在我心里。"

黄蔓忍不住回复道："我很好，谢谢关心。你呢？"

"没你的日子我怎么可能好？"

黄蔓一时不知该说什么好，往事涌上心头，又喝了点酒，眼泪禁不住顺着脸颊滚落下来。

"蔓蔓，我被公司开除了。"林硕等了一会儿，见黄蔓不语，便又发了条信息过来。黄蔓回了个"哦"便不再作声。

"我现在真的是举目无亲，失业的事情也不敢跟爸爸说。"林硕道，"我知道自己给你发这个信息太过唐突，但是我真的不知道该找谁帮忙了。"

黄蔓以为林硕想跟自己重归于好，几乎忍不住要说："我根本不在乎你是谁，只要你来法国，所有的一切既往不咎。"但她终究忍住了，她不想先开这个口自动掉价。

林硕发完信息等了一会儿，不见黄蔓回复，只好自己继续发信息说下去："早晨有个人向我推销房子，我不买，他就骂我，我实在气不过就也骂了他，结果我的微信号就被封掉了。我要想重新登录，必须要有好友辅助验证一下才可以，蔓蔓你能帮我一下吗？"

黄蔓听他这样说，心中不禁有些失望，但想起自己也曾经找别人辅助验证过微信，心想两人无论如何好歹也浓情蜜意过一场，如今且不去管他林硕究竟是怎么回事，帮忙验证个微信也不是什么大事，不过他为什么要找自己辅助呢？他在香港混了这么多年，就算是失业了，也不可能找不到一个辅助验证微信登录的人，或许他只是以此为借口想和自己重续前缘吧？那么他究竟是不是骗子呢？黄蔓心中暗自琢磨了一番，最后心想："不管他，先帮他验证一下，看他到底想干吗？"于是回复道："可以。"林硕马上让他搜索微信公众号辅助登录，黄蔓问道："我以前也弄过这个呀，就是时间太久记不清具体程序了，不是微信发信息通知我，然后让我确认吗？不记得有搜索公众号这个环节呀。"

"你那个是登录辅助，新设备验证，我这个是账号弄异常了。"

"好吧。"黄蔓将信将疑，打开微信解封公众号，一步一步向下操作，看到页面上提示"谨防诈骗"几个字，不禁有些犹豫了，接着进行到下一步，发现需要输入身份证号码以及微信所捆绑的银行卡号，一下子清醒了过来，气得回复道："林先生是觉得之前点灯熬油花费了那么多功夫却一无所获，心有不甘吗？"

"你在说什么呀？"

"我说什么难道林先生不明白吗？"黄蔓回复道，"我劝林先生不要再说多余的话了，还不如彻底消失了，给我留个念想。"

过了一会儿，林硕回复了一条信息过来："对不起，打扰了。"

黄蔓盯着手机等了十来分钟，再也没有任何信息，黄蔓默默地打开林硕的微信头像，林硕两手插在裤子口袋里，仰面朝大，闭着眼睛，虽然只是个侧面，却依然能看出满脸的轻松与惬意，那么儒雅，那么阳光；黄蔓深深地叹了口气，彻底删除了。

第三十三回

史进燕青随风而逝
泽汇波卡烟消云散

莫晓娜、苏庆余、黄蔓几人从南法回到巴黎，转眼又近圣诞，疫情非但没有得到缓解，新型冠状病毒的变异病毒奥密克戎来势更加凶猛，法兰西日增感染者都是以"万"为单位了。各路媒体都在宣传第三针疫苗，也就是"加强针"的重要性。莫晓娜做酒店行业的，肯定是最积极响应政府号召的，给苏庆余打了电话，两人约了一起结伴去打了"加强针"。打完针，两人也不敢去逛街，看看时间还早，苏庆余便让莫晓娜到她家里去坐坐。莫晓娜点头应允。

苏庆余家二楼主卧门外有个小客厅，两人在一楼脱了外套，洗手、消毒、换鞋，这才上了二楼小客厅内坐下。苏庆余问莫晓娜喝点什么？莫晓娜笑道："到庄主家里自然是喝酒呗。"

"尝尝这瓶滴金吧。"苏庆余笑道。

"没开瓶哪？"莫晓娜道，"那别开了。我开玩笑的，给我泡杯茶好了。"

"没事。总要开的呀。"苏庆余道。

"真别开了。咱俩喝不完这一瓶。"莫晓娜道。

"没事的。"苏庆余说着已经用割纸刀切开了瓶帽。莫晓娜见状，只得由她去了。见苏庆余拿出一个真空气压开瓶器，不禁笑道："你这是真专业啊！以前怎么没看你用过？"

"怎么没用？你没在意罢了。我这是不专业，怕开不好，才偷懒用这些玩意儿。"苏庆余笑道，"人家专业的侍酒师都用海马刀，那才有谱。"

"我喜欢这个，省事，还干净利索。"

"你喜欢，待会儿走的时候我送你一套。"苏庆余笑道。

"好啊。那我先谢了。"

"我昨天刚买的macarons，在楼下冰箱里，我去拿。"苏庆余倒了两杯酒，"正好配滴金。"

莫晓娜等苏庆余将酒和甜品摆好，笑道："快别忙了，坐下歇会儿吧。"

苏庆余坐下，莫晓娜拿起一个macarons笑道："我都不怎么敢吃这个，怕发胖。"

"我也很少吃。只是快要过圣诞节了嘛，就买了几盒。巧克力是更加不敢碰了。"苏庆余笑道，"你没事呀！你又不胖。不像我，一胖首先就是脸上来肉，要命不啦？"

"那也得小心着点，胖了容易，减肥难。"

"啊呀，千年难得吃一回，就别想那么多了。"苏庆余说着坐到莫晓娜身边，一眼瞥见莫晓娜手腕内侧文着的玫瑰花，"对了，你那个九纹龙最近有消息吗？"

"发了两条信息，我也没点开看。由他去吧。他要是想出金，看见发信息我不理他，自然会打电话说的。"莫晓娜道，"那个燕青呢？也没找你吗？"

"找了两次，每次都说那五万美元送给我了，我说不必，让他给我退款的路径，他就再不回复了。"

"你干吗不戳穿他？"莫晓娜气道，"直接告诉她你已经出金失败了。"

"何必呢？"苏庆余叹了口气，"我和你的情形又有所不同。史进是前前后后坑了你将近三万美元在里头，我这个里面的五万美元不管他是放的诱饵还是真金白银，全都是他自己的，并没有我一分钱在里头，我又何必伤他呢？"原来上回苏庆余听了莫晓娜的话，要求出金，一直等了快一个星期，最后不得不问客服究竟怎么回事，客服答：出金申请被节点驳回了，必须要以账户全额资金做一百倍以上的杠杆合约满四十八小时才可以出金，否则就怀疑苏庆余想要套现，苏庆余心里自然也就有数了，出金是想也别想了。本来她认为燕青那五万美元纯粹就是诱饵，但是他后来又说了两次那钱送给苏庆余了，让她把钱提出来用，却又把苏庆余搞迷糊了。她想：如果那五万美元只是个诱饵，那她出金的事燕青一定已经知道了，他还有什么必要再继续演戏反复说那钱送给自己了呢？所以当莫晓娜认为燕青和史进一样都是网络骗子时，苏庆余忍不住替燕青辩解："他若真是骗子，出金不成就意味着谎言被拆穿，平台难道不通知他的？他再来跟我卖人情岂不滑稽？"

"你有多久没登录那个平台了？"莫晓娜问。

"自从上次出金失败，就再也没登录过。"

"打开看看呗。"莫晓娜笑道，"反正现在没事。"

苏庆余依言点击网址，连试了几次，结果都是"Safari浏览器打不开该网页，因为找不到服务器。"莫晓娜见状问道："以前有过这种情况吗？"

"也有过，不过平台会发邮件通知网址变更的消息。"

"这次给你发邮件了吗？"莫晓娜见苏庆余摇头，便撇撇嘴接着说，"如果平台是真的，他们是不可能搞得清这个钱到底是谁入的，那么你就是他们的VIP会员，网址变更居然都不通知你？你想想这可能吗？"

苏庆余默默地点点头，其实莫晓娜想到的她也想到了。"对了，你那个平台现在是什么情况了？"

莫晓娜"扑哧"一声笑了起来，说："我还提醒你，我自己都把这事给忘了。我上个月还登录了一次，他那个平台里面有个余额宝，我看见每天还在正常计息，最近这个把月事情有点多，就没登录过。我这就上去瞧瞧。"莫晓娜说着拿起手机点开网址链接，上面赫然写着一行粗大的黑体字："此链接非私人链接。""嗯？怎么回事？"莫晓娜惊道。再看下面的小字写着："此网站可能在冒充'fxcm.muanlife123.com'来窃取您的个人或财务信息。您应关闭此页面。"苏庆余凑近一看，抬眼看着莫晓娜，两人大眼瞪小眼，一时间竟不知道说什么好。

　　莫晓娜的个人账户余额如果按照那个平台里的余额宝计息，早就高达二十多万美元了。如果是正经平台，就算是防止黑客，系统更新，怎么可能一声不吭就消失得无影无踪呢？！

　　"唉！"莫晓娜长叹一口气，这回她彻彻底底地死心了，"这他爹的演得也太像了！"莫晓娜气得苦笑道，"真不是我军太愚蠢，实在是敌军太狡猾！他奶奶的，你说那个小王八蛋他是怎么演得出来的呢？尤其是他讲他和他姐姐小时候的故事，以及她姐姐把脚架在方向盘上，像个女流氓似的开车的事，活脱脱就是两个不学无术的富二代，还有他怀疑他姐夫追他姐姐是想要吃软饭的情节，也太他爹的真了！对了，还有他上大学的时候他家里给他在学校附近买了个小房子，那小房子就成了他泡妞的安乐窝了，被他妈妈抓了好几次现场，你说这不是富二代是什么？他怎么就能演得那么像呢？还有他说他爸爸恨铁不成钢，骂他就像一头公猪，到处乱拱，你说他是怎么能编得出来这些桥段的呢？再就是他有时晨跑一回到家就给我打电话，边打电话边啃鸭脚，有的时候吃坚果，一边吃一边嘴还直'吧唧'，活脱脱就是个被家里宠得没规没矩的浪荡子。他被我套了五十万进平台，气得像条疯狗一样嗷嗷叫，就算是科班出身的演员也演不出他那个劲来。尤其是他说他舅舅是沪发银行的副行长，却又说他妈姓谢，那沪发银行的副行长一下子就能查出来姓甚名谁，我问他那副行长是他亲舅吗？他说当然是，不是亲的人家会给你这么重要的信息吗？我问他那为什么跟他妈不是一个姓呢？他说一个跟他外公姓，一个跟他外婆姓。你说他要是撒谎何必留下这么大个漏洞呢？而且还把他舅舅家的地址告诉我，还描述了他舅舅家放了满屋子他舅舅得的各种奖杯。还有就是他工作出意外的事，他说得有鼻子有眼的，说是英国的承包商偷工减料，隔一段路面的沥青就少铺一厘米，结果被他带人每隔十米就钻孔抽样给查了出来。这种事情，就他那猪脑子，根本就不可能编得出来啊！再就是……"莫晓娜还要喋喋不休地继续说下去，手机铃声打断了她的话，她只得闭了嘴，瞄了一眼下意识地"嗯？"了一声；苏庆余看她的样子不禁问道："谁呀？"莫晓娜没有回答，将手机递到苏庆余眼前，苏庆余一看，竟是史进打来的电话，莫晓娜看着苏庆余道："接吗？"

"随你呀。"苏庆余笑道。

"这小王八蛋一向只敢发信息骚扰，我倒要看看他又有什么屁要放。"莫晓娜愤愤道，将手机打开免提。

"娜娜。"史进的口吻一反常态，嗫嚅地说道，"我知道你现在恨透了我。但是有几句话我想跟你说，如果不说我这辈子都不能心安。希望你能耐心听我把话说完。"

莫晓娜一声不吭。

"娜娜，娜娜。"

"有话快说，有屁快放。"莫晓娜没好气地说。

"娜娜，我都不知道从何说起。"史进道，"你听说过'杀猪盘'吗？"

"你比他们也强不到哪儿去。"莫晓娜冲道。

"你说得对。"史进在电话那头长长地叹了口气，"娜娜，我就是他们中的一员。"

莫晓娜和苏庆余一下子全都屏住了呼吸。

"但是我和你交往的过程中，我对你说的每一句告白都是发自真心的，和你聊天的这段时间是我有生以来最快乐、最幸福的时光，你就像天上的一道彩虹，让我生不如死的现实生活有了色彩，有了活力。娜娜，当然我知道现在说这些也没什么意义了。昨天我因为不愿意继续再骗你、纠缠你，挨了他们的打。"

"挨打？"莫晓娜忍不住问道。

"是的。娜娜，你不要插话，让我把话说完好吗？"史进恳求道，"我请了一个小时的假，好不容易溜出来给你打这个电话。"

"好吧，你说。"

"我不叫史进，也不在伦敦。你还记得之前我和你说过我借了二十万块钱到上海开奶茶店的事吗？那些都是真事，是真实发生在我身上的事。只不过当时我跟你说我爸妈帮我把钱还了，实际上我爸妈都是农民，哪儿来钱帮我还债？而且当时我的条件是根本不可能通过正规渠道从银行贷款的，所以只能是借黑市上的高利贷，结果你都知道的，有人从奶茶里喝出苍蝇来，我认为是他故意做手脚坑我，就把他给打伤了，店关了，剩下一屁股的债，那些人追债追到我家里，我爸本来身体不好，被这么一折腾就直接没了。我被逼得跳楼的心都有了，他们中就有人说了个办法可以帮我还债，就是做跨境电商的客服，实际上就是进'杀猪盘'当骗子。骗子也不好当，每个月都有任务指标的，如果完不成就要挨打，关水牢。"

"你该不会是又在编故事吧？"莫晓娜疑惑道，"照你这么说，干这事的肯定不止你一个，中国是法治社会，难道就没人管？"

"我们怎么可能在中国呢？"

"那你现在在哪儿呢？"

"缅甸。"史进道，"我们一起过来的有十几个人呢，都是从云南那边偷渡过来的，一到了这儿所有的证件就都被收缴了。这是个工业园区，外面还有军人站岗，平时我们根本就出不去的，也没有外人能进得来。要想离开这儿，只有两条路，一条是为他们挣够八十万人民币，另一条是让家里汇二十万过来赎身。因为来的时候的各种费用都是他们支付的。"

"那你现在在哪儿呢？"忽然一阵像火车开过的轰隆隆的响声吵得莫晓娜几乎听不见史进的声音，莫晓娜不禁大声问道，"为什么这么吵啊？"

"可能是他们在点炮开矿吧。"史进大声说，"就是先用雷管把矿山炸松动了。"电话那头随即传来一连串的轰响声，"别管那个了，反正说了你也不懂。"

"那危险吗？"莫晓娜问，"你就不想离开那儿吗？"

"这就是个地狱。这儿的人谁不想离开？可是来的人谁不是因为当初有了过不去的坎儿才误入歧途的？"史进苦笑道，"可是怎么离开？根本就走不出去，除了高高的院墙，墙上还有一米多高的铁丝网，根本就不可能出得去。"

"你刚刚不是说只要家里人汇二十万人民币过去就可以了吗？"

"娜娜，二十万人民币对你来说可能就是一个包包的钱，还不是你最好的包包；可是对我的家庭来说，它就是一笔天文数字。我妈她怎么可能拿得出来呢？"

"噢，那你现在怎么办呢？"莫晓娜下意识地问道。

"我也不知道。也许就死在这儿吧。"

莫晓娜此时已明确地知道对方根本就和自己心目中的"九纹龙"没有半毛钱关系，但熟悉的声音还是让她感觉于心不忍，不禁叹息道："唉！要不你告诉我一些详细的信息，我帮你报警？"

"没用的。报什么警啊？这儿都是些当地的军人看着我们呢！哪个警察管得了？"史进不禁有些急躁起来，"钱，他们只认钱。"

"那你让你家人帮你想办法啊！"莫晓娜道，"你还年轻，先想办法脱身啊！来日方长，留得青山在，不怕没柴烧。"

"我跟你说了那么多，都白说了呗？我家人没钱，我妈一个农村家庭妇女，她上哪儿去弄二十万块钱？我就死在这儿得了。"

莫晓娜一下子明白了史进打这个电话的目的了，她抬眼看苏庆余，苏庆余也正看向她，两人不禁相视一笑，莫晓娜道："好吧。"

"你说什么？"史进怒道。

"我说好吧。"莫晓娜一字一句地回答道。

"贱人。"史进咬牙切齿地骂了一句，"啪"的一声将电话挂断了。

莫晓娜的心竟一下子莫名地轻松了起来，种种牵绊瞬间斩断。还未及说话，电话铃又响了起来。莫晓娜一看，居然还是史进的电话。莫晓娜怒道："这小王八蛋还真他爹的没完没了，得寸进尺了。"苏庆余来不及阻止，莫晓娜已经接通了电话免提："姐姐。"没等莫晓娜张嘴，就听史进哭腔哭调地叫道，"姐姐，我就是个可怜人，求你可怜可怜我吧！"一句话把莫晓娜和苏庆余都说得愣住了。史进接着哭道："姐姐，我都和你说实话吧，我知道你现在恨透了我，但我是被逼的，我还未成年，我在长沙上学上得好好的，被人绑架到了这儿，每天只有一瓶水一碗饭，根本就吃不饱，姐姐你行行好，能不能让我吃顿饱饭呀，我求你了，你再给他们的平台打一千美元就行。姐姐。"

莫晓娜抬眼看着苏庆余，一时竟不知该如何是好，史进尖细的声音和他现在说的这段话无比贴合，莫晓娜的脑袋"嗡嗡"作响，前面史进和他耍浑斗狠她都不在乎，可是现在她想到这几个月来和自己说尽各种甜言蜜语的居然是个未成年的孩子，她的心头禁不住一阵焦躁，她完全乱了方寸。

"姐姐，姐姐，我知道你是个善良的女人，我求求你行行好救救我吧。"史进还在继续哀求着，"你的大恩大德我如果能出去一定想办法报答你。就一千美元，让我吃几顿饱饭，就只有这个小小的要求了。"

苏庆余见莫晓娜满脸潮红，看着手机一言不发，任凭史进喋喋不休地哀求，便伸手将史进的电话挂断了。莫晓娜这才回过神来，苦笑道："这他爹叫个什么事？我可真是被鬼迷了心窍了！"还想再说点什么却一句话也找不到，反倒是眼角有些湿润了；苏庆余有心说两句安慰的话，一时间竟也不知说什么才好，二人便只默默地坐着。

放在茶几上的手机铃声突然又响了起来，莫晓娜和苏庆余皆吃了一惊，不禁都赶紧伸头看，却是黄蔓的电话。莫晓娜说了声："是黄蔓。"这才接通电话，听见黄蔓问："娜姐，圣诞节去北欧玩吗？"

"北欧？"莫晓娜还没完全从史进的事里回过神来，随口问道，"怎么突然想起要去北欧？"

"看见旅行社在推北欧看极光的广告帖子，就想起来问问看你和苏姐想不想去，要是去我就帮你们报名。"

"我现在就和你苏姐在一起呢，我问问她。"莫晓娜抬眼问苏庆余，"黄蔓约我们一起去北欧看极光，你想去吗？"

"极光我倒是一直想去看的，只是现在疫情这种情况，出远门太不方便了呀！"苏庆余犹豫道。

"那我怎么回复她呀？"

"要不你让她来我家吧，见面再说。"

"也行。"莫晓娜道，于是索性将手机调到免提，打开麦克风，"喂，黄蔓，你苏姐让你到她家来一趟，面谈，共商国策。"

"哈哈哈。"黄蔓笑道，"好呀好呀，我马上就到，等着我。"

莫晓娜挂了电话，想了想笑道："我刚还想感慨两句来着，让黄蔓这通电话全给搅和忘了。"

"忘了就忘了吧，忘了最好。"苏庆余微笑道，"这样的人和事，记他干吗？"

"对对对，只当是破财消灾了。"莫晓娜点头道，"让这些王八蛋拿着骗来的钱买药吃吧。"

"举头三尺有神明，人在做，天在看。由他去吧。"苏庆余道，"不过细想想也是我们自己引鬼上身，没事跑那上面瞎聊什么呢？"

"唉！你说得对。"莫晓娜叹息道，"都是这疫情闹的，生意不好。从前忙得要死，哪有那闲工夫瞎扯淡。"

"所以人啊，真不能太闲！"苏庆余道，"我倒是有个想法，不知道你有没有兴趣？"

"什么想法？说来听听。"

"我想弄个葡萄酒主题度假村，美国那边挺多的。"

"早几年听你说过，后来看你不提了，以为你把这事放弃了呢，怎么现在又动起这个心思了呢？"

"我的事你又不是不知道。"苏庆余微微叹了口气，"这做事情嘛，不就这样？时也，运也，命也。前几年是想放下了，但这事一直在我心里挂着呢。疫情的确是让实体经济举步维艰，我在网络上聊了这么久，倒是也受了些启发，虽然有骗子，但是也能感觉到现在的'80后''90后'大多热衷于虚拟货币，不过NFT的出现也没准是虚拟货币的掘墓人呢。"

"NFT又是个什么玩意儿啊？"莫晓娜笑道，"你这一天的新名词层出不穷，我是听也没听过呢。"

"NFT是一种被称为区块链数字账本上的数据单位，大概是用来对那些网络上的虚拟商品进行所有权认证的，是一种非同质化代币，其实我也不太明白，它跟比特币这些虚拟货币的区别，我的理解就是它不能互相交换，更具独创性吧，所以我想也许它会更加适应网络运营，因为更安全呀；也更加符合年青一代的喜好，就像我儿子他们这拨2000年以后出生的小孩，几乎人人都不愿从众，个个都想标新立异，所以NFT应该更适合他们这代人。"

"哎呀！"莫晓娜叹息道，"真心觉得自己老了！

听这些玩意儿呀，简直就像是听天书一样。真心是听不懂啊！"

"没关系，一代人有一代人的玩法。"苏庆余笑道，"其实历史总是在不断地重复着某些片段，你想想我们当初炒股、炒基金，还不是和今天的他们一样，每天看着数字的变化，跟着K线图的起伏一起激情澎湃，可是最终还不是要将账面上的数字转化成实物才算是大功告成？"

"说实话，我就从来没弄懂过这些数字图表之类的玩意儿，那会儿也的确是跟着别人买过几只股，还都赚了。"莫晓娜笑道。

"那你后来为什么不做了呢？"苏庆余问。

"一是自己不懂，二也是从心里觉得那个总归不是长久之计。"

"对呀，所以现在这些币市里的人就和当年的我们一样，也不是人人都懂的。跟风的、凑热闹的，同样是大有人在，总有退潮的时候，有的人就像你一样，挣到钱了赶紧撤，美其名曰：止盈。有的挣够钱了，就不满足于纸上富贵了，光是数字增加，就好比锦衣夜行，不置点实物怎么能衣锦还乡呢？这是人的本性。所以才会有所谓的奢侈品，才会有拍卖行呀！"苏庆余道，"我想把我那个酒庄趁着现在实体萧条冷落的大前提下折腾一下，一来政府的支持力度会比较大；二来各种原材料价格也比较低；第三，将来就算不想做了，等那帮纸上富贵的家伙想要衣锦还乡，嘚瑟一下的时候也能卖个好价钱。"

"可以，可以，"莫晓娜连连点头，"我跟你一起玩，算我一份呗？"

"我要是不想约你一起玩，干吗要跟你说呀？"苏庆余笑道，正想接着说下去，门铃响了起来。

第三十四回

幡然醒网络浮生梦
迷途返重振旧门庭

"肯定是黄蔓。"苏庆余起身下楼,"我去开门。"打开门,果然是黄蔓,苏庆余笑道:"来得还真快呀!"

"那是。"黄蔓笑道,"组织上召唤,动作必须迅速。"黄蔓洗手、换鞋、消完毒才随着苏庆余上了楼。黄蔓一眼看见茶几上放着的酒瓶,"啊哟!〇九年滴金。两个人小乐惠嘛,适意的!喝这样的好酒也不通知我,亏得我腿长,自己跑过来了。"

"快快快,给你倒了一大杯。"莫晓娜已经替黄蔓倒好了一杯酒,不等她坐下便笑着递过来,"快喝一大口,补一下。我俩倒下来光顾着说话都还没来得及喝呢。"

"说什么呢?这么好的酒居然都忘了喝?"黄蔓笑道。

　　莫晓娜望了一眼苏庆余，不好接茬。苏庆余下楼接黄蔓的时候脑子里便想好了，三人成天混在一处，这项目自然瞒不过黄蔓，倒不如告诉她，她想不想参与，那是她的事。因此，苏庆余笑道："我俩正商量着要把我那小酒庄折腾一下呢。"莫晓娜一听苏庆余这么说，立马便明白了苏庆余的意思，接口笑道："暑假我们刚去过，我是挺喜欢那地方的，所以打算跟着一起玩玩，你呢？"

　　"那必须参加呀！"黄蔓笑道，"我反正就是个抱大腿的，我可没有两位姐姐这么财大气粗，我不管你们玩多大，我一家一当就只能拿个百八十万欧元出来，你们别嫌少。"黄蔓对苏庆余的能耐是有所了解的，一直苦于找不到机会和她深入合作，而莫晓娜的精明她更是心知肚明，莫晓娜既然参与其中，自然不会是盲目介入的，所以黄蔓索性摆出一副豁达姿态来，不问情由便一口应承了下来。这正是现代海派女人的精明练达之处，所有的算计都在自家的五脏六腑里迂回曲折，面子上却不露一丝丝痕迹，事情做得从容淡雅，于黄蔓身上更多了一份爽利。

　　"啧啧。"莫晓娜摇头咂嘴笑道，"瞧我们黄总这语气，百八十万的还嫌少！你也不问问怎么玩就参加？"

"我管你们怎么玩呢！反正我是跟定两位姐姐了，没钱就出力呗。"黄蔓笑道，"娜姐，你就别拿妹妹我开心了好不啦？"

"好的呀，好的呀。"莫晓娜学着黄蔓的语气打趣道。

"真是一对活宝。"苏庆余笑道。

黄蔓正要接茬，手机铃声响了起来。黄蔓一看，是她老妈打来的电话。黄蔓自言自语道："国内这都几点钟了？我老娘怎么这个点还不睡觉？"

"那你快接啊，这个点打来肯定是有事啊。"莫晓娜道。

"那我先接个电话噢。"黄蔓说着接通电话，"喂，姆妈，这么晚了你怎么还不困觉呀？"

"啊哟！侬以为我不想困觉呀！"黄母的嗓门又尖又细，不用免提，莫晓娜和苏庆余在边上都听得清清楚楚，两人相视而笑，"我本来是想要明早再打电话同侬讲的，但是哪里困得着呀！侬晓得吧？租侬房子的那个小姑娘出事体了呀。"

黄蔓长住巴黎，离婚时分的房子黄母便帮她租了出去，两个在银行工作的小姑娘合租了她的房子。黄蔓一听说租客出事了，忙问："哪个小姑娘呀？"

"啊哟，就是那个住在主卧的小姑娘呀。"

"小曲呀？"黄蔓问。

"对的呀，就是伊呀。"黄母道，"侬晓得吧？伊被人骗了呀。"

"啊？被谁骗了呀？"黄蔓问。

"警察都来了呀。说是被一个网友给骗了呀。说是那个网友假装是在美国的一个高富帅，不晓得是做什么生意的，跟小曲搞什么网恋，然后嘛就请小姑娘帮她收发电子邮件，后来也不晓得怎么就资金周转不过来，让小姑娘帮他贷款，买那个叫什么USTD。"

"USTD是什么呀？"黄蔓问。

"侬都不晓得，我哪能会晓得呢？"黄母道。

"你们知道USTD是什么吗？"黄蔓扭头问苏庆余和莫晓娜。

莫晓娜摇摇头，苏庆余轻声道："是USDT，不是USTD。中文名泰达币。也是一种虚拟货币，目前算是币市里所谓的稳定币，跟美元等值。"

"噢噢。"黄蔓点点头，"姆妈侬接着讲。"

"侬同啥人讲话呀？"黄母显然是听见了苏庆余的声音。黄蔓只得说："我在苏姐家里呢。"

"噢，侬在苏总屋里厢呀。"黄母总是客气万分地称呼苏庆余"苏总"，苏庆余闻言忍不住"扑哧"笑了出来，莫晓娜和黄蔓也不禁笑了起来，黄蔓趁机对黄母笑道："就是呀，我跟苏总还有莫总正在谈正经事体呢呀，姆妈侬有话就快点讲吧。"

"噢噢，好格好格。"黄母忙说，"小姑娘嘛正好在银行工作呀，就帮伊贷了九十万，结果么那个网友拿到钱就没影子了呀，现在银行把小姑娘除名了，小姑娘还背了一屁股的债，打算要回老家了。上海嘛肯定是待不下去了呀！所以呢侬那个房子伊是肯定不能再租了，我看伊实在是可怜兮兮的呀，就没有扣伊的违约金，拿押金退把伊了。就是这个事情，跟侬讲一声。噢对了，还有噢，刘刚听说也被骗了呀。"

"啊？"刘刚是黄蔓的前夫，离婚前在网上认识了一个女人，因为发错信息被黄蔓发现，黄蔓惊问，"伊被啥人骗了呀？"

"侬晓得格呀，隔壁林家姆妈的妹子就住在刘刚妈妈一幢楼里呀，听刘刚妈妈说，伊也是让网友骗了，人

家叫伊把股市里的钱取出来，跟伊一道去挖矿，哎？这
个网上哪里来的矿呀？"

"我也不晓得。"黄蔓道，"然后呢？"

"然后嘛，伊就真拿了四十多万出来，结果嘛就被
骗了呀！四十多万呀！侬讲呆头吧？"黄母啧嘴叹息
道，"真正是个猪头三呀！可能就是之前侬讲的那个女
网友呀。"

"管伊呢。"黄蔓道，"骗去呗，反正又不关阿拉啥
事体。"

"哪能不关呢？"黄母道，"四十多万呀！将来嘛
给宝宝上大学用用也是好的呀！"

"好了，姆妈，我还有事呢，先不和侬讲了。"

"噢噢，好呀好呀，侬谈事体吧，我就不影响侬
了。"黄母忙说，"替我向苏总和莫总问好呀。"

"好格好格。我晓得了。"黄蔓转脸对苏庆余和莫
晓娜笑道，"我妈妈让我向苏总和莫总问好。"

苏庆余和莫晓娜只得凑近手机，黄蔓将手机切换
成免提，两人大声道："阿姨好，谢谢阿姨。国内已
经很晚了，我们就不打扰阿姨休息了，您赶紧休息吧。
晚安！"

"好的好的，晚安。"黄母这才挂了电话。

黄蔓是个千伶百俐的，知道莫晓娜和苏庆余跟自己一样，都在网友身上栽过跟头，刚才老娘的话她们肯定都听见了，因此挂了电话只字不提，仍旧接着之前的话题笑问："二位姐姐快跟我说说呗，究竟是打算怎么玩的呀？"

"我去拿酒庄的图纸给你们看。"苏庆余起身去书房拿了图纸出来，"我照着图纸跟你们说，更清楚些。"苏庆余说着在茶几上铺开图纸，"夏天你们刚去过，应该都还有印象吧？"莫晓娜和黄蔓都连连点头，苏庆余便接着说："你们看，这片呢就是主堡右侧的那片森林，如果在这个地方开发真人CS、森林探险什么的，应该是可以的。"

"对啊，弄点森林小木屋放在里面，肯定行。"黄蔓拍手道，"简单又快捷，花不了几个钱。"

"可不是你想的那么简单。"莫晓娜摇摇头，"小木屋是要不了几个钱，但是上下水的问题可不是小问题，场地那么大，这可不是小钱解决得了的，但这个创意肯定是可行的。不过单靠几间小木屋就想留住客人，不太现实。庆余你肯定还有别的计划吧？"

"当然不可能只靠这一个项目。"苏庆余笑道,"欧洲人夏天都喜欢举家旅行,不把他们留个三五天以上的怎么挣钱?"苏庆余指着森林前的一块地,"这一片呢就是临近高速的那块地,我有两个设想,一是种上一片薰衣草,二是做马场,在这个地方教马术,成人儿童都可以。你们觉得哪个更好?"

三人夏天刚去了一趟普罗旺斯,那扑面而来的满目的紫给三人留下了无尽的美好回忆。黄蔓立刻说:"种薰衣草吧,高速上来回的车辆都能看见,也是咱们未来度假村的一张名片呢!人家提起来就会说:'就是那个门前有一大片薰衣草的酒庄。'对吧?"

"薰衣草美是美,但它是个季节性的东西,过了七月基本上就没了,而且我们要是种薰衣草肯定还要买相应的机械设备吧?我们又不打算做相关产业,如果单纯为了美观,我觉得没必要。"莫晓娜道,"庆余你觉得呢?"

"我也就是举棋不定才问你俩的呀。"苏庆余笑道,"六、七月份薰衣草盛开的季节带给人的视觉冲击那是绝对震撼的,其广告效应也非同一般。但正如娜娜说的,不太实用。如果是马场呢相对来说就和森林探险的项目要更加配套一些。"苏庆余沉吟了一下，"或者可以在这边种上一片薰衣草。不必担心机械设备，我已经咨询过了，有出租的，也有专门负责收割的公司，还有生产洗化产品的公司专门收购的。"苏庆余指着和高速呈"T"字形交会的进入酒庄的主路左侧的一片空地，"这块地正好在马场对面，本来我是想要在这儿立个大型的摩天轮的，这样我们可以把摩天轮安放在薰衣草田里。怎么样？"

"既然不用考虑设备问题，还有人来收购，那这是个一举多得的方案呀。"莫晓娜点头道，"而且有这条路隔着，马也不能跑过这条主路。"

"我们可以把摩天轮的轿厢做成高脚杯形状的。"黄蔓兴奋地说，"高速上老远就能看到。摩天轮刷成紫色的还是金黄色的呢？Oh，my God！我都有点迫不及待了。"

"别急呀，我的想法还没有说完呢。"苏庆余笑道，"这块地就是在葡萄园对面的那片森林前面的空地，原先就是个摩托车赛车场，听说是因为周围的村民嫌吵，原先的庄主就不玩了，现在都有电动的了，就没那么大的噪声了。我们可以把它改造成卡丁车赛场。旁边的这片森林里可以养些小动物，最好是养那种迷你型的，什么小矮马、小香猪之类的。"

"可以可以，这个绝对可以。"莫晓娜连连点头，"不过你这个思路完全是围绕着夏季展开的呀。"

"欧洲人度假主要是在夏季呀。"黄蔓道，"如果是冬季，那他们肯定去滑雪了呀。不可能往海边和酒庄跑呀。我们那个度假村不是临近大西洋吗？冬天要冷死的，也没什么可玩的呀。"

"对，这正是我要说的。"莫晓娜道，"正因为我们要做的是夏季的生意，所以有一样东西必不可少。"

"什么东西呀？"黄蔓有些不解。

"你是说泳池吧？"苏庆余问，见莫晓娜点头，便指着图纸道，"看，主堡后面这块地，我早想好了，在这儿挖个超大的泳池，搞点水上娱乐设施，放心，地方足够。还有这儿，你们看，这个主堡两侧的边楼，都可以加成两到三层的建筑，主堡你们看是否需要重新整改一下，之前我已经折腾过一次了。这边的酒窖，我打算把它加一到两层，做成餐厅，在酒窖里用餐也算是个特色吧……"

尾　声

2022年2月14日，是个好日子，苏庆余她们的度假村正式开工！没有中国式的鞭炮齐鸣，锣鼓喧天，只有轰隆隆的运载各式材料的大卡车鱼贯而入，每个人的脸上都洋溢着欢乐的神情。

黄蔓忙着到处拍照，说是要留作纪念，将来可以挂在餐厅或是客房的墙壁上。莫晓娜和苏庆余站在主路上，远远地望着主堡，看见黄蔓从主堡里出来，望向她们。莫晓娜便招手让黄蔓过来，黄蔓拿着相机兴冲冲地跑了过来。莫晓娜笑道："你别光拍东西呀，咱们三个留个影呀，这么重要的时刻。"

苏庆余道："我打电话让办公室来个人，帮我们拍。"

"不用。"黄蔓笑道，"我有三脚架，在我车子后备厢里呢。亏得开我的车来吧？你们等着，我去拿。"黄蔓将相机递给莫晓娜一路小跑往办公室附近的停车场而去，不一会儿便将三脚架取了来，笑道："找人拍放不开，我们自己拍，想摆什么pose就摆什么pose，OK？"

"你这土鳖，又蹦英文单词了！"莫晓娜笑道。

黄蔓和苏庆余一下子都想起了前段时期的网络旧事，不禁都哑然失笑，三人对视，忍不住哈哈大笑……

（完）